D0526621

n should be returned o.
+ date stamped below.   EFYN GWE

dnewyd

Fel Edefyn Gwe

Sian Rees

Argraffiad cyntaf: 2018
© testun: Sian Rees 2018

Rhif Llyfr Safonol Rhyngwladol:
978-1-84527-653-9

Cyhoeddwyd gyda chymorth Cyngor Llyfrau Cymru

Dyfynnir o 'Fy Ngwlad' gyda chaniatâd ystad Gerallt Lloyd Owen

Dylunio clawr: Tanwen Haf/Olwen Fowler

Cyhoeddwyd gan Wasg Carreg Gwalch,
12 Iard yr Orsaf, Llanrwst, Dyffryn Conwy, Cymru LL26 0EH.
Ffôn: 01492 642031
e-bost: llyfrau@carreg-gwalch.cymru
lle ar y we: www.carreg-gwalch.cymru

Argraffwyd a chyhoeddwyd yng Nghymru

I'm hwyres, Martha

ac i'r genod a'r hogia a fu'n rhan o
gyffro'r chwe a'r saithdegau

Diolch
i Wasg Carreg Gwalch am y cyfle
i Nia Roberts am y cydweithio hapus
a'i golygu deallus

12 Awst 2017

Megan

'Nain! Mae rhyw fenyw ar y ffôn i ti.'

Sychais fy nwylo ar y lliain llestri.

'Pwy sy 'na, Huw bach?'

'Sai'n siŵr.'

'Wnest ti ofyn pwy oedd 'na? Wnest ti ofyn yn ...'

'Do, Nain. Ofynnes i'n gwrtais.' Rholiodd y plentyn ei lygaid.

'Wel, pwy sy 'na, 'ta?'

'Wel ... ofynnodd hi pam ... a phan o'n i bron â gweud "fi moyn gwbod er mwyn gweud wrth Nain" fe dorrodd hi ar fy nhraws i. Dyw 'nny ddim yn neis, nagyw e, Nain? "Mi fydd Nain yn dallt" wedodd hi. Nain? Y'ch chi'n gwrando?'

Ro'n i'n amau 'mod i'n gwybod pwy oedd yn galw. Codais y ffôn oddi ar ddesg y stydi.

'Helô. Megan yn siarad.'

'Henffych, Meg. Pam sy 'ma.'

'Pamela-Wynne Wilson! Chdi *sy* 'na. Mi wnest ti ddrysu Huw bach efo'r busnas "Pam" 'na.'

'Do. O'n i'n meddwl braidd.' Roedd ei llais mor ysgafn a chwerthinog ag erioed.

'Paid â deud bod yr aduniad nos Wener nesa wedi'i ohirio? A finna wedi edrach ymlaen gymaint i weld pawb.'

'Wel ... naddo ... ond ynglŷn â'r aduniad dwi'n ffonio.' Swniai Pam yn betrusgar, a thaniwyd fy chwilfrydedd.

'Ww, Pamela-Wynne, diddorol. Sgen ti rwbath jiwsi i'w

7

rannu? Cyfrinach? Pwy sy'n dŵad – fydd yr hen griw yno?'

'Iesgob, Megan! Un ddiamynedd fuost ti erioed, 'de? Dwi'n cymryd dy fod ti'n bwriadu dod i'r aduniad felly?'

'Faswn i'm yn 'i fethu o am y byd. Fydd y giang i gyd yno?'

'Byddan. Gwych 'de? Ta waeth am hynny – dim dyna pam dwi'n ffonio. Yn lle cyfarfod am chwech yn y New Inn ar gyfer y bwffe fel drefnon ni, fedri di ddŵad chydig yn gynt ... i gnebrwn?'

'Nain? Nain. Ga i a Mari loli iâ, plis?'

Mae Huw yn gwybod yn iawn sut i gymryd mantais ar ei nain, ac wedi iddo weld 'mod i'n eistedd ar ben y ddesg a 'nghoesau wedi'u croesi fel picsi, mi wyddai na fyswn i'n dadlau gormod efo fo.

'Shh, Huw. Ma' Nain yn siarad.'

'Plis, Nain. Mae 'na focs newydd o lolis roced yn y rhewgell.'

'O, rho eiliad i mi, Pam.' Gosodais fy llaw dros geg y ffôn. 'Cewch. Cym'wch un bob un a chaewch ddrws y rhewgell yn iawn. Dim ond un, cofiwch!'

Ond roedd traed Huw eisoes wedi cyrraedd y gegin.

'Reit, Pamela-Wynne. Sori am hynna. Sbìl ddy bîns. I ddechra, cnebrwn pwy?'

'Wel. Mae Elwyn Griffiths wedi marw.'

'Duwcs. Wyddwn i ddim 'i fod o'n dal o gwmpas. Nath o'm symud i Fachynlleth neu rwla ar ôl gadael Dre yn y chwedegau?'

'Do. I'r Drenewydd yr aeth o, i fod yn fanwl gywir, ar ddiwedd ein blwyddyn ola ond un ni yn yr ysgol gynradd.

Ti'n cofio – y ddynas 'na o'r Sowth yn rwla ddaeth yn 'i le fo? Roedd hi'n deud "bant" a "lan" a "ma's" a ballu, a 'run ohonan ni'n 'i dallt hi! O'r Drenewydd mi aeth Elwyn Griffiths i ysgol gynradd yng nghyffinia Builth, neu felly dalltis i. Beth bynnag i ti, 'nôl i Dre y daeth o wedi ymddeol, i fyw yn un o fythynnod bach Ger y Llyn.'

'Dwi 'di colli trac ar yr hyn sy'n digwydd yn Dre ers tro byd, a finna wedi bod lawr yng Nghaerdydd 'ma cyhyd. Mae'n dda dy fod ti'n dal yn byw yn lleol, neu fyswn i'n cael dim o'r hanesion 'ma!'

'Wel, mae hon wedi bod yn stori reit fawr ffor'ma ers peth amser rŵan, achos mae'r heddlu'n deud iddo fo gael ei lofruddio. Ond sgynnyn nhw mo'r syniad lleia pwy nath.'

1962

Megan

'Dowch! Ar ôl y Jôcyr. Mi a'th o ffor'na – pawb i'r Batmobîl!'

I ffwrdd â ni ar wib rownd y buarth yn y cerbyd anweledig, ein cotiau gaberdîn yn chwifio gerfydd y botwm ucha fel clogynnau ar ein holau. Sgrialodd y Babanod a'u sgwtyrs bach pren o'n ffordd wrth i ni ddilyn Batman yn ufudd. Rhian oedd Batman, a Robin oedd pawb arall, er bod Eirlys, ffrind gorau Rhian, yn Robin pwysicach na'r gweddill. Doedd neb yn meiddio cyfaddef i Rhian nad oeddan ni erioed wedi gweld *Batman* ar y teledu gan nad oedd Ai-Ti-Fi gan neb ohonon ni, dim ond y Bi-Bi-Si, ac nad oedd gan yr un ohonan ni'r syniad lleiaf pwy oedd y dihiryn a elwid y Jôcyr. Na'r Pengwin chwaith, tasa hi'n dod i hynny. Dim ond ar drip i Sw Caer (pan agorodd Mam lond tun cacen o frechdanau bîtrwt a'u cael wedi amsugno'r holl jiws a throi'n hollol biws) y gwelais i'r adar doniol hynny yn eu siwtiau du a'u crysau gwyn, fel Dad pan aeth o i gnebrwn Nain. Sut allai pethau bach mor ddigri, oedd yn cerdded ar dir sych yn union fel Musus Ifans, organyddes y capel, fod yn rhywbeth i redeg ar eu holau?

Brêciodd y Batmobil yn sydyn pan ganodd Miss Williams y gloch, nes i ni i gyd daro'n erbyn ein gilydd fel dominos cyn mynd i'n rhesi'n dawel.

'Mae 'Nhad newydd gael job newydd fel arch-i-tect,'

sibrydodd Rhian yn fy nghlust wrth i ni nodio'n barchus ar yr athrawes a cherdded i'n dosbarth. Ynganodd y gair fel yr 'arch' yn Marble Arch, lle yn Llundain y gwelis i ei lun o yn fy llyfr *What Every Girl Should Know*. 'Atgoffa fi, be 'di gwaith dy dad di?' Taflodd hynny ataf dros ei hysgwydd cyn dringo'r grisiau i'r dosbarth, a chefnau ei hesgidiau pêtynt-leddyr yn sgleinio'n ddu caled o 'mlaen. Edrychais i lawr ar fy esgidiau Clarks brown fy hun, a'r careiau arnynt yn glymau tyn, fel y cwlwm a greodd Rhian yn fy mol.

Agorais y cas pensil coch a thynnu'r ffownten-pen blastig a gefais yn Woolworth ohono. Gwyddwn ddau beth erbyn hyn, a finna wedi bod yn fy ysgol newydd ers deufis: bod Rhian yn arweinydd naturiol ar ei phraidd ffyddlon, a'i bod hefyd yn rhaffu celwyddau. Ddoe, dangosodd ei horiawr aur i ni'r genod amser chwarae. Anrheg pen blwydd cynnar oddi wrth ei thad cyfoethog, medda hi. Ond oriawr o'r bocs tlysau yn llofft ei nain oedd hi go iawn. Ro'n i'n gwybod hynny, ond cymaint oedd pŵer Rhian dros bob un ohonon ni fel na feiddiwn gyhoeddi wrth fy ffrindiau mai anwiredd oedd stori'r anrheg. A'r tad cyfoethog, petai'n dod i hynny. Dim ond tipyn o glerc yn swyddfa penseiri White and Cooper oedd o, meddai Dad.

Ges i fy ngwadd i dŷ Rhian yr wythnos ar ôl i mi symud i Dre. Rhian, yn fy ngwahodd i – hogan newydd y dosbarth – i de. A dim ond fi! Teimlwn yn bwysig a balch yn cerdded drwy giât yr ysgol efo Rhian ac yn troi i'r chwith am arosfan y bysiau yn lle i'r dde i gerdded y chwarter milltir am adra. Addawodd Rhian ryfeddodau; y caem *high tea* a swniai'n llawer crandiach na'r te bach fyddai i'w gael yn tŷ ni. Ond y rhyfeddod mwyaf oedd y siawns y cawn gip ar y ddynas heb drwyn fyddai wastad wrth y bỳs-stop ar y stryd fawr.

Roedd Mam wedi rhoi pishyn tair i mi i brynu bynsan â haen ludiog, hyfryd o eisin pinc yn stremp ar ei thraws bob un i ni o Bopty Beti, a dyna wnaethon ni cyn troi am y brif stryd. Erbyn hyn roedd fy mol yn boeth ac yn teimlo fel petai adar enfawr yn fflapian eu hadenydd yn wyllt ynddo fo.

'Mae hi yna! Sbia!' Caeodd llaw oer Rhian fel feis am fy ngarddwrn ac amneidiodd ei phen tuag at lygoden fach o wraig lwydaidd a safai yng nghysgod siop bapur Albert yn dal clamp o hances flodeuog o flaen canol ei hwyneb. Syllais arni am hir. 'Paid ag edrych gormod, neu mi welith hi ni. Gwna fel hyn, yli.'

Trodd Rhian ei phen at res ddisglair o getynnau pren yn ffenest siop Albert, ond roedd ei llygaid yn syllu i'r chwith ar wyneb y ddynes heb drwyn. Gwnes innau 'run fath, ond wedi rhyw hanner munud roedd fy llygaid bron â chroesi wrth geisio rhythu ar yr clwt blodeuog yn y gobaith y tynnai'r hen wraig o am eiliad i ni gael gweld oddi tano. Roedd ymylon ei llygaid gleision dyfrllyd yn goch, ac yn yr hanner eiliad a gymerodd iddi godi cwr y cerpyn i sychu deigryn oddi ar ei boch, gwelais y twll coch lle dylai'i thrwyn fod. Dadebrais wrth deimlo talp meddal o eisin yn llithro dros fy llaw a stwffiais weddill y fynsan i 'ngheg wrth gamu ar y bỳs. Ni cheisiais edrych eilwaith ar yr hen wraig, druan.

Y noson honno roedd gen i lawer i feddwl amdano yn fy ngwely cyn cysgu. Er cynhesed croeso mam a nain Rhian, yn y pen draw, siom oedd yr *high tea* gan nad oedd yn ddim amgenach na salad ham, brechdan wen a phaned o de. Ar ôl chwarae hop-sgotsh ar y pafin o flaen y tŷ am sbel, trodd Rhian ataf.

'Ty'd i weld trysorau Nain,' gorchmynnodd. 'Ond ar flaenau dy draed, cofia.'

Roedd ei nain yn pendwmpian ar gadair gyfforddus yn y parlwr, a gweill a gwlân y siwmper ysgol newydd yr oedd yn ei gwau i'w hwyres ar ei glin. Sleifiodd y ddwy ohonom i fyny'r grisiau i lofft yr hen wraig a thrawyd fi gan ogla'r stafell, yn felys a myglyd fel Eau de Cologne a hen wragedd. Turiodd Rhian yn haerllug ym mlwch tlysau ei nain. Bocs canu oedd o, a rhyfeddais ar yr aderyn bach arian a droellai ar ei gaead, ei big yn agor a chau a nodau tlws yn treiglo ohono fel pistyll disglair. O dan y caead, ar haen uchaf y blwch ar wely o felfed glas tywyll, gorweddai oriawr aur hardd, y freichled yn ei phlyg fel gwiber felen sorth.

Rhian oedd fy ffrind cyntaf yn fy ysgol newydd. Ar gais Miss Williams i ofalu amdanaf, gafaelodd Rhian yn fy mraich a'm meddiannu'n syth. O edrych yn ôl, rhoddodd ei chyfeillgarwch ymosodol, ffuantus, er mor fyrhoedlog, rywfaint o hyder i mi yn ystod y dyddiau cynnar, anodd rheiny, ac ar y pryd teimlwn yn bwysig oherwydd bod bòs y gang eisiau bod yn ffrind i mi. Holodd fi'n dwll wrth fy llusgo rownd libart yr ysgol bob amser chwarae a chinio am dridiau. Ond pan ddaeth yr ymholiadau i ben, a'm holwr wedi darganfod nad oedd gen i feic Palm Beach, ci i'w gerdded rownd y parc na brawd mawr golygus; nad oeddwn yn cael gwersi reidio ceffyl nac yn ymddiddori mewn dawnsio bale, ac nad oedd gan fy rhieni gar, hyd yn oed, ollyngodd neb daten boeth yn gynt nag y'm gadawyd i gan Rhian. Ond y mêl melysaf ar fysedd Rhian oedd mai gweithio i gyngor y dref yn tocio gwrychoedd a thorri beddi roedd fy nhad. A phan ro'n i o fewn clyw, fethai hi 'run cyfle i edliw i mi ei swydd.

Daeth ac aeth fy mhen blwydd ym mis Mai. Doedd dim llawer o arian am barti nac anrhegion drud. Ches i ddim doli Sindy na sgwtyr na chi bach yr un fath â Patch, ci Jack a Jill, na record 'Apache' gan y Shadows, ond mi ges i bâr newydd o fenig a sgarff yn lliwiau'r ysgol wedi i Mam eu gwau, yn barod at y gaeaf. Ac mi ges i focs pensiliau o goedyn sgleiniog ac arno dafod o gaead pren yn llithro'n llyfn yn ôl a blaen i'w agor. Roedd y silff uchaf hefyd yn troi o'i le i ddatgelu drôr bach ychwanegol oddi tano. Dyna lle roedd y pensiliau lliw a brynais gyda'r *postal order* coron ges i oddi wrth Anti Sybil. Mi anfonodd hi hefyd rwbiwr da iawn mewn cas lledr oedd yn edrych fel llyfr. Ar glawr y llyfr smalio roedd y teitl a'r awdur mewn sgrifen aur: *To Right a Wrong* by E. Raser, beth bynnag o'dd hynny'n ei feddwl. Saesneg mae Anti Sybil yn 'i siarad.

Un pnawn ym Mehefin roedd Mr Griffiths wedi troi'i gefn ar y dosbarth i ysgrifennu diharebion yn ei lawysgrifen gain ar y bwrdd du. Roeddan ni i fod i'w copïo i'n llyfrau Cymraeg, ond edrych ar gawodydd ysgafn y sialc yn nofio'n ddiog ym mhelydrau'r haul ganol pnawn oeddwn i.

'Be 'di gwaith dy dad *di*, Heulwen?' clywais Rhian yn

sibrwd drwy gornel ei cheg. Ro'n i'n dechrau deall castiau slei Rhian bellach, a cheisiais beidio â gwrando, gan y gwyddwn mai dyma un o'i hymdrechion diweddaraf i'm bychanu.

'Bwtsiar,' atebodd Heulwen, 'ac mae gynno fo fashîn sleisio bêcyn, sy'n beryg bywyd os eith dy fysedd di'n rhy agos ato fo. Un coch, letric, newydd ydi o. Fo sy bia'r siop hefyd, ar ôl i Taid farw.' A sniffiodd yn hunanbwysig. Ro'n i'n deall wedyn pam fod yr arwydd uwchben y siop yn datgan 'T. Parry and Son – Purveyor of Fine Meats' a finna'n gwybod yn iawn mai Idwal oedd enw tad Heulwen. Felly fo oedd yr *and son*. Ond roedd Heulwen yn byw mewn fflat uwchben y siop efo'i rhieni a'i brawd bach, Gareth. O leia roeddan ni'n byw mewn tŷ. A ni oedd biau fo.

Gwthiais fy nhafod drwy gornel fy ngheg wrth danlinellu'r geiriau Gwaith Dosbarth efo beiro werdd y ces ei benthyg am y diwrnod gan Eirlys. Roedd fy miniwr deudwll newydd melyn i ganddi hithau am y dydd. Y tro nesaf y byddai'r Quink *blue-black* yn darfod yn fy mhin inc, roedd Peter wedi addo y cawn lenwi'r ffownten-pen efo'i inc Stephens *radiant blue* o. Yn ei dro, byddai o'n cael defnyddio fy mhensiliau lliw Lakeland yn y wers Ysgrythur i liwio map o Balesteina: Gwlad yr Iesu. Ro'n i wedi cymryd at Peter, oedd yn hogyn distaw, annwyl, er ei fod yn eilunaddoli Gwyn Phillips, snichyn surbwch nad oedd gwenu'n dod yn hawdd iddo. Beth bynnag wnâi Gwyn, byddai Peter y tu ôl iddo fel cysgod. 'Tasa Gwyn yn rhoi ei fys yn y tân, fasat titha'n gwneud hefyd?' Dyna ofynnodd ei fam iddo tu allan i'r ysgol un pnawn pan oedd Peter yn swnian am gael mynd i'r coed i wneud den efo Gwyn.

Trodd yr athro at ei fwrdd du drachefn a bachodd Rhian ar y cyfle i droi yn ei chadair a sibrwd yn felys, 'Be am dy dad *di* 'ta, Gwyn?' Roedd hi wedi ailarfogi ac yn barod am ei hysglyfaeth nesaf.

'Cau dy hen geg fudur, y blydi hwch annifyr.' Poerodd Gwyn ei lid drwy'i ddannedd a chulhaodd ei lygaid wrth iddo anelu creon du a'i luchio at Rhian. Chwalodd yn ddarnau mân ar styllod y llawr. 'Ti'n gwbod yn iawn bod fy nhad i 'di marw.'

'Dyna wyt ti'n 'i *ddeud*. Ond dwi'n gwbod yn well. Fu gen ti erioe...'

'Rhian Walker a Gwyn Phillips!' Trodd Mr Griffiths at y dosbarth. 'Os na fedrwch chi'ch dau ymddwyn yn weddus, bydd yn rhaid i chi fynd i sefyll y tu allan i'r drws. A beth os daw'r brifathrawes heibio? Mm?'

'Mae'n ddrwg gen i, syr. Nid arna i oedd y bai. Gwyn regodd arna i. Ddudodd o air hyll yn dechrau efo "b".' Tywalltodd hunandosturi Rhian drwy ei llygaid glas doli tsieina, yn gawod dros yr athro ifanc.

'Ydi hyn yn wir, Gwyn? Sefwch ar eich traed, fachgen. A dewch yma. Ar eich union. Daliwch eich llaw allan.' Ac wrth i'r gweddill ohonom gopïo llond tudalen o ddywediadau doeth yn ein llyfrau, safai Gwyn yn y gornel yn snwffian ac yn gwasgu ei law ddolurus rhwng ei gluniau. Roedd chwiban slaes y pren mesur ar gledr ei law feddal yn dal i atseinio yn fy mhen wrth i mi geisio llunio brawddeg gall yn cynnwys 'Gorau athro, adfyd'. Cilwenai Rhian o dan y rhaeadr o gyrls melyn a dasgai dros ei gwaith, ei rhesen wen berffaith yn sgleinio a'i sleid gwallt plastig brown yn dal yr haul. Gwthiodd flaen ei thafod pinc drwy'i gwefusau i gyfeiriad Gwyn, druan, cyn troi yn ôl at ei gwaith.

1963

Megan

Heddiw roedd gan Mr Griffiths newyddion pwysig i'w rannu gyda merched y dosbarth. Ymhen y mis, byddai'n mynd â ni i gyd am bicnic ar bnawn Sadwrn, i weld llyn arbennig mewn dyffryn cudd yng nghanol mynyddoedd Eryri. Dim ond lle i bump ohonon ni oedd yn ei gar o, ac roedd wyth o ferched yn ein dosbarth – ond fyddai dim problem gan y câi'r lleill gyfle i fynd y Sadwrn canlynol. Cynhesodd gwên Eirlys fi wrth i'n llygaid gyfarfod yn gyffro i gyd. Mi fydden ni'n dwy'n sicrhau ein bod ymysg y pump breintiedig.

'Dos i ganu bands. Na chei, wir.' Roedd Mam yn plicio tatws ar gyfer y lobsgows. Hi sy'n gwneud lobsgows gorau'r byd, a llygaid bach o saim gloyw ar ei wyneb. Mae o hyd yn oed yn well wedi'i aildwymo drannoeth.

'Ond Mam ...' Cydiais mewn lliain sychu llestri'n bwdlyd a'i rwbio'n ffyrnig ar smotyn budur ger y sinc.

'Chei di ddim galifantio mewn car am ddydd Sadwrn cyfan efo dy athro, siŵr iawn.'

'Does 'na'm problem, Mam, mae gynno fo Triumph Herald newydd sbon a digon o le ynddo fo i bump: fi, Eirlys, Rhian, Heul...'

'Yli, Meg, nid faint o le sy'n 'i gar o sy'n fy mhoeni fi ond be sy haru dyn ifanc, twenti-sefn, yn treulio'i ddyddia Sadwrn efo criw o genod bach!'

'Dydan ni ddim yn genod bach. Dan ni'n ddeg oed.

Wel, dydi Pamela-Wynne ddim yn ddeg eto ond mi fydd hi mewn pythefnos.'

Gollyngodd Mam nionod, moron a thatws ar ben golwython o gig oen i'w sosban fwyaf. Sblashiodd diferion dŵr o'r sosban dros fy mhymps melyn slip-on newydd. Doedd Mam ddim hyd yn oed yn edrych arna i.

'Mae o am ddangos llyn sbesial i ni mewn dyffryn does 'na neb yn gwbod amdano fo.'

Ciledrychodd Mam arna i a phlethu'i gwefusau'n llinell dynn. Ro'n i'n clywed fy mreuddwydion yn torri'n deilchion o'm cwmpas. Un ymgais arall ...

'Ond Mam, mae pawb arall yn mynd.'

'Dio'm ots gen i os ydy'r Cwîn yn mynd, na'r Parchedig William Lewis, B.A B.D tasa hi'n dŵad i hynny. Rhoddodd dro ffyrnig i'r gymysgedd gyda llwy bren nes bod nionod a moron yn fflio o'r sosban ac yn sglefrio dros leino llawr y gegin. 'Yli, be nest ti i mi neud rŵan ...'

'Ond Mam ...'

'Dwyt ti ddim yn mynd a dyna fo. Mae'n ddrwg gen i, pwt, ond fedra i ddim gadael i ti fynd. Dydi o ddim yn iawn, ddim yn naturiol. Pam nad eith y titshar 'na i Cae Parc efo'i ffrinidau i weld Dre'n chwara ffwtbol neu gricet fel dynion eraill o'i oed o? Hwda'r cyllyll a'r ffyrc 'ma. Hwylia'r bwrdd, wnei di? Fydd dy dad adra'n yn y munud.'

Fore trannoeth yn y dosbarth, roeddwn yn gwylio bysedd y cloc yn araf lusgo tuag at chwarter i un ar ddeg. Nid yn unig roedd fy llyfr syms yn inc i gyd ond roedd y ffownten-pen o Woolworth yn gollwng Quink glas-ddu dros fy mysedd. Ro'n i'n stryffaglio efo problemau am rywun oedd wedi cychwyn ar drên o Lundain i fesur llawr ar gyfer carped, ac am John oedd ddwy flynedd yn iau na'i chwaer ac yn chwarter oed ei dad ac yn gorfod rhannu Everton mints yn gyfartal rhwng pawb a mesur pa mor gyflym roedd tap yn gollwng dŵr i fâth. Llifent i gyd yn un stremp o inc ar y papur a thrwy fy meddwl. Edrychais drachefn ar y cloc. Rhaid ei fod o wedi torri – doedd y bysedd ddim wedi symud ers y tro diwethaf i mi edrych arno. O'r diwedd, seiniodd y gloch. Rhuglodd cadeiriau ar styllod pren a charlamodd pawb i lawr y grisiau fel gyr o fustych ac allan i'r awyr iach. Clepiodd Peter y drws drachefn wedi iddo orfod mynd yn ôl am ei bêl-droed ledr newydd. Rhyddhad.

Aethom ni'r genod i eistedd ar y glaswellt llychlyd wrth fôn y goeden gastan fawr a daflai ei chysgod dros y buarth, a thynnodd pawb afal neu baced o greision o'i boced. Damia. Yn fy mrys i adael y syms felltith, roeddwn wedi anghofio fy afal.

Doedd neb i fod i fynd i'r stafelloedd dosbarth amser chwarae, felly cerddais yn ysgafndroed at ein dosbarth ni rhag tarfu ar yr athrawon a oedd yn mwynhau paned yn y swyddfa ar y llawr isaf, gan sylwi ar olion ein hesgidiau ar y grisiau sgleiniog. Cydiais yn sydyn yn nwrn y drws a baglu i mewn i'r dosbarth ac at fy nesg lle crogai fy mag ysgol ar gefn y gadair.

'Megan Jones. A be dach *chi*'n 'i wneud yn fama? Allan y munud 'ma!'

Cyn i mi anadlu bron, cefais fy hun yn ôl yn y pasej a drws y dosbarth ynghau y tu ôl i mi. Do'n i ddim wedi llwyddo i gyrraedd fy afal, a sgrialais i lawr y grisiau heb boeni bellach am ddrymio fy esgidiau ar oelcloth y grisiau.

'Gest ti dy afal?'

'Ym ... naddo. Mae'n rhaid 'mod i wedi'i anghofio fo adra.'

'Welaist ti Rhian ar dy ffordd? Mae Jean newydd fod yn y toiled a dydi hi ddim yn fanno. Rhyfedd 'fyd. O'dd hi'n mynd i ddeud wrthan ni am y ffilm welodd hi ym matini'r plant yn y Palladium fore Sadwrn.'

'Mae Mr Griffiths yn 'i helpu hi efo'i syms, dwi'n meddwl.' Do'n i ddim eisiau rhannu fy nghyfrinach efo nhw, sef bod Rhian yn eistedd ar lin Mr Griffiths yn y dosbarth a bod ei freichiau o amdani. Ddywedis i ddim chwaith ei bod wedi syllu arna i am yr eiliad y bûm yn y dosbarth gyda'i llygaid doli mawr glas.

'Rhyfedd,' meddai Eirlys wrth gnoi'n fyfyriol ar ei hafal, 'Rhian ydi'r orau am wneud syms yn ein dosbarth ni. Mae rhifau fel dybl-dytsh i mi. *Fi* fasa'n medru gwneud efo dipyn o help, nid hi.'

O hynny ymlaen, mi wnes i'n siŵr na fyddwn byth yn anghofio fy afal, a fyddwn i ddim yn mynd yn agos at Mr Elwyn Griffiths, os nad oedd rhaid. Ro'n i wedi gwneud rhywbeth ofnadwy. Ro'n i wedi gweld rhywbeth na ddylwn i, a phetai fy rhieni'n dod i wybod byddai fy nghroen ar y pared, chwedl Mam. Roedd gan Mr a Mrs Wallace Manchester House groen llewpart ar wal y drôing rŵm y tu ôl i'r soffa, a dyna oedd yn llenwi fy nychymyg. Bu hen ewyrth i Mrs Wallace yn big gêm hyntyr yn Affrica ers talwm, meddai Dad, ac roedd bod yn eu rŵm ffrynt yn gwneud i mi deimlo fel taflu i fyny am bod edrych arno'n fy atgoffa o Groeshoeliad Iesu Grist. Waldiwyd hoelen front drwy bob un o bedair pawen y llewpart hardd ac ysgyrnygai ei ddannedd melynion mewn gwên ffiaidd. Tyllau duon sych oedd lle bu ei lygaid a phloryn crebachlyd oedd ei drwyn. Byddai iâs yn saethu drwydda i bob tro y meddyliwn amdano'n fflat a diymadferth ar ei letraws ar y papur wal ffloc coch tywyll.

Ond doedd dim gwadu nad oeddwn i, wrth weld Rhian yn eistedd yn hunanbwysig ar lin ein hathro, wedi bod yn andros o hogan ddrwg. Soniais i ddim gair wrth neb ac er ein bod i gyd, genod safon tri, yn dal i ymgasglu dan y goeden gastan amser chwarae, eisteddai Rhian yn ddigon pell oddi wrtha i gan rannu ei *Bunty* neu ei *School Friend* gydag un o'r lleill. Wnâi hi ddim edrych arna i, hyd yn oed. Am y tro, roedd hynny'n iawn efo fi. Gorau po leia o gyswllt oedd rhyngddan ni rhag iddi sbragio wrth y lleill 'mod i wedi'i gweld hi a Mr Griffiths. Allwn i, a finna'n dal i gael fy ystyried yn hogan newydd, ddim fforddio colli 'run ffrind.

Un noson braf, wedi i ni gael te, aeth Mam a Dad i'r ardd ffrynt i dorri'r gwrych a'r lawnt, a chefais i fy nghau yn y parlwr i ymarfer y blydi piano. Ro'n i'n casáu'r piano â chas perffaith ond roedd gen i arholiad ymhen yr wythnos a doedd dim siâp o gwbwl ar y *scales and arpeggios*. Rhedais fy mysedd sosejis yn drwsgwl i fyny ac i lawr y nodau am ryw ddeng munud cyn rhedeg i agor y drws ffrynt ac allan i'r ardd yn fuddugoliaethus.

'Dwi 'di gorffan! Ga i wthio'r peiriant torri gwellt newydd? Plis ga i dro?'

Stopiais ar hanner cam. Roedd Mr Elwyn Griffiths yn pwyso'n hamddenol ar wal yr ardd yn sgwrsio'n braf efo fy rhieni. Pwysai Dad ar ei gribyn a Mam ar y giât, ac roedd y tri ohonyn nhw'n chwerthin. Am fy mhen i, debyg.

Trois ar fy sawdl a'i heglu hi am fy llofft. Clepiais y drws a diflannu yn fy nillad a'm sgidia o dan flancedi fy ngwely. Roedd o'n siŵr o ddweud wrthyn nhw mor ddrwg fues i. Dychmygais gael fy llusgo i lawr llwybr yr ardd ryw noson ddileuad gan ddau labwst mawr dychrynllyd tebyg i Magwitch yn *Great Expectations*, a'm taflu i'r Black Maria ac yna i ddwnjwn eitha'r Llong Fawr oedd, yn ôl Mam, yn y môr ger Bangor. Fanno y byddai hogia drwg Lerpwl yn cael eu lluchio medda hi, a byddwn innau'n siŵr o'u canlyn.

Dadebrais o'm hunllef wrth deimlo pwysau Mam yn eistedd ar fy ngwely.

'Be sy haru chdi, hogan? Pam oeddat ti mor ddigwilydd efo Mr Griffiths?'

'Be oedd o'n da yma? Pam o'dd o'n siarad efo chi?' Daeth fy llais o ddyfnderoedd y blancedi.

'Mae o wedi symud i lojio efo Miss Tomos nymbar nain heno 'ma. Mynd am dro bach i gael awel y môr 'rôl gorffan dadbacio oedd o.'

'Dwi ddim isio mynd efo fo!'

'Brensiach mawr. Dydi o ddim wedi gofyn i ti fynd efo fo i nunlla, siŵr. Beth bynnag, mae o wedi mynd rŵan. Ty'd i lawr. Gei di dro ar y peiriant Qualcast newydd,' gwenodd Mam yn anogol.

'Dwi 'di blino. Dwi am aros yn fama.'

Gwelwn drwy'r ffenest fod Mam yn ysgwyd ei phen mewn dryswch wrth iddi ailymuno â Dad yn yr ardd. Gwisgais fy nghoban, cau'r llenni ar y noson braf a chau fy llygaid yn dynn, dynn. Roedd oglau persawr Tweed Mam yn hongian yn gysurlon dros fy ngwely. Ond wrth i mi droi a throsi a chlywed synau hafaidd peiriant torri gwellt newydd Dad a chlec pêl denis plant y stryd yn erbyn wal rhyw garej, allwn i yn fy myw â chael gwared o'r darlun: y ddoli'n eistedd ar lin ei hathro ynghyd â beiddgarwch caled ei llygaid hi a ffyrnigrwydd ei lais o.

Yn y diwedd, dim ond Heulwen, Rhian a Jean, hogan nad oedd yn boblogaidd iawn efo'n criw ni gan fod ogla pi-pi arni, aeth ar y daith i weld y llyn hudol yn y dyffryn dirgel. Doedd neb arall yn medru mynd: gwers biano gan Eirlys, Pamela-Wynne yn cael cath fach newydd o fferm ei hewythr yn y wlad ac ro'n i'n mynd i weld Taid. Roedd Eirlys a fi, yn ddistaw bach, yn falch o glywed fore Llun nad oedd y daith yn llwyddiant ysgubol, gan ei bod hi wedi bwrw fel o grwc drwy'r dydd.

'Cerddad am filltiroedd drwy ryw gae corslyd yn fy sandals plastig gwyn newydd. Maen nhw wedi'u difetha, a cha' i ddim pâr newydd i fynd i'r Marîn Lêc a'r Ffloral Hôl ar y trip Ysgol Sul i Rhyl.' Llanwodd llygaid Heulwen â dagrau. 'Mi fydd rhaid i ni drio'u sgwrio nhw efo Vim, medda Mam. Mae 'na ryw ddŵr brown wedi'u staenio nhw. A doedd 'na'm byd i weld yn y diwadd, dim ond rhyw hen bwll dŵr budur a phryfaid ym mhob man. A *fi* oedd yn teimlo'n sic, ond y *hi*, Miss Perffaith Rhian, oedd yn cael eistedd yn y ffrynt ar hyd y daith – a finna bron â thaflu i fyny yng nghefn y car! Mae 'na lot mwy o le yng nghefn fan gig Dad.' Ochneidiodd Heulwen gan bigo'r croen efo'i hewin oddi ar oren bach caled yr olwg. 'Dyna be oedd gwastraff diwrnod. 'Sa'n well o lawer gen i fod wedi aros adra i siarad efo Brandon.' Gollyngodd ochenaid arall, un llawn angerdd y tro hwn. Hogyn disylw a chanddo wallt coch a llond wyneb o frychni oedd Brandon, a fo oedd hogyn dosbarthu neges newydd siop tad Heulwen. Ac roedd Heulwen mewn cariad.

* * *

Fisoedd yn ddiweddarach, roedd Rhian wedi dyfeisio gêm newydd i ni: rhyw fath o cops-an-robyrs ond gydag amrywiad: Cops an' Ddy Grêt Trên Robyrs. Cafodd pawb enw: Buster Edwards oeddwn i, Bruce Reynolds oedd Heulwen, Charlie Wilson oedd Eirlys, Ronnie Biggs oedd Rhian ac roedd Glenys a Jean yn bawb arall, sef y lladron nad oedd tad Rhian wedi sôn wrthi hi amdanyn nhw ar ôl darllen yr adroddiad am y drosedd yn y *Daily Express*. Mynnai Rhian hefyd fod enw'r plismon oedd yn ceisio dal y dihirod creulon yn rwbath i neud efo sgidia.

'Hy! Celwydd arall,' sibrydodd Heulwen. 'Glywaist ti erioed am ddyn yn cael 'i enwi ar ôl esgid?'

Do'n i ddim am ddangos fy hun ond ro'n i wedi darllen yr wythnos cynt yn *Look and Learn* fod 'na ddyn o'r enw Wellington, er mai si-bŵts fyddai Mam yn galw esgidiau glaw. Ro'n i hefyd yn gwbod mai Jack Slipper oedd y plismon pwysicaf yn achos y Grêt Trên Robyrs. 'Doeth pob tawgar' oedd dihareb y diwrnod hwnnw.

Gan na allen ni gytuno ar enw i'r plismon, doedd dim un yn rhan o'r gêm, dim ond rhai anweledig y byddem yn hyrddio o gwmpas y buarth fel geifr gwyllt rhagddyn nhw.

A hyd y gwelwn i, doedd yna ddim trên chwaith, er gwaethaf enw'r gêm.

Roedd popeth yn y dosbarth yn parhau fel ag yr oedd: Eirlys yn bustachu efo'i syms, Jean yn crio gan ei bod hi wedi cael dau allan o ddeg yn ei sbelings Saesneg, Gwyn yn gwgu ar bawb a phopeth a finna'n cadw o ffordd Mr Elwyn Griffiths. Allwn i ddim hyd yn oed edrych arno fo, rhag ofn iddo fo ddweud wrth y brifathrawes 'mod i wedi bod yn hogan ddrwg. Teimlwn yn sâl bob bore cyn mynd i'r ysgol a chychwynnwn o'r tŷ'n gynnar, gynnar rhag i Elwyn Griffiths wibio heibio yn ei Triumph Herald crand a chanu'r corn wrth fy mhasio. Un bore, roedd hi'n stido bwrw a finna'n gwthio'n erbyn y gwynt ac yn trio cadw hwd fy nghôt law gaberdîn rhag chwythu oddi ar fy ngwallt. Clywais gar yn stopio wrth fy ymyl a llais Elwyn Griffiths yn galw arnaf i gynnig lifft. Roedd drws y car wedi'i agor i mi.

'Dim diolch, syr. Dwi'n lecio cerdded yn y glaw.'

'Dewch wir, Megan. Fyddwch chi ddim chwinc yn cyrraedd yn glyd ac yn saff yn y car efo fi.'

Cerddais yn fy mlaen yn benderfynol. Diolch byth ei bod hi'n glawio, oherwydd allai o ddim gweld y dagrau oedd yn powlio i lawr fy wyneb na'r cryndod drwy 'nghorff. Clepiodd drws y car a rhuodd y Triumph ymlaen mewn cwmwl o fwg. Pwysai'r gyfrinach arnaf yn drymach bob dydd.

Fu erioed y fath dywydd yng nghanol mis Medi. Ro'n i'n brydlon i'r ysgol er gwaetha'r genlli, a stemiai ein cotiau ni i gyd ar y gard metel a amgylchynai'r stôf fawr, foldew. Roedd sanau a sgidiau Gwyn dros y gard hyd yn oed, gan mai ar hen feic ei fam y byddai o'n teithio'r filltir i'r ysgol. Byddai'n dod â'i slipars, rhai brown â sip-ffasner i'w cau, efo fo wedi'u lapio mewn bag papur llwyd yn y sadlbag. Rhai felly sydd gan Mr Wallace Manchester House hefyd, ond mae *o*'n êti-ffaif, medda Mam.

Amser chwarae, pan es i'r lle chwech, doedd neb arall yno gan fod y genethod wedi cael caniatâd i fynd i stafell y Babanod i wneud jig-sôs a hithau'n dywydd mor annifyr. Ond ar ôl i mi dynnu'r dŵr, golchi fy nwylo efo'r sebon carbolig coch a'u sychu ar y rholyn lliain caled, clywais snwffian yn dod o'r ciwbicl pellaf. Cerddais draw ar flaenau fy nhraed a rhoi hw'th ysgafn, arbrofol, i'r drws. Roedd Rhian ar lawr, yn un belen fach y tu ôl i'r drws, yn beichio crio.

'Dos o'ma!' poerodd, a thân gwyllt yn ei llygaid.

Plygais i lawr ati. 'Be sy? Wyt ti isio i mi nôl Miss Williams?'

'Paid ti â meiddio!' Roedd hi'n plethu a dadblethu ei dwylo bob yn ail, a'i hances yn drybola rhwng ei bysedd.

'Fedra i dy helpu di? Ma' raid i ti ddeud wrth rywun be sy'n bod. Wyt ti wedi siarad efo dy fam?'

Ysgydwodd ei phen yn bendant, ei chyrls melyn yn glynu yn ei bochau.

'Oes 'na rwla'n brifo?' Dyna fyddai'r cyntaf ar restr cwestiynau Mam bob amser. Meddyliais am un arall. 'Oes 'na rywun wedi bod yn gas efo chdi?'

Cododd Rhian ei phen yn araf a rhythodd arna i wrth i'r gloch diwedd amser chwarae atseinio fel cnul yn ein clustiau. Codais ar fy nhraed a rhedais allan i'r glaw lle roedd Miss Williams dan ambarél anferth yn ysgwyd y gloch bres i gyfeiriad yr hogiau, oedd wastad yn mynnu chwarae pêl-droed ym mhob tywydd.

'Miss Williams, Miss Williams! Mae'n rhaid i chi ddŵad i'r toiledau.'

'Bobol annwyl, Megan Jones. Does dim *rhaid* i mi wneud dim byd. Be ydi'r brys?'

'Mae Rhian yn torri'i chalon. Dwi'n meddwl bod 'na rwbath mawr yn bod arni hi.'

Plygodd yr athrawes ei hambarél a martsio i gyfeiriad y toiledau, a thuthiais innau ar ei hôl i rhythm ei sgidiau stileto ar y llawr teils coch.

'Rhian Walker! Be ar y ddaear dach chi'n 'i wneud fan hyn? Brysiwch wir, mae'r gloch wedi hen ganu. Llai o'ch sterics chi. Dewch yn eich blaen, sychwch y dagrau 'na. Does ganddon ni ddim amser i lolian heddiw – mae'r Inspectors yn dod i'r ysgol ymhen yr wythnos ac mae'n rhaid i'ch llyfrau chi i gyd fod yn dwt ac yn ddestlus.'

'Destlus' ac 'Aflêr' oedd geiriau mawr Miss Williams. Pam na fysa hi'n dweud 'taclus' a 'blêr' fel pawb call? Suddodd fy nghalon i'm hesgidiau. Doedd fy llyfrau i ddim yn dwt nac yn ddestlus: dim ond yn foddfa o inc o'r ffownten-pen rad o Woolworth. Un Parker o W.H. Smith oedd gan Rhian, a doedd ei bysedd hi byth yn las, a doedd 'na byth ôl ar ei llyfrau fel tasa 'na bry copyn ar drengi wedi cropian o'r botel inc ac ymlwybro dros bob tudalen.

Sychodd Rhian ei llygaid, chwythodd ei thrwyn yn swnllyd ac fe'n hebryngwyd ni'n dwy i'r dosbarth fel ŵyn bach edifeiriol. Awgrymodd Miss Williams y dylid ein cosbi am beidio ag ymateb yn syth bìn i ganiad y gloch, ac ar ôl i ni fwyta'n cinio mewn tawelwch ar fwrdd yng nghornel y neuadd fel dwy wahanglwyf, i mewn â ni i'r dosbarth i dacluso'r gornel lyfrau o dan oruchwyliaeth Mr Griffiths. Doedd hynny'n fawr o gosb i mi – llyfrgellydd dwi am fod wedi i mi dyfu'n fawr, ac alla i ddim meddwl am waith difyrrach na darllen drwy'r dydd, gosod llyfrau ar silffoedd a'u trefnu'n ôl eu maint neu liw eu cloriau. A chael waldio stamp dyddiad dychwelyd y llyfr ar ddalen flaen bob llyfr a llithro tocyn yn dwt yn ei amlen fach lwyd y tu mewn i'r clawr.

Roedd Rhian yn dal i snwffian bob hyn a hyn. Toc, cododd Mr Griffiths i fynd am ei ginio, a'n rhybuddio i fod yn dawel. Cipiodd un llyfr arbennig fy sylw: *The Borrowers*, llyfr am ryw bobol bach yn byw dan y sgyrtin yr un fath â llygod. Wrth anwesu'r tudalennau mi welais air nad oeddwn i erioed wedi'i weld o'r blaen: *crochet*. Rhywbeth i wneud efo gwau oedd o, ond roedd Mrs Pickering Piano yn galw nodyn du fel lolipop yn *crotchet*. Tybed ai 'run fath oedd eu dweud nhw? Ro'n i ar fin gofyn barn Rhian pan ddaeth ochenaid fawr fel ton yn taro graean o'i cheg, a llithrodd i'r llawr yng nghanol y llyfrau ro'n i wrthi'n eu trefnu. Dechreuodd grio fel petai'i chalon ar dorri.

Beth ar y ddaear ddylwn i ei wneud? Dechreuais godi er mwyn mynd i stafell yr athrawon i nôl rhywun ond haliodd Rhian fi yn ôl i lawr gerfydd llawes fy siwmper. Roedd ei llaw fach yn oer a chwyslyd.

'Mae 'na rwbath mawr yn bod, does? Deud wrtha i. Ella medra i helpu.' Gwasgais ei llaw.

'Does na'm byd fedar neb wneud. Mae'n rhy hwyr rŵan.' Ysgydwodd fy llaw i ffwrdd yn ddiamynedd. Syllais arni heb wybod yn iawn be i'w wneud nesaf, a byd bach,

bach y *Borrowers* yn anghofiedig ar lawr. Caeais y tudalennau a gwthio'r llyfr i ganol rhai o'r un maint ar y silff. Ro'n i'n ysu i ddweud wrth rywun. Roedd Rhian bellach ar ei hyd ymysg y llyfrau, ei phen ar ei dwy fraich a'r cyrls melyn tlws yn gawod damp. Ond dweud wrth bwy? Roedd hi'n amlwg mai enw da'r ysgol oedd bwysicaf i Miss Williams ar hyn o bryd, nid lles ei disgyblion. Toc, amneidiodd Rhian arnaf a chropian dros y llyfrau tuag ataf. Chwythodd ei hanadl yn boeth ar fy ngwallt wrth iddi sibrwd yn fy nghlust.

'Os wyt ti wir isio gwybod, mae Mr Griffiths wedi 'mrifo i.'

Pryd? Sut? Doedd gen i ddim syniad am be roedd hi'n sôn.

'Brifo? Rhoi slaes i ti efo cansen, fel mae o'n wneud i'r hogia?'

Tawelwch.

'Paid â sbio arna i,' sibrydodd. 'Gaddo?'

Nodiais i gytuno. Trois fy mhen oddi wrthi ac estynnodd Rhian am fy mraich. Ro'n i'n edrych ar lun Heidi'n prancio yng nghanol blodau gwyllt yr Alpau, ond gallwn deimlo Rhian yn closio ataf. Pan ddaeth ei llais, roedd o'n denau fel sidan.

'Roddodd o'i law yn fy nicyrs i, Megan. Plis paid â deud. Plis. Wrth neb.' Caledodd ei llais. 'Neu mi lladda i di.'

Camodd Elwyn Griffiths i'r dosbarth.

'Mae'n amser am y gloch. Cosb, wir. Wnaethoch chi'ch dwy fawr o waith, yn ôl pob golwg. Dim amser chwarae i chi pnawn 'ma chwaith, felly.' A throdd ei gefn ar y llanast.

'Dewch i mewn? O, Megan Jones. Dach chi ddim yn gweld 'mod i'n brysur?'

'Sori, Miss Williams, ond mae hyn yn bwysig.' Arllwysodd y frawddeg dros y ddesg yn un gawdel. 'Mae Mr Griffiths wedi brifo Rhian.'

'Am be dach chi'n sôn, ferch? Brifo? Naddo, siŵr. Mae'n siŵr bod y Rhian Walker na'n 'i haeddu o, beth bynnag ddigwyddodd. Os digwyddodd unrhyw beth o gwbwl. Mae'r athrawon wedi sylwi faint o anwiredd mae'r ferch yn ei ddweud. Rŵan, ffwrdd â chi. Peidiwch â gwastraffu fy amser i.' Cododd ei dwy law i'm hysio drwy'r drws. 'Hogan fach hunanol a chelwyddog ydach chithau. Ewch o 'ngolwg i.'

Baglais dros fy nhraed wrth adael swyddfa'r brifathrawes, fy llygaid yn llawn dagrau anghyfiawnder. Clywais Miss Williams yn galw ar fy ôl.

'Megan Jones. Dewch yma i gael eich cosbi am hanner awr wedi tri. Yn ddi-ffael.'

'Ond Miss Williams, mae'n rhaid i mi gerdded yn syth i'r Band o' Hôp erbyn pedwar. Mi fydd Mam yn methu dallt lle ydw i. Hi sy'n gneud y te yn y festri heddiw.'

'Ond dim byd, Megan. Mi gewch ysgrifennu llinellau i mi. Cant ohonyn nhw: "ddylwn i ddim dweud celwyddau".'

Rhian

Allawn i byth bythoedd gyfaddef wrth fy rhieni be wnaeth Mr Griffiths i mi. Fysan nhw byth yn fy nghredu i – roedd pawb o'r farn 'mod i'n cael trafferth dweud y gwir ers i mi ddechra siarad, bron, ac mae'n debyg mai un celwydd yn ormod fyddai fy stori am gamwedd yr athro yn eu llygaid nhw. Dwi'n medru dychmygu eu hymateb: 'Dyma chdi eto, Rhian, yn palu clwydda. Rhag dy gwilydd di'n trio llusgo enw da Mr Griffiths druan drwy'r baw.'

Y celwydd dwytha i mi ei ddweud wrthyn nhw oedd pan anfonodd Mam fi i'r ysgol Sul yng nghwmni Peter a Gwyn. Ond aeth 'run ohonon ni yno, er i ni smalio mynd i mewn i'r festri a chodi llaw ar Mam wrth wneud. Pan ddaeth hi i fy nôl i awr yn ddiweddarach, roedd yn amlwg nad o'n i wedi llwyddo i luchio llwch i'w llygaid hi, a phenderfynodd weld pa mor bell y gallwn i ddal heb gyfaddef.

'Pa ran o'r maes llafur y buoch chi'n 'i drafod heddiw?'

'Stori Samiwel ac Eli'r offeiriad yn y Deml. Ro'n i hyd yn oed yn cofio "Llefara, Arglwydd canys y mae dy was yn clywed".'

'Da iawn ti, 'mach i,' canmolodd Mam. 'Dyna wnaethoch chi wsnos dwytha hefyd, yntê? Adolygu oedd gwers heddiw, ia?' Nodiais, a sychais fy nwylo chwyslyd ar ochrau fy sgert tartan. 'Ond pam bod dy sana a dy sgidia di'n wlyb doman?'

Ro'n i'n gwybod bryd hynny 'mod i mewn cornel go dynn.

'Mi fuon ni'n golchi'n traed yn sinc y festri fatha Iesu Grist yn golchi traed ei ddisgyblion!'

'Ond ro'n i'n meddwl mai hanes Samiwel ddysgoch chi heddiw? Yn yr Hen Destament mae hwnnw, a'r Testament Newydd sy'n sôn am Iesu Grist. Ma' raid eich bod chi wedi gwneud lot fawr o waith heddiw – y Beibil ar ei hyd, bron.'

Doedd hi ddim yn edrych arna i bellach gan ei bod yn brysur yn torri brechdan i de bach.

'Mmm. Do, Mam. Mi ddudodd Miss Cathrin mai ni oedd y dosbarth gora iddi 'i gael ers blynyddoedd.'

'A phwy arall heblaw amdanat ti, Gwyn a Peter aeth i lawr at yr afon yn lle mynd i'r ysgol Sul?'

Crebachodd fy wyneb fel gwêr yn toddi.

'Sut gwyddech chi, Mam?'

Anwybyddodd Mam fi.

'Dos i wisgo dy slipars, stwffia bapur newydd i dy sgidia er mwyn iddyn nhw sychu a cher i ista efo dy nain tra bydda i'n gorffan gwneud te. Gei di fynd i dy wely wedyn – tan bora fory. Ti'n hogan fach ddrwg a chelwyddog. Ac ar ddydd Sul hefyd.' Roedd Mam bellach bron o'r golwg yn y cwpwrdd llestri. 'Caria'r sgons 'na i mewn efo chdi.'

Gwasgais y dagrau o gorneli fy llygaid cyn agor drws y parlwr, ac agorodd Nain ei breichiau i mi. Daeth 'Dwed wrth Mam' a lleisiau Jac a Wil i ben ar y Dansette, diolch i'r drefn, a chleciodd y peiriant i stop. Byddai Nain yn chwarae'r gân honno drosodd a throsodd ers i Mam ei phrynu iddi o W. H. Smith ar ei phen blwydd. Pur anaml y bydda i'n cael cyfle i chwarae fy recordiau i – 'Help!' gan y Beatles neu 'I've Got You Babe' gan Sonny and Cher, y ddau gariad, ydi fy ffefrynnau, a 'Make it Easy on Yourself' gan y Walker Brothers. Maen nhw'n hyfryd, er nad oes yr un o'r tri yn edrych fel tasan nhw'n perthyn i'w gilydd. Mae Scott Walker mor ddel, efo'i wyneb golygus a'i lais fel melfed.

'Ti 'di bod yn deud anwiredd eto, 'mach i?'

'Do, Nain. Wna i byth eto.'

'Dwi'n dy goelio di, pwt. Tan y tro nesa, yntê? Ty'd i mi ddeud stori bwysig wrthat ti. Swatia yn fy nghesail i'n fama.' Ac mi adroddodd stori i mi am yr hogyn bach a waeddodd 'Blaidd!' unwaith yn rhy aml.

'Wyddost ti be, Rhian?' medda Nain ar ôl gorffen y stori drwy egluro na wnaeth yr hogyn bach ddweud clwydda byth wedyn.

'Be, Nain?'

'Ma' raid i ti fod yn goblyn o foi i ddeud clwydda. Rhaid i ti bentyrru clwydda un ar ben y llall i guddio'r celwydd o'i flaen o. Dydi o ddim werth y draffarth, 'sti. Mae o fel taflu carrag i ddŵr Llyn Cam a gweld cylchoedd ar gylchoedd ar gylchoedd yn lledu o'r canol. Paid â gwneud, 'mach i.'

'O'r gora, Nain. Ga i fynd rŵan?'

1964

Megan

'Gwêl y wisg a roesom ni,
Tithau'n ddiddos ynddi hi.
Aaaaamen.'

Wrth i'r babanod ddod â'r gân i ben bu bron i Ifor, brawd
bach Eirlys, syrthio dros ochr y sêt fawr wrth geisio achub
ei benwisg bugail oedd wedi llithro oddi am ei ben gan fod
y belt a'r bwcwl neidr a'i daliai wedi llacio. Ar yr Amen
lluchiodd 'Mair' ei doli – sef y Baban Iesu – yn ddramatig
i'r gynulleidfa gan daro het Mrs Ifans druan i'r llawr.
Roedd pawb yn llawn o ysbryd goddefgar yr Ŵyl.
Doedd dim byd a lawenhâi gynulleidfa'r capel fel
gwasanaeth Nadolig blynyddol y plant, ac roedd hyd yn
oed yr hen J.T., y pen-blaenor sur, yn gwenu'n dadol a
thapio'i droed i rhythm y garol gyfarwydd. Ond roedd
cynrhon yn nhrowsus Gwyn Phillips. Gwingai'n
anghyfforddus gan siglo o ochr i ochr fel tasa fo'n chwilio
am rywbeth ym mhocedi ei drowsus.
'Be 'sa'n ti?' hisiais arno yn ystod deuawd wichlyd
Lilwen a Gladwen, y ddwy chwaer a oedd mewn
gwirionedd yn llawer rhy hen i gymryd rhan na chael eu
hystyried yn blant ers blynyddoedd bellach, ond bob mis
Rhagfyr, bydden nhw'n ffonio'r gweinidog i sicrhau y caen
nhw ganu 'Suai'r Gwynt'. Lilwen oedd yr alto, gyda llais
bariton fyddai'n gwneud i seddi'r capel ysgwyd dan fy

mhen-ôl, a Gladwen yn soprano grynedig. Dyma un o uchafbwyntiau blynyddol y chwiorydd, os nad y pinacl. Gweithiai'r ddwy gyda'u mam yn eu siop fechan a oedd ar y gornel gyferbyn â thafarn y Prins o' Wêls, yn gwerthu bara, llefrith ac ychydig o fwydiach arall. I ni'r plant, dyma siop ddifyrraf Dre, yn llawn poteli gwydr o fferins disglair, amryliw: anisîd bôls, llygod bach gwynion, pêr-drops a choff-swîts. Dyma'r unig le a welais erioed oedd yn gwerthu gwreiddiau licris y gallech eu sugno er mwyn llyncu'r sudd du melys. Roedd eu cnoi fel brathu brigyn coeden a byddai gwerth dimau yn para'r holl ffordd adra o'r capel ar ddiwedd oedfa sych.

Diolch i'r drefn, gorffennodd y ddeuawd gyda 'Cwwwwsg, Cwwwwsg, Cwwwwsg' mor dawel fel mai'r unig beth a glywid oedd sŵn Gwyn, yn dal mewn panig.

'Dwi di colli'r blydi gweddi!' sibrydodd yn fy nghlust, y braw yn ei lais yn cosi fy moch. Roedd hi'n amlwg bod J.T. wedi clywed hefyd, a gwelodd ei gyfle i achub y dydd. Dechreuodd y blaenor godi'n arwrol ond cyrhaeddodd Gwyn y ddarllenfa o'i flaen, heb bapur. Daliais fy ngwynt. Be goblyn oedd o'n mynd i'w wneud? Plis paid â difetha hud y Nadolig i bawb, Gwyn wirion, fel y gwnest ti llynedd pan rwygist ti locsyn gwyn Santa Clôs oddi ar ei wyneb ym mharti'r plant gan ddatgelu i bawb mai J.T. a guddiai yn y wisg goch.

Plygodd Gwyn ei ben yn wylaidd. 'Gadewch i ni gydweddïo.' Ufuddhaodd y gynulleidfa gegrwth. 'O Dad Nefol a thad ein harglwydd Iesu Grist a anwyd mewn llety tlawd ym Methlehem, bendithia'r gwasanaeth hwn. Maddeua i ni am bechu yn dy erbyn. Bydd drugarog a helpa ni i fyw'n fwy tebyg i ti o'r awr hon, hyd byth. Amen.'

Cerddodd Gwyn yn ôl i'w sedd wrth i'r gynulleidfa rythu arno mewn syndod. Roedd Olwen, ei fam, yn chwythu'i thrwyn yn swnllyd, y greaduras yn methu â chredu bod geiriau mor hyfryd wedi dod allan o geg ei chlown o fab, mae'n siŵr.

'Îsi-pîsi!' cyhoeddodd Gwyn wrth eistedd, gan estyn am y bybl-gỳm mawr pinc Bazooka Joe roedd wedi ei sticio o dan sedd y fainc, ei roi yn ôl yn ei geg a'i gnoi'n swnllyd.

1968

Eirlys

Rhedais i lawr y ffordd, fy miwsig-cês lledr yn siglo'n ôl a
'mlaen wrth i mi sboncio o sgwâr i hirsgwar ar hyd y
palmant, gan ofalu peidio â sathru ar y craciau. Ro'n i'n
arfer meddwl y bysa rhyw drychineb erchyll yn dod i'm
rhan taswn i'n gwneud hynny – llew ffyrnig yn fy llarpio,
efallai – ond erbyn hyn, arferiad yn unig oedd y gêm
blentynnaidd. Roedd ffynnon llawenydd yn byrlymu y tu
mewn i mi wrth i'm hoff gân, a llais arbennig Gary Puckett,
redeg drwy fy mhen.

> 'Young girl, get out of my mind,
> My love for you is way out of line,
> You'd better run girl,
> You're much too young girl ...'

Neithiwr, cafodd ei chwarae ar y radio jest cyn i mi fynd i
gysgu ac roedd hi'n dal yn fy mhen pan ddeffrais y bore
'ma. Deano gyflwynodd hi: 'I'm playing this for all you
teenagers out there. It's going to be a tremendous hit. I'm
looking forward to seeing some of you tomorrow,' oedd
ei eiriau olaf. 'Dwinna'n edrych 'mlaen hefyd,' sibrydais
wrth ddiffodd y radio fach.

Croesais y ffordd i Lyndon House heb y trymder
arferol yn fy nghalon. Am unwaith, doedd dim ots gen i
wastraffu hanner awr ar fore Sadwrn braf ym mharlwr Mrs

Pi-pi ddiflas, oherwydd byddai gweddill y diwrnod yn ffab-iw-lŷs. Câi'r hen wrach a'i phren mesur milain roi slaes ar fy migyrnau am gael y byseddu'n anghywir. Doedd dim ots gen i. Allai dim byd ddifetha perffeithrwydd y diwrnod hwn.

'Good morning, Eye-liss. How did you get on with the new pi-pi-piece I gave you last week?'

'It's a very nice pi-pi-piece. But the pi-pi-piano at home needs tuning, so I'm sure it'll sound much better on your pi-pi-piano.'

Os sylwodd yr hen jadan ar y gwawdio, wnaeth hi ddim cymryd arni. Agorodd ddrws ei rŵm ffrynt a gwenu'n ddanheddog er mwyn gadael i mi basio o'i blaen. Gwraig weddw gron, fyddar a byr ei golwg oedd Gertrude Pickering, ond ew, gallai ei bysedd tew, modrwyog hedfan ar draws y nodau gan dynnu rhubanau hud Chopin ohonynt. Dawnsiai'r clymau du a gwyn yn ddisynnwyr o 'mlaen i ar y copi fel gwlân Mam pan fyddai Smwt y gath wedi bod yn chwarae yn ei basged wau. Sut oedd modd i neb meidrol ddatgloi cyfrinach y gerddoriaeth?

Wrth fustachu'n herciog drwy'r darnau na welsant olau dydd ers y Sadwrn cynt, hedfanodd fy meddwl i stafell fyw Mrs Pi-Pi a oedd yng nghefn y tŷ; stafell dywyll y cefais un cip arni rai wythnosau'n ôl pan atebodd Musus y drws yn ffrwcslyd ac arogl mwg sigarét yn gwmwl o'i chwmpas. Roedd gwrid annaturiol ar ei bochau crynion. Bu rhywbeth am y digwyddiad, er mor fach, yn fy mhoeni ers hynny. Achos ro'n i'n siŵr i mi weld coes trowsus glas a throed dyn mewn esgid swêd frown golau drwy gil y drws agored. Ond roedd Mrs Pi-pi wedi claddu ei gŵr ers blynyddoedd. Pwy felly oedd y dyn yn ei rŵm gefn?

Clywais ei llais yn fy nwrdio.

'This is a Nocturne, Eye-liss. A beautiful pi-pi-piece about a lovely summer's evening. You're a classically trained pi-pi-pianist, not a music-hall joanna player. A bit of finesse wouldn't go amiss. Try again.'

Cerddodd bysedd y cloc yn araf o boenus ond unwaith y caeodd giât ffrynt Mrs Pi-pi y tu ôl i mi, rhedais tuag adref a tharanu drwy'r drws gan wneud iddo glepian yn erbyn wal y cyntedd nes bod y gwydr ynddo'n dirgrynnu. Hedfanodd y bag miwsig ar draws y parlwr gan daro'r wal bellaf a glanio'n dwt ar stôl y piano. Misoedd o ymarfer, meddyliais yn foddhaus. Nid ymarfer y pi-pi-piano fodd bynnag, penderfynais wrth gamu i'r gegin. Mi gâi hwnnw aros. Roedd ymarfer, fel y tlodion bondigrybwyll, gyda ni bob amser.

'Cinio ar y bwrdd. Golcha dy ddwylo.' Taflodd Mam y geiriau dros ei hysgwydd wrth godi swp pys i bum powlen streipiog glas a gwyn. Roedd Ifor, gan ei fod yn naw oed, wedi cael y dasg o roi talpiau o fenyn caled ar dafellau o fara, a Bethan y babi'n waldio'i llwy ar fwrdd tolciog ei chadair uchel bren. Ymddangosodd Tada o'r tu ôl i'r *Cambrian News*.

'Pa fys y doi di adra arno fo?'

'William bach. Gadwch i'r hogan fynd gynta, cyn swnian arni am ddŵad adra.'

'Mi wyddoch chi o'r gorau, Gladys, fy marn i ar wagedd ac oferedd gwyliau paganaidd a ffeiriau. Fedrwch chi ddim distewi'r plentyn anystywallt yna?' Roedd Bethan fochgoch yn mynd i hwyl â'i llwy.

'O, Tada! Dach chi'n *gwybod* bod Jean yn Frenhines y

Rhosod heddiw. Tynnu 'nghoes i ydach chi, yntê? Ac nid ffair ydi o, ond carnifal.'

Llwythodd Mam lwyaid o fwyd i geg fawr agored Bethan.

'Wyddwn i ddim dy fod di gymaint â hynny o ffrindiau efo Jean. Dwyt ti byth yn sôn amdani fel arfer.'

'Wel ...' Dechreuais esbonio fod pawb o'r dosbarth yn debygol o fod yn Dre y pnawn hwnnw, yn bennaf i fusnesu ar yr orymdaith ac ar y ffrog sidan y clywsom sôn di-baid amdani dros yr wythnosau diwethaf, ond torrodd Ifor ar fy nhraws.

'Aw! Mam, ma' gen i lwmp ar fy mhen a menyn yn fy nghlust.' Wrth iddo rwbio'i glust efo blaen ei fforc, gwthiodd Mam gadair Bethan ymhellach o'r bwrdd er mwyn iddo gael llonydd i fwyta.

Chwifiodd Tada y *Cambrian News* o flaen fy nhrwyn.

'Nid cellwair ydw i, dallta, 'merch i. Rwyt ti'n llawer rhy ifanc i ga'l mynd i wagsymera o gwmpas y dre ar bnawn Sadwrn, ond mae dy fam yn gwybod yn well, medda hi.'

'Ydw, mi ydw i,' mynnodd Mam. 'Gadwch iddi fynd, William. Bytwch. Ma'ch cinio chi'n oeri. Ac mi fuoch chitha'n ifanc unwaith ... dach chi'm yn cofio?' Edrychodd yn smala ar Tada. 'Allwn ni ddim ei charcharu ar bnawn Sadwrn braf, a'i ffrindiau i gyd yn mynd i rannu diwrnod mawr Jean.'

Rhwng cegeidiau roedd Ifor yn llafarganu 'iỳm, iỳm, bybl gỳm, stic it yp iôr myddyr's ...'

'Ifor! Rhag dy gwilydd di. Lle ddysgist ti betha hyll fel'na?' hisiodd Mam yn ei glust. Diolchais fod Tada'n drwm ei glyw – yn y gwely y bysa Ifor druan drwy'r pnawn tasa fo wedi clywed y pennill.

'Gwyn ddysgodd o i mi yn 'rysgol Sul pan oedd o'n cael sigarét yn ymyl y buniau tu ôl i'r festri. Mae'n bennill da, dydi Eirlys, 'chos mae o'n odli? Ti'n gweld, mae "iỳm" a "gỳm" yn odli efo "bỳm". Ella gwna i 'i hadrodd hi i Miss Lloyd ddydd Llun.'

'Ifor William Lewis! Wnei di mo'r fath beth!' Roedd Mam yn cael trafferth peidio â chwerthin er gwaetha'r wybodaeth fod Gwyn yn smocio tu ôl i'r capel ac edmygedd Ifor o'r weithred.

Helpais Bethan i fwyta'i chinio, gan obeithio y byddai'r sgwrs am fy ymweliad â'r carnifal yn cael ei hanghofio.

Roedd Tada, y Parchedig William John Lewis, yn dal yn ei fyd bach ei hun – byd nad oedd yr un ohonon ni'r plant yn rhan ohono heblaw bod angen ein dwrdio. Suddodd fy nghalon pan drodd ei sylw ata i drachefn, a dechreuodd fy nwylo chwysu.

'Hm. Fydd y *shindig* 'ma ddim yn dechrau tan ddau, felly pam wyt ti'n mynd yno mor gynnar, dywad? Gei di roi help llaw i dy fam i glirio'r llestri cyn mynd.'

Methais yn lân â brathu fy nhafod mewn pryd i atal y geiriau oedd yn cronni ar fy nhafod.

'Pam na wnewch *chi* am unwaith, yn lle treulio'ch dyddiau yn yr hen stydi lychlyd 'na'n sgwennu pregetha' sych a boooring?' sibrydais wrth gario tomen o blatiau budron oddi wrth y bwrdd. Byrlymai haen drwchus o drochion gwyn yn gymylau dros ymyl y sinc.

'Paid â siarad o dan dy wynt, y ferch haerllug.' Dechreuodd Tada godi o'i gadair ac anelodd glustan flêr i'm cyfeiriad. 'Dwyt ti ddim yn rhy fawr i deimlo blas fy llaw i.'

Anwybyddais o.

'Plis ga i fynd rŵan? Olcha i'r llestri ar ôl cinio fory, a'r sosbenni,' ymbiliais ar Mam. Allwn i ddim credu 'mod i'n gwirfoddoli i wneud y fath ddyletswyddau. 'A'r tun cig a'r ddesgil bwdin reis,' gorffennais. 'A dysgu salm gyfan a mynd i'r ysgol Sul heb gwyno.'

'Dos di, 'mach i.' Cymerodd Mam y lliain o'm dwylo a wincio'n slei arna i. 'Olcha i'r llestri. Dim hwyrach na'r bỳs chwech, cofia.'

'Chwech?' Ro'n i ar fin cwyno am annhegwch y rheol hon eto, ond mi ges i gip ar wyneb stormus fy nhad. Un gair arall a chawn i ddim mynd o gwbwl. Felly rhedais i'r llofft i nôl fy nghôt PVC ddu a'r cap pig Donovan, ac ar ôl simsanu i lawr y grisiau ar fy esgidiau sodlau platfforms newydd a hynod anghyffordddus, cerddais o'r tŷ gan weddïo'n dawel wrth gau'r drws mor ddistaw ag y gallwn; 'O Dduw Dad, plis paid â gadael i Tada fy ngweld a deud 'mod i'n slebog goman.' Herciais at arosfan y bỳs, fy nghinio'n dal yn sownd yn rwla rhwng fy ngheg a'm stumog a geiriau olaf clywadwy Tada'n atseinio yn fy nghlustiau – 'Paid â gwneud sôn amdanat ti dy hun rownd y strydoedd 'na. A chofia i bwy rwyt ti'n perthyn.'

'Dwdndw-dw-dw, ffîling grŵfi!' canais, ond dim ond ar ôl i mi gyrraedd y gornel lle gallwn ymlacio rywfaint. Doedd dim ots gen i pwy oedd yn fy nghlywed erbyn hynny oherwydd ro'n i'n gyffro i gyd, fy nghoesau ar sbrings a 'nghorff yn ysgafn i gyd fel Instant Whip. Roedd hwn yn mynd i fod yn bnawn arbennig iawn, iawn. Fi oedd yr ail yn y rhes am y bỳs, ac wrth i mi agosáu ato clywais y dyn o 'mlaen yn anadlu'n drwm fel rhyw hen ddraig asthmatig. Yr hen J.T., yn gwisgo siwt nefi-blŵ oedd wedi gweld dyddiau gwell a hen het trilbi ar ei ben. Ers i mi fod yn ddim o beth dwi wedi bod ofn y pen blaenor drwy 'nhin ac allan. Yn ei law, roedd bag siopa raffia a'i lond o lyfrau. Trodd ata i efo gwên ffals gan ddangos ei ddannedd gosod, fel rhes o gerrig beddi marmor.

'Dew, Eirlys fach. Chi sy 'na? Mynd i'r laibrari i gael mwy o *true romances* i Mrs Morgan, w'chi. Tydi hi'm yn medru mynd allan rhyw lawer erbyn hyn. Dach chi'n edrych yn grand o'ch co', os ca i ddeud.'

'O, helô, Mr Morgan. Welais i mohonoch chi.' Celwydd noeth. Lle ar y ddaear ma'r blydi bỳs? Druan o Mrs Morgan, dlawd, yn gorfod byw efo'i hen lyffant o ŵr. Ma' siŵr mai'r unig romàns yn ei bywyd truenus oedd y straeon poethion rhwng cloriau llyfrau Mills and Boon.

Camodd tuag ataf.

'A lle ewch chi'r pnawn 'ma tybad? Sgynnoch chi boints efo rhyw *chap* ifanc?'

Camais yn ôl. Points? Ym mha oes roedd hwn yn byw?

'Bachgen lwcus iawn faswn i'n deud. Dew, ma'r sgidiau 'na'n uchel. Mae'ch coesau hirion chi'n mynd ymlaen ac ymlaen cyn diflannu ... Rhyfeddol, yn wir. Codwch eich côt i mi gael gweld y sgert fach goch ddel 'na'n well.'

Llanwodd fy ngheg â phoer a bu ond y dim i 'nghinio ailymddangos ar y palmant. Roedd fy nghalon yn ordd yn fy ngwddw ac anadl J.T. Morgan, yn drewi o dybaco a Rennies mint, yn llawer rhy agos at fy wyneb.

'Gymwch chi fferan fach, pwt, i chi gael blas ffresh ar

eich gwynt cyn cael sws gan yr *young man*?' Daliodd
sgwaryn bach gwyn rhwng ei fys a'i fawd crebachlyd.
Sylwais fod fflyff nefi-blŵ hynafol yn sownd ynddo fo.

'Hei, Eirlys, fama wyt ti!'

Fues i erioed mor falch o weld Gwyn Phillips, er mor
annifyr ydi o, a'r bỳs, a gyrhaeddodd ar yr un pryd â fo.

'Haia, Gwyn!' gwenais. 'O'n i'n meddwl nad oeddet ti'n
dŵad,' ychwanegais, er nad o'n i'n disgwyl ei weld o gwbwl
nac wedi gwneud unrhyw drefniant i'w gwarfod o, o bawb.
Roedd fy llais yn swnio'n ddiarth ac yn wichlyd.

'Faswn i'm yn methu diwrnod mawr Jean am bris yn y
byd. Dwi hyd yn oed wedi sgwennu cân ar gyfer yr
achlysur.' A dechreuodd ganu dros y bỳs:

'Cwîn Jean, dau dwll din,
Un yn Aberdaron a'r llall yn Aberdîn!'

Gwthiodd Gwyn fi o'i flaen i fyny'r grisiau metel i'r top
dec ac eisteddodd y ddau ohonon ni yn y sedd flaen gan
godi'n traed ar silff y ffenest. Gwenais arno, y rhyddhad
yn lledu drwy fy nghorff i lawr i flaenau fy nhraed oedd yn
gaeth yn y platffforms uchel.

'Diolch i ti am fy achub i. Be nath i chdi ddŵad ffor'ma
'ta?'

'O'n i ar y ffordd acw, i tŷ chi, a deud y gwir.'
Edrychodd Gwyn drwy'r ffenest ar doeau'r tai wrth i ni
deithio tua canol Dre. 'Meddwl gofyn rwbath o'n i. Ond
dio'm ots am rŵan. Be o'dd y sglyfath blaenor 'na'n ddeud
wrthat ti?'

'Os ti'm yn meindio, dwi'm isio sôn amdano fo.'

Ymestynnais fy nghoesau o 'mlaen fel cath. 'Dwi 'di edrych 'mlaen at heddiw ers talwm iawn, iawn, a dwi'm isio i hwnna sbwylio 'niwrnod i.'

'Welwn ni mohono fo eto heddiw.' Ystumiodd Gwyn i gyfeiriad llawr y bỳs efo'i fawd. 'Ma' gynno fo ormod o gric'mala i ddringo'r grisia 'na,' chwarddodd.

'Sglyfath annifyr ydi o. Ych. Dwi'n casáu meddwl amdano fo, yn enwedig parti Dolig y plant yn yr ysgol Sul.'

'Pam?' chwarddodd Gwyn gan fy mhwnio yn fy mraich â blaen ei fys main. 'Am bod rhaid i'r genod i gyd ista ar 'i lin o pan mae o 'di gwisgo fel Santa Clôs, m'wn?' Lledodd ias annifyr i lawr fy nghefn. 'Pam ti'n meddwl wnes i rwygo'i dipyn locsyn gwlân cotwm o i ffwrdd ers talwm?'

'Ych a fi. Paid â f'atgoffa i. Diolch byth ein bod ni'n cael ein derbyn ym mis Medi – fydd dim rhaid i ni fynd i'r artaith flynyddol 'na byth eto. Dwi'n trio'i osgoi o bob tro dwi yn stafell y blaenoriaid yn aros am Tada 'rôl yr oedfa ar fore Sul, 'sti.'

'Tada? Tada? Pwy ddiawl sy'n galw'u tad yn Tada ym mil naw chwech wyth?' Tarodd Gwyn ei glun hefo cledr ei law a dechrau chwerthin nes bod dagrau'n sboncio o'i lygaid.

'Hisht, Gwyn! Paid â thynnu sylw atan ni. Dyna mae Tada'n ei fynnu. Mae'n rhaid i ni'r plant ei alw fo'n "chi" hefyd. Er mwyn dangos parch, medda fo. Ofn dwi'n ei alw fo, nid parch. Pan fydd o'n colli'i limpyn ...' Ochneidiais, a rhwbio'r diffoddwr sigaréts garw oedd ar ochr y sedd gydag ewin fy mawd. 'Dwi'm yn meindio galw Mam yn "chi", dwi'n meddwl y byd ohoni *hi*, ond roedd Tad... ym, Dad, roedd o hyd yn oed am i mi alw "chi" ar Ifor a Bethan!

Babis 'dyn nhw, mewn difri calon. Pa mor henffasiwn all rhywun fod?'

'Mi ddylai bod cywilydd arnoch chi, 'merch i. Mae'ch araith chi'n warthus! Ymddengys nad oes ganddoch chi fawr o barch at eich tad, Eirlys!' Hisiodd llais sarfflyd J.T. rhwng pennau Gwyn a finna. Chwythodd ei anadl dros groen fy nghlust gan godi blew fy ngwegil. 'Mae'ch agwedd chi'n drewi. Rydach chi'n haeddu'ch disgyblu. Chwip din go iawn. Mi wnâi fyd o les i'ch teip chi.'

Neidiais ar fy nhraed yn fy mraw. 'Chi ydi'r hen ddyn butraf dwi erioed wedi'i gyfarfod. Peidiwch â meiddio dŵad yn agos ata i eto, neu mi ddeuda i wrth Tada ac mi gollwch chi'ch job fel pen blaenor,' sgrechiais yn ei wyneb. Trois, a hedfan yn fy sodlau uchel tuag at risiau'r bỳs. Cydiodd J. T. yn fy mraich rhag i mi syrthio, ond ysgydwais fy hun yn rhydd o'i afael. 'Ty'd, Gwyn.'

Gwasgodd Gwyn y botwm coch a stopiodd y bỳs yn syth, hanner milltir o ganol Dre. Dechreuodd y ddau ohonon ni gerdded ar hyd y palmant, ac wrth i'r bỳs ein pasio cododd Gwyn ddau fys yn uchel ar J.T. Morgan a syllai i lawr arnom, ei anadl yn niwl ar y gwydr.

* * *

Roedd y Stryd Fawr, pan droesom iddi, yn orlawn o bobl ar y ddwy ochr a sŵn drwm mawr y band pres yn dirgrynu o faes parcio'r bysiau bedair stryd i ffwrdd. Llanwyd yr awyr gan gwmwl o ddisgwyl: am Frenhines y Rhosod, am lorïau glo a llaeth wedi eu gweddnewid â milltiroedd o bapur *crêpe*, rhubanau a *papier mache*, a sawl criw o ddawnswyr Morus o drefi dwydiannol dwyrain Cymru a gogledd Lloegr yn chwifio lolipops o fflwff lliwgar ac yn chwythu 'When the saints go marching in' ar *kazoos* a swniai mor drwynol ag Ifor yn gorymdeithio o gwmpas yr ardd yn canu 'Seventy Six Trombones' drwy grib a phapur lle chwech Izal. Ond cyn hynny i gyd, câi'r gynulleidfa weld y gŵr a wahoddwyd i goroni'r frenhines yn rhan o'r orymdaith. Dyna pam fy mod i mor frwd dros weld y carnifal. Er mwyn gweld Deano 'The Duke' Delaney – ei lais melfedaidd o fyddai'n fy suo i gysgu bob nos yn ddi-ffael. Sibrydai yn fy nghlust gan addo dychwelyd y noson ganlynol i 'nghysuro, i'm hesmwytho ac i gyffwrdd rhannau ohona i na ddatguddiwyd erioed i neb arall. Hyd yn oed cyn i'w M.G. to meddal coch droi i lawr y stryd fawr, ro'n i'n hen gyfarwydd â phob cyrlen ar ei ben crych, ac â'r mwstash oedd yn troi i lawr i gyfarfod â'i wefusau synhwyrus, ac â'r amrannau hirion, duon y byddwn i'n eu cusanu ar wal fy llofft bob nos cyn diffodd fy radio *transistor* fechan.

'Spaz!' gwaeddodd Gwyn i gyfeiriad gyrrwr yr M.G., cyn stwffio gystal ag y gallai drwy haenau o dwristiaid a oedd i gyd yn drewi o Ambre Solaire, a diflannu i'w plith.

Megan

'Swn i ddim wedi cyboli efo'r busnas Brenhines y Rhosod 'ma taswn i ddim yn dŵad i gefnogi Jean. Dwn i'm pam ei bod hi isio bod yn rhan o'r blincin syrcas beth bynnag. 'Dan ni'n bedair ar ddeg oed er mwyn Duw, nid genod bach sy isio bod yn freninesau, neu'n dylwyth teg ac yn gwisgo ffrogiau bach fel braidsmêds. Mi ddwedodd Jean y diwrnod o'r blaen fod paratoi at heddiw wedi costio cannoedd i'w rhieni. Cannoedd! Talu am wneud y ffrog, am sgidiau sidan ac am ddillad tebyg i aelodau llys smalio'r Frenhines. Rhyw chwech neu saith o blantos bach o'r un stryd â Jean ydi'r rheiny – yr hogiau'n gwisgo sgidiau gwyn efo byclau arian fel blincin Fflat Huw Puw a'r genod i gyd wedi cael cyrlio'u gwalltiau a'u coluro gan steilydd gorau Madame Dubois. Doedd Hair by Phyllis ddim hanner digon crand heddiw. Mi gafodd pob aelod o'r llys oriawr aur hefyd, er nad ydi eu hanner nhw hyd yn oed yn ddigon hen i ddeud faint o'r gloch ydi hi.

Mi welais i Eirlys yn syth pan droth hi'r gongl, oherwydd be oedd hi'n wisgo. Lle goblyn gafodd hi sodlau platfform a chôt PVC? Ma' raid ei bod wedi gwario'i harian pen blwydd – a hynny heb i'w thad anghynnes ddod i wybod. Ond be synnodd fi fwy byth oedd bod Gwyn Phillips yn cerdded wrth ei hochr, a chroen ei ben o'n sgleinio drwy'r mymryn o wallt sy gynno fo ar ôl. 'Rasal y barbwr 'di llithro?' gofynnais yn ddiniwed iddo fo fore Llun dwytha. Atebodd yn ei ffordd annwyl ei hun. 'Piss off, yr hen ast hyll.'

Eirlys a Gwyn – cyfuniad od. Does bosib ei bod hi'n ei ffansïo fo? Fel arall rownd, debyca. Wedi'r cwbwl, mae o'n cymryd aton ni i gyd yn ein tro. Diolch i Dduw, digwyddodd a darfu fy nhro i pan roedden ni'n Safon 4, pan roddodd o ddau siocled i mi o dun Quality Street Dolig ei fam ar ddiwrnod cynta'r tymor ddechrau mis Ionawr.

'Hwda. Cym'a rhein. Dydi Mam na fi ddim yn licio'r strôbri crîms 'ma.'

A dyna ddechrau a diwedd fy ngharwriaeth i a Gwyn. Yr unig hogan na wneith Gwyn byth, byth gymryd ati ydi Rhian, am iddi wneud sbort am ei ben o am nad oedd gynno fo dad, a hynny o flaen y dosbarth i gyd. Mae hynny flynyddoedd yn ôl erbyn hyn, ond fel eliffant, wnaiff Gwyn byth anghofio.

Wrth i mi eu gwylio, dechreuodd y dyrfa o 'nghwmpas i fynd yn boncyrs, a dechreuodd Sais mawr blewog efo bresys dros ei fest refru 'Deano! Deano!' wrth fy ochr. Rhag ofn bod Jean, oedd yn teithio ar lorri cario metel sgrap ei thaid, yn agosáu, ymestynnais fy ngwddw fel rhyw grëyr glas er mwyn gweld yn well. Ond na, y disg-joci Radio Luxembourg hwnnw mae Eirlys yn ei addoli oedd yn pasio heibio yn ei sborts-car. Be sy haru hi? Mae o'n dena fel pensal a golwg isio sgwrfa iawn ar ei wallt seimllyd o. Ar ben hynny, mae ganddo fo ryw flewiach uwchben ei wefus ucha, fel tasa fo'n trio edrych fel Carl Wayne o'r Move neu Peter Starstedt. Mae gan hyd yn oed Brandon, y cochyn sy'n gweithio i dad Heulwen, fwstásh gwell. Ych. Mi sbiodd o i 'nghyfeiriad i, ac roedd ei llgada fo'n gul fatha Clint Eastwood yn *The Good, the Bad and the Ugly* pan o'dd hwnnw'n smalio bod yn ddyn drwg. Aeth ias oer drwydda i, ac mi ges i ryw deimlad annifyr yng ngwaelod fy mol.

Cyn i Jean basio, roedd Gwyn wedi cael y mýll a gwthio'n bowld drwy'r dorf oddi wrth Eirlys. Felly welodd o mohoni hi'n chwifio'n frenhinol i'r dde ac i'r chwith o'i gorsedd – cadair esmwyth o barlwr ei nain a chynfas wen

orau ei mam drosti – yn chwa o sidan a sbrê gwallt Elnett.
Roedd y tiara roeddan ni wedi clywed cymaint o sôn
amdani yn eistedd ar ci gwallt perffaith.

'Mae'r tiara'n arian pur ac mae dwsin o ddeimonds go
iawn ynddi hi, o siop jewels Vogue of Chester. Mi gostiodd
fwy o bres na chyflog wsnos Mam,' broliodd yn yr ysgol yr
wsnos dwytha. Mynd â phaneidiau rownd wardiau'r
ysbyty mae mam Jean, a doedd Rhian yn meddwl fawr o'i
brolio.

'Sna'm posib bod y goron 'na di costio lot fawr felly!'
meddai hi dan ei gwynt.

Gorymdeithiodd y carnifal heibio i mi: Tarzan ac
amrywiol anifeiliaid y jyngl, pobol o Hawaii mewn sgerti
gwellt, geishas o Japan a llond trol o Frownis bach wedi
eu gwisgo fel blodau, ac ar ôl i'r trŵp olaf o ddawnswyr
Morus a'u clychau gamu'n osgeiddig i gyfeiriad y Prom,
chwalodd y dyrfa a chroesais y ffordd at Eirlys. Roedd
gwrid dwfn ar ei bochau, sêr yn ei llygaid ac enw Deano ar
ei gwefusau.

'Welaist ti Deano? Do'dd o'n gooorjys? Ty'd, Megs,
brysia. Draw i'r Adelffi. Dyna lle mae'r coroni. Sbia be ges
i gan Jean pnawn ddoe ar ôl yr ysgol!'

Roedd Eirlys yn chwifio dau docyn gydag ysgrifen aur
arnyn nhw o dan fy nhrwyn, ond allwn i mo'u darllen.

'Sut wyt ti'n disgwl i mi weld be ydyn nhw a chditha'n
sboncio i fyny ac i lawr fel cangarŵ?'

'Tocynnau i gwarfod Deano. Ac i gael llun wedi ei
arwyddo ganddo fo ei hun. Ty'd efo fi, Megs. O, diolch
byth bod Gwyn wedi'i g'leuo hi – does wybod be fasa fo
wedi'i ddeud wrth Deano. Glywaist ti be waeddodd o arno

fo? Cenfigennus o'i M.G. a'i *film-star good looks* o'dd o, ma' siŵr. 'Swn i'n rhoi'r byd am gael gwibio'n bell, bell efo Deano yn ei M.G.' Ochneidiodd Eirlys yn hir, ond o leia roedd hi wedi cymryd ei gwynt.

'Naddo. Chlywis i ddim, ond mi welis i o'n gwylltio am rwbath. Ond be oeddat ti'n 'i wneud efo fo p'run bynnag? Dydi Gwyn ddim dy deip di, nac'di?'

'Stori hir, a nac'di siŵr. Ty'd, neu mi gollwn ni'r coroni.'

Llusgodd Eirlys fi gerfydd fy llawes drwy'r llu ymwelwyr yn eu dillad hafaidd, eu hacenion Seisnig, diwydiannol yn llenwi'r stryd.

Ond doedd tocynnau Eirlys ddim yn caniatáu i ni fynd i'r theatr i weld seremoni'r coroni, felly mi aethon ni i sefyll yng nghoridor yr Adelffi mewn ciw hir o ferched cyffrous, i gyd yn gwisgo pelmets o sgerti o bob lliw, rhai rhad o Chique Fashions yn hytrach na rhai Mary Quant o Carnaby Street, oedd ymhell o gyrraedd genod Dre. Doedd 'na neb ond fi yn gwisgo sandala ysgol Clarks brown *for young ladies* – roedd pawb arall yn simsan ar sodlau peryglus o uchel.

O'n blaenau clywais leisiau cyfarwydd.

'Welaist ti Deano'n sbio arna i wrth iddo fo basio?' gofynnodd Rhian i Pamela-Wynne.

'Arna *i* yr edrychodd o siŵr!' Gwthiodd Eirlys yn ddigywilydd heibio i ddwy ferch ddiarth oedd o'n blaenau ac ymuno â'r lleill. Sleifiais ar ei hôl. 'Roedd 'i lygaid o fel pyllau dyfnion mewn môr glas, glas.' Edrychodd y tair ohonon ni'n gegagored ar wyneb taer Eirlys.

Gosodais fy llaw ar ei thalcen a'i thynnu oddi yno ar amrantiad fel petawn wedi'i llosgi.

'Ti'n sâl, dywad? Mi wyt ti'n boeth ar y naw – *junior aspirin* a gwely i chdi, 'swn i'n deud.'

'*In love* dwi,' ochneidiodd Eirlys. Chwarddodd y ddwy arall ond ro'n i wedi sylwi ar yr angerdd ar ei hwyneb.

'Right. Next two.' Daeth horwth mawr chwyslyd mewn polo-nec ddu aton ni a cheisio hebrwng Rhian a Pamela-Wynne i mewn.

'Naci. Nid nhw. Y ni sy nesa. Mae gynnon ni docynnau oddi wrth Frenhines y Rhosod ei hun.' Stwffiodd Eirlys ei hun rhwng y ddwy.

'Paid â meddwl am y peth. Mae gynnon ni ddau docyn hefyd. Sbiwch!' Fflapiodd Pamela-Wynne ei dau docyn dan drwyn Eirlys.

'Lle gest *ti* rheina, Pamela-Wynne?' Roedd ffyrnigrwydd yn llais Eirlys.

'Mae gan Dad gontacts,' broliodd, gan daro'i bys yn ysgafn ar ochr ei thrwyn. 'He's a bank manager,' ychwanegodd yn fawreddog wrth yr horwth.

'Cân di bennill fwyn i'th nain ...' medda fi dan fy ngwynt.

Roedd y cawr blewog yn colli amynedd.

'Is anyone coming to see Deano or not? I couldn't care less who's first or where they got them tickets. Deano's an important and very busy man. He's only got half an hour before he has to leave for a discotheque in Manchester. Just come on! There are plenty of girls here without tickets who'd love to have yours.' Ac amneidiodd i gyfeiriad y cynffon blêr o ferched oedd i gyd yn clegar ar draws ei gilydd.

'OK. OK. Ty'd, Rhian.' Diflannodd Pamela-Wynne a

Rhian drwy'r drws i'r cysegr sancteiddiolaf, a chaewyd y drws yn wyneb busneslyd Eirlys.

'Be oedd y busnas canu i Nain 'na, Meg? Sgen ti'm nain.'

'Dio'm ots, Eirlys. Jyst rwbath ddysgis i gan Mam ers talwm.'

'Ha ha – ella mai chdi 'di'r un sy'n sâl,' chwarddodd Eirlys. Agorodd ei handbag yn ffrwcslyd a thynnu bag colur blodeuog ohono. 'Rho dipyn o'r pan-stic 'ma ar fy sbots i. Brysia – ni sy nesa. A hwn.' Rhoddodd fasgara i mi â llaw grynedig ac mi wnes i 'ngorau, gan boeri ar y brws i gael gwared â'r talpiau duon ynddo cyn ei fflicio'n ysgafn dros flew byr ei llygaid. Rhwbiodd Eirlys stremp o lipstic oren dros ei cheg nad oedd yn cyd-fynd o gwbl â'r sgert goch gwta, a phowdrodd ei thrwyn eiliad yn unig cyn i Rhian a Pamela-Wynne ailymddangos. Roedd wyneb Rhian yn glaerwyn a llygaid Pamela-Wynne yn llawn dagrau. 'Hen sglyf ydi o,' sgyrnygodd Rhian.

'Maen nhw dan deimlad. Yr emosiwn yn ormod, ma' siŵr,' sibrydodd Eirlys wrtha i drwy gornel ei cheg. Doeddwn i ddim mor siŵr.

'Right. Now it's your turn.' Daliodd y bownsar y drws yn agored a chamodd y ddwy ohonon ni dan ei fraich datŵog. Edrychais i fyny ar haenau blonegog ei ên oedd yn gorwedd ar wddw ei siwmper. Roedd oglau sur hen chwys yn codi o'i geseiliau. Ro'n i isio cyfogi, ond roedd Eirlys eisoes wedi hyrddio heibio i mi ac yn anelu am gadair freichiau enfawr ym mhen draw'r stafell lle eisteddai Deano 'the Duke' Delaney, ei lygaid bach tywyll yn ein hastudio fel ffurat yn llygadu dwy gwningen fechan.

'Take it easy, girls,' gwaeddodd y behemoth, oedd yn fy atgoffa i o Desperate Dan o'r *Dandy* ers talwm efo'i ên sgwâr, cyn gafael yn ein breichiau ni ac edrych ar Deano. Wedi ysbaid, ac ar ôl i lygaid Deano wibio o un ochr i'r llall, amneidiodd ei ben i 'ngyfeiriad i. Gwthiwyd fi ymlaen tuag at y gadair.

'Hei! Nid hi! *Fi* sy'n caru Deano. Jyst *hanger-on* ydi hi.' Ond roedd breichiau Desperate Dan yn rhy gryf a suddodd Eirlys i'r llawr, ei breuddwyd o fod yn agos at ei harwr fel y llwch oedd rhwng styllod pren y llawr dan ei phengliniau.

'Hello, little girl,' sibrydodd Deano'n dawel, gan estyn ei law i gyffwrdd â fy mron. Neidiais yn f'ôl fel taswn i wedi cael sioc drydan. Cododd Deano o'i gadair. 'Don't be afraid, sweetheart. Would you like to see Deano's secret chamber? It's through there.' Estynnodd ei law tuag ata i a phwyntio efo'r llall tua drws cefn yr ystafell. 'There's a lovely soft sofa and some fairy lights.' Gwenodd. 'Come on. You can have anything you like. I've got lots of sweeties.' Roedd ei lais fel coco poeth, yn gynnes a melys. Dechreuais ystyried ella bod rwbath digon hoffus amdano fo, a chamodd Deano'n nes ata i.

'I'll treat you nicely ... and you never know, you might like it when you let yourself go a bit. And then you can have a signed photo. I might even give one to that painted tart who's grovelling over there on the floor. Get up, you snivelling child!' gwaeddodd ar Eirlys. Peidiodd dagrau honno am eiliad wrth iddi feddwl bod gobaith y byddai Deano'n ei ffafrio hithau.

Trodd ei sylw yn ôl ata i, ond allwn i ddim yngan gair, na symud na llaw na throed.

'Don't be a spoilsport. Uncle Deano likes little girls with no make up.' Mwythodd fy ngwallt, ac aeth ias drwydda i. 'You're brand-new, aren't you?' murmurodd dan ei wynt. 'Nice and clean.' Synhwyrodd sawr fy siampŵ. 'Mmm. Vosene. Not smeared like a clown.' Edrychodd i gyfeiriad Eirlys druan a oedd yn ei dyblau yn igian crio ar y llawr wrth draed Dan.

O'r diwedd, llaciodd y parlys yn fy nghoesau a 'nhafod.

'Dwi ddim yn hogan bach!' gwaeddais. 'Sgin i ddim diddordeb ynddat ti na dy stafell gudd na'r budreddi ti'n ei gynllunio. Mae dynion fatha chdi angen eich sbaddu!' Trois ar fy sawdl a rhedeg at Eirlys, ei chodi ar ei thraed a'i llusgo o'r stafell.

'I don't know what the hell you said but you don't know what you're missing!' bloeddiodd Deano ar fy ôl.

'Next two!' gwaeddodd llais digyffro Dan i lawr y coridor.

Doedd coesau Eirlys ddim yn gweithio. Prin roedd hi'n medru codi un droed o flaen y llall, ac roedd yn rhaid i mi ei llusgo ar fy ôl fel sach o blwm. Doedd ganddi hi ddim dagrau, ond roedd hi'n gwneud rhyw sŵn udo tawel fel anifail mewn magl.

Allan ar rodfa'r môr, roedd hi'n bwrw glaw, a'r haul a wenodd ar orymdaith y carnifal wedi ildio'i le i hyrddiadau o wynt troellog a wasgarai oglau'r hot-dogs dros doeau tai'r prom. Doedd dim golwg o Rhian na Pamela-Wynne ac roedd dynion y Cyngor wedi dechrau dadlapio'r trimins carnifalaidd oddi ar y polion trydan. Roedd Dre'n edrych fel roedd Eirlys a finna'n teimlo.

*　*　*

'Brysia, Eirlys. Mae'r bỳs ar fin gadael. Dos, wir Dduw, 'cofn i ni'i golli o. Dos. Dwi reit tu ôl i ti.'

Agorodd Eirlys ei cheg i ddeud rwbath ond ni ddaeth na bw na be allan ohoni. Roedd hi mor druenus â'r pysgodyn aur ges i o'r ffair llynedd, yn swalpio ar ben y seidbord pan falais ei bowlen o wrth ymarfer rowndyrs yn y parlwr. Mi roddodd Mam o mewn jwg Pyrex, a rhoi joch o lemonêd neu beicarb ne rwbath yn y dŵr. A duwcs, doedd y pysgodyn ddim 'run un. Mae o'n dal yn fyw, er 'mod i'n ama ei fod o'n cadw un llygad mawr crwn arna i pan dwi'n mynd yn rhy agos at ei bowlen newydd o, jyst rhag ofn.

Gwthiais Eirlys i sedd groes ar y llawr gwaelod a gafael am ei braich rhag iddi lithro. Hongiai ei thraed, a'r platfforms, yn llipa rai modfeddi o'r llawr ac roedd rhwyg llydan yn y teits gwyn o'i ffêr yr holl ffordd i fyny ei choes heibio hem ei sgert. Syllai'n wag drwy ffenest y bỳs, ei hwyneb yn stremps du a choch.

'Ffyc Off Tex.' Trodd dau neu dri o'n cyd-deithwyr i edrych arnon ni.

'Be?'

'Ffyc Off Tex,' ailadroddodd Eirlys. 'Dyna oedd ar arwydd enw'r stryd 'na, mewn paent coch. 'Bron Haul Crescent, Ffyc Off Tex.' Pwy ti'n feddwl 'di Tex?' Codais f'ysgwyddau gan na allwn ei hateb. 'Ffyc Off Deano. Ffyc Off Deano. Ffyc Off Deano.' Esgynnodd llais cryg Eirlys gyda phob ebychiad gorffwyll a chododd ar ei thraed. Diolchais nad o'n i'n nabod yr un o'r teithwyr eraill.

'Hisht. Ac ista lawr, er mwyn dyn. Mae 'na ddau stop cyn gwaelod dy stryd di.' Haliais hi'n ôl i'w sedd gan weddïo na chlywai'r condyctyr ei rhefru wrth iddo werthu tocynnau ar y llawr uchaf.

'Isio newid y sgwennu ar arwydd Bron Haul Crescent ydw i. Ma' siŵr nad ydi Tex druan, pwy bynnag ydi o, yn haeddu "Ffyc Off". Ond does na'm geiriau digon hyll i ddisgrifio'r bastad mochyn uffar Deano 'na. *Chdi* o'dd o isio, nid fi. Chdi, efo dy sandals Clarks a dy anorac bach binc a ... does gen ti'm lipstic, hyd yn oed. A finna lot mwy aeddfed, ac wedi perswadio Mam i brynu hai-hîls i mi a bob dim.'

Ro'n i'n chwys doman erbyn hyn ac yn ceisio rhoi'r argraff i'n cyd-deithwyr mai sâl oedd Eirlys drwy deimlo'i thaclen bob hyn a hyn. Gwenodd ambell un ei gydymdeimlad. Edrychai Eirlys yn feddw gaib wrth i mi ei llusgo i gyfeiriad Hyfrydle, y Mans, yn symud fel y dyn tun hwnnw a wyddai'r ateb i bob cwestiwn yn y gêm Magic Robot a gafodd Pamela-Wynne yn anrheg rhyw Ddolig. Dim ond ei rhieni hi a allai fforddio anrhegion o'r fath, lle roedd pethau'n gweithio efo magnet ac yn costio tair punt.

Agorais giât y Mans a chychwyn cerdded llwybr yr ardd at y tŷ brics coch, ond gwnaeth Eirlys ei hun yn drwm, drwm, a doedd dim t'wysu na thagu arni.

'Paid â phoeni, ddeudwn ni ddim byd wrth dy fam am ...'

'Dwi newydd gofio. Roedd J.T. yn gwisgo sgidia swêd pan welis i o pnawn 'ma. *Fo* oedd yn rŵm gefn Mrs Pi-Pi. Mae o hyd yn oed yn fwy o sglyfath nag o'n i'n feddwl!'

Sgidia swêd? J.T.? Mrs Pickering? Ro'n i ar goll yn llwyr. Penderfynais ei hanwybyddu a chnocio ar ddrws y Mans.

Roedd mam Eirlys yn llawn ffýs a chydymdeimlad am

y poen bol a'r cur pen y dywedais wrthi oedd wedi taro Eirlys mor annisgwyl ar ôl y parêd, a phan gaeodd y drws clywais hi'n awgrymu gwely a lwcosêd.

Yn falch o ildio Eirlys i ofal ei mam, trois am adra, oedd y pen arall i Dre. Be haru'r sglyfath Deano 'na yn teimlo fy mronnau bach i? Pam na fysa fo wedi cyffwrdd rhai Eirlys – mae *hi*'n gwisgo bra 34D yn barod a finna ond yn gwisgo'r maint lleia posib. Pan ddeudis i wrthi hi mai fi oedd yr unig un oedd yn dal i wisgo fest Aertex, mi brynodd Mam un 32AA i mi, chwarae teg iddi, rhag i mi deimlo'n annifyr yn stafell newid P.T. yr ysgol. Roedd Eirlys druan wedi mynd i gymaint o drafferth efo'i mêc-yp a'i dillad ar gyfer y cyfarfyddiad mawr, ac wedi edrych mlaen ers wythnosau. Ond fi, yn fy anorac blentynnaidd a'r sandals brown hyll, dynnodd ei sylw o. Dechreuais deimlo'n reit falch ohona i fy hun am weiddi'n ôl arno fo – mae'n rhaid bod fy nhempar wedi rhoi rhyw nerth anarferol i mi. Penderfynais na fyddai ymddygiad dynion fel y Deano afiach 'na yn cael unrhyw effaith arna i.

Erbyn cyrraedd adra ro'n i'n wlyb at fy nghroen ar ôl cerdded am ugain munud heb feddwl codi fy hŵd, ac mor falch o agor y drws i ogla cyfarwydd fy nghartref. Eisteddai Mam ac Anti Dilys drws nesa wrth fwrdd y gegin yn gorffen panad a bara brith. Ro'n i'n ffrindiau mawr efo Anti Dilys, ond Yncl Robat, ei gŵr, oedd fy ffefryn. Ers i ni symud i Dre, Yncl Robat-Rac o'n i'n ei alw fo, am bod y llythrennau RAC ar ei fan waith las o. Mi ofynnodd o un tro a wyddwn i be oedd enw'r dyn tân o Rwsia a oedd newydd ddŵad i weithio yng ngorsaf dân Dre, ond allwn i ddim dyfalu. 'Ifan Watsialosgi!' gwichiodd Yncl Robat-Rac, yn clepian ei ddwy law ar ei gluniau. Roedd o mor ddiniwed o hoffus, efo'i ddannedd gosod gwynion fel si-sô yn ei geg, roedd yn rhaid i minnau chwerthin hefyd.

'Ddoth Dad adra o'r ffwtbol? Be sy 'na i de?' gofynnais ar ôl eu cyfarch.

'Ti'm yn cofio bod y gêm rwla ochra Bala? Fydd o'm adra tan wedi saith. Ddaw o â ffish a tships efo fo. Rargian, tynna'r gôt a'r sgidia gwlybion 'na!' Cododd Mam ac estyn am fy nghôt, a chododd Anti Dilys i'w chanlyn.

'Mi fydd Robat 'cw'n hwyr hefyd, medda fo. Mae o 'di gorfod mynd i'r Adelffi i newid teiars y tipyn joci 'na. Rhyfadd mai car sgynno fo, a fynta'n joci ... 'sach chi'n meddwl mai ceffyl fasa gynno fo. Ond dyna ni. 'Sna'm posib dallt petha'r dyddia yma.' Cododd ei dwylo mewn ystum o anobaith. 'Mae o'n perthyn i'r Roial ffamili, meddan nhw. Rhyw Ddiwc rwbath neu'i gilydd. Wyddost ti rwbath amdano fo, Megan? Oedd o yn y carnifal heddiw?'

'Oedd, mi welais i o yn y parêd mewn M.G. coch.' Ceisiais swnio'n ddi-hid. 'Be sy matar ar 'i gar o, felly? O'dd o'n edrach yn tshampion pan welais i o.' Ro'n i'n cael trafferth rheoli'r cryndod yn fy llais.

'Rhyw gythra'l di rhwygo teiars 'i gar o. Bob un. Yn greia, medda Robat.'

* * *

Y dydd Llun wedyn yn yr ysgol, doedd dim i'w gael gan Jean ond hanes y carnifal, a'r wefr o gael ei choroni'n Frenhines y Rhosod gan Deano Delaney. Roedd o mor olygus, mor gwrtais, mor feddylgar – yn rêl gŵr bonheddig, medda hi. Wnaeth Jean druan ddim sylwi ar Eirlys yn gwgu y tu ôl iddi wrth iddi ddisgrifio sut y bu iddo ei chusanu ar ei boch ar ôl gosod y tiara ar ei phen. Yn ôl y sôn, roedd pob sedd yn yr Adelffi'n llawn ar gyfer y coroni a'r cyngerdd roedd plant Dre wedi ei baratoi ar gyfer yr achlysur. Roedd Deano wedi dotio ar y sioe – wrth ei fodd efo dawns tylwyth teg y Brownies, yn ôl Jean, a'i lygaid o'n sgleinio wrth edrych ar y genod bach yn prancio a sboncio mewn ffrogiau pinc cwta, ac adenydd papur *crêpe* wedi'u clymu i'w hysgwyddau noethion.

Doedd Jean erioed wedi gwrando ar sioe radio Deano cyn hynny, medda hi, ond doedd hi ddim am fethu'r un rhaglen o hynny ymlaen. Roedd o wedi sôn y noson cynt y byddai o'n dod yn ôl i Dre yn fuan i weld 'a very special little miss … you know who you are'.

'Fi 'di honno, mwya tebyg,' meddai Jean i gloi ei stori, gan giledrych ar Eirlys i gael gweld ei heiddigedd. Ond fe'i siomwyd.

'Dwi'm isio'i weld o byth eto. Gei di o. Tisio 'mhosteri fi?' meddai honno mewn llais didaro. 'Ar Radio 1 dwi'n gwrando rŵan, tan i'r rhaglenni orffen am y nos, wedyn dwi'n darllan cyn cysgu.'

Rhian

'Chdi fu'n hel y dillad neithiwr, Rhian?'
'Ia, Mam. 'Rôl dod adra o'r cyfarfod derbyn yn capal.'
Ro'n i'n clywed Mam yn bustachu efo'r haearn, y bwrdd

smwddio a'r holl geriach arall oedd yn y twll dan grisiau. O hynny glywn i, y llanast oedd yn ennill.

'Oedd bob dim yno?' Lluchiodd Mam y brwsh llawr, y bwced, y mop a'r hors ddillad allan o'r twll dan grisiau. 'Reit. Mi symuda i'r poteli Corona 'ma hefyd. A, dyna welliant. Mi fedra i weld be dwi'n 'i wneud rŵan.'

'Oedd, am wn i. Be 'di hyn, twenti cwestiyns?'

Taflodd Mam bopeth yn ôl a chau'r cwpwrdd yn glep.

'Dwi'n meddwl bod 'na ddillad ar goll. Wedi cael eu dwyn.'

'Ych. Hen ddyn budur yn dwyn dillad isa, dach chi'n feddwl?'

'Dwn i'm eto, ond mi gadwa i olwg pan ro i'r golchiad nesa i sychu.'

Fore trannoeth, roedd stori'r dillad coll – y bais, y bra pinc a blwmar nefi-blŵ Nain – yn boeth ar iard yr ysgol a phawb yn glanna chwerthin wrth feddwl bod rhyw greadur bach trist yn cael gwefr wrth ddwyn a chadw dillad isa merched.

'Be dach chi'n feddwl mae o'n wneud efo nhw?' holodd Jean.

'Ych a fi!' ochneidiodd Megan gan wneud ystum chwydu.

'Esgusodwch fi.' Llais bach hogyn o Fform Wan – dwi'n siŵr ei fod o'n aelod yn yr ysgol Sul.

'Sgiat!' bloeddiais yn ddiamynedd yn ei wyneb. 'Ddudodd neb erioed wrthat ti bod gwrando ar sgyrsiau pobol eraill yn ddigwilydd?'

'Moch bach, clustiau mawr,' ategodd Jean. 'Soch, soch!'

'Ti'n dal yma?' camais yn nes at yr hogyn bach.

'Jyst isio deud.' Sniff. 'Bod dillad 'di cael eu dwyn o'n lein ni hefyd. Dair gwaith.' Sniff.

'O. Diolch. Be 'di d'enw di?'

'Kenneth.'

'A lle ddeudist ti wyt ti'n byw?'

'Ddeudis i ddim.' Doedd gen i ddim mynedd efo fo, felly mi drois fy nghefn arno fo. Triodd y bychan eto. 'Pump Ffordd Lelog.'

'Iawn, Ken. Ta. A ta-ra!'

Bownsiodd bag ysgol Kenneth ar ei gefn wrth iddo redeg yn ôl at ei ffrindiau i sefyllian a thrafod pethau fel llyfrau *Biggles* a champau George Best a Bobby Charlton yn nhîm y Red Devils. Brysiais inna a Jean at weddill y genod i riportio'r newyddion diweddaraf.

'Mae 'na rywun yn Dre yn dwyn dillad oddi ar leins dillad o ddifri!' sibrydais yn uchel.

'Dim ond dillad isa merched?' gofynnodd Pamela-Wynne.

'Ia.' Torrodd Megan ar ei thraws: 'Roedd Mam 'di golchi jympyr wlân Aran newydd Dad a'i rhoi ar y lein dros nos i sychu. Mi gostiodd y dafadd ei hun bron i ddecpunt, ac mi gymrodd fisoedd iddi ei gorffan hi. Mae'n rhaffau a phlethi a pheli cymhleth i gyd.'

'Iesu, deud dy stori, wir Dduw.' Roedd Pamela-Wynne yn ddiamynedd fel arfer.

'Sori. Wel, mi fysat ti'n meddwl na fysa neb yn pasio cyfle i gael jyrsi gynnas fel'na. Ond dim ond *panties* neilon newydd Mam gafodd eu dwyn.'

'Www! Genod – nid nicyrs mae Mam Megan yn 'u gwisgo ond *panties*. Seeecsi!'

'Cau dy geg, Pamela-Wynne!'

Cyn i neb gael cyfle i sarhau dewis mam Pamela-Wynne o ddillad isa, a chyn bod 'na unrhyw sôn am staesiau enfawr a phanti-gyrdls tyn, canodd cloch gynta'r dydd. Diwrnod arall o ddiflastod.

Eirlys

Un diwedd pnawn, roedd car Sarjant Samiwel wedi'i barcio'n daclus yn nreif y Mans. Gan fod Tada yn weinidog, doedd ambell ymweliad gan yr heddlu ddim yn anarferol, i drafod trallodion un o'i braidd neu awgrymu bod un o drigolion llai selog Dre angen arweiniad ysbrydol. Agorodd y drws ffrynt fel yr o'n i'n cydio yn y dwrn, a bu bron i blisman boliog fy ngwasgu'n slwts ar y stepen.

'Wff! Eirlys fach, mae'n ddrwg gen i. Dach chi'n iawn, d'wch?' Wedi iddo fy helpu i godi, diolch i Mam am y croeso a gweiddi 'Da bo!' ar Tada, gwisgodd y rhingyll ei helmed a martsio i lawr y llwybr at ei Ford Anglia.

'Tydi o'n edrych yn union fel PC Plod yn llyfrau Nodi?' sibrydodd Mam yn fy nghlust, a dechreuodd y ddwy ohonan ni chwerthin fel genod bach drwg. Ond tawodd Mam a finna ar union yr un eiliad pan welson ni wyneb gwelw Tada yn y gegin. Crynai ei ddwylo wrth geisio tollti paned.

'Newyddion drwg? Steddwch am funud, William bach. Mae 'na olwg digon llwydaidd arnoch chi.'

'Dwi isio gair efo dy fam,' meddai Tada wrtha i, gan

anwybyddu consyrn Mam. 'Yn breifat.' Winciodd Mam i
'nghyfeiriad a wnes i ddim dadlau, ond gofalais beidio â
chau drws y gegin yn iawn er mwyn i mi gael stelcian ar y
grisiau i glustfeinio.

'Gesiwch be, genod? Gin i ddarn jiwsi iawn o newyddion i
chi!'

Ro'n i wedi bod ar bigau'r drain ers y noson cynt isio
rhannu'r wybodaeth ysgytwol a glywais ar y grisiau.

'Be? Ma' gin dy dad bregath newydd?' chwarddodd
Pamela-Wynne yn goeglyd.

'Maen nhw 'di dal y mochyn sy 'di bod yn dwyn nicyrs
oddi ar leins dillad pobol!'

'Nid dy dad?' Roedd Pamela-Wynne bellach yn ei
dyblau ond dewisais anwybyddu ei sylw.

'J. T.'

'Pwy? Yr hen flaenor sleimi 'na sy'n rhythu ar genod
bach pan maen nhw'n deud adnod?'

'Y boi 'na sy'n smalio bod yn Santa Clôs adag parti
Dolig, yntê?' meddai Heulwen. 'Siŵr bod o wedi cyffwrdd
fy mrest i llynadd wrth i mi ista ar 'i lin o. Mae 'na deimlad
fel dŵr oer yn diferu i lawr fy nghefn i wrth i mi feddwl
am y peth. Ych a fi!' Crynodd Heulwen i bwysleisio'i
hatgasedd.

'Ia. Y feri un.' Ac eisteddodd y genod i lawr o 'mlaen i
flasu pob briwsionyn o'r sgwrs a glywais y noson cynt.
Roedd yr heddlu wedi derbyn nodyn dienw yn awgrymu y
byddai'n fuddiol iddyn nhw chwilio yng nghwt gardd Mr
J. T. Morgan. Ac yno, mewn bocs cardbord ynghanol
rhawiau, ffyrc a chribiniau, roedd casgliad helaeth o

ddillad isaf, yn cynnwys un pâr anferth o flwmars nefi blŵ.

'Nicyrs Nain!' ebychodd Rhian. 'Y sglyfath!'

'Gwadu nath o,' ychwanegais.

'Hei! Ddeudodd y Kenneth bach 'na ddoe 'i fod o'n byw yn Ffordd Lelog, yn do?' Rhythodd y gweddill ohonan ni'n ddi-ddallt ar Rhian. 'Wel, fy nghyfeillion twp i, yn y stryd honno mae'r hen J.T. yn byw hefyd,' cyhoeddodd yn fuddugoliaethus.

Canodd y gloch cyn i ni gael amser i orffen ein post-mortem, ac aeth pawb i'w gwersi'n fodlon y byddai'r blaenor ffug-barchus, cyn hir, yn cael ei haeddiant.

1969

Pamela-Wynne

'Dydd Gwener, Mehefin y trydydd ar ddeg. Yn anlwcus i rai ond nid i mi!' canais dros gampfa'r ysgol.

'Miss Wilson, mae rhai disgyblion Lefel O yn parhau i ysgrifennu. Chi ydi'r unig un sydd wedi gorffen yn fuan.' Ffliciodd Smels, yr athro Cemeg, yn sydyn drwy fy llyfryn ateb. 'Hmm. Alla i ddim meddwl bod 'na lawer o waith marcio ar hwn chwaith. Mae o fel caws o'r Swistir – yn fylchau yma ac acw. Ond os na fyddwch chi'n gadael y gampfa 'ma rŵan hyn, mi fydd yn rhaid i mi rwygo'ch papur arholiad chi a chaiff o ddim ei anfon i Gaerdydd i gael ei farcio! A lle fydd eich cais chi i goleg Lucie Clayton wedyn?'

Clywais eco rhyw biffian chwerthin yn bownsio oddi ar waliau a nenfwd y gampfa.

'Dio'm hynna,' cleciais fy mys a 'mawd yn wyneb yr athro ifanc, 'o ots gen i. Dwi 'di ca'l fy nerbyn yn barod. Ac eniwé, dwi'm yn meddwl rywsut bod angen gwybod llawer am Cynan na Waldo Williams i lwyddo yng ngholeg Lucie Clayton.'

Martsiais allan o'r gampfa mor swnllyd ag y medrwn i, gan adael drewdod cyfarwydd y lle ar fy ôl am byth. Codais fy ngên yn uchel wrth basio'r disgyblion oedd yn dal i chwysu dros eu hatebion, a fflicio fy ngwallt dros fy ysgwydd nes ei fod o'n un rhaeadr i lawr fy nghefn. Pan gyrhaeddais y cwòd a gwres canol Mehefin anadlais yn ddwfn a throelli yn fy unfan, gan ymestyn fy mreichiau i fyny at yr haul. Rŵan, gallwn ddechrau byw go iawn.

'Ewch oddi ar dir yr ysgol, Pamela-Wynne. Os ydw i'n deall yn iawn, dach chi wedi hen orffen eich papur Llenyddiaeth Gymraeg, ac o ganlyniad, mae eich gyrfa yma yn Ysgol Gallt y Môr ar ben. Deallaf y byddwch chi'n symud ymlaen i borfeydd brasach gyda hyn.' Cododd y prifathro ael ymholgar a chydio yn llabedi ei ŵn du, llaes.

'Byddaf, syr.' Gwenais yn glên arno. 'Yn bell, bell o'r twll yma, i Lundain fawr ddrwg. A ddo i byth yn ôl!'

'Chawn ni mo'r pleser o'ch cwmni chi yn y Chweched felly?'

Rhoddodd y diawl sarcastig ei law chwith dros ei galon fel tasa fo'n galaru, cyn brasgamu i lawr y llwybr i brif adeilad yr ysgol. Codais ddau fys ar ei ôl.

Cerddais yn hamddenol drwy Dre gan anelu am yr harbwr, er mwyn medru pasio'r caffi lle roedd Gary'n gweithio. Cyn bo hir, mi fedra i ddeud wrth Mam a Dad amdano fo, a'i wadd i gael te efo'r teulu ryw bnawn Sul. Mae Gary mor, mor bwysig i mi, a rŵan nad ydw i'n hogan ysgol mi fedrwn ni fod yn gariadon yng ngwir ystyr y gair. Mi ga i reidio ar gefn ei Vespa a mynd ar ddêt go iawn, heb boeni iot pwy fysa'n ein gweld ni. Hyd yn hyn, rydan ni wedi gorfod cyfarfod yn slei yn y shelters ar y prom neu y tu ôl i'r caffi, ond rŵan ...

Wrth i mi gyrraedd wal yr harbwr chwipiodd yr awel fy het ysgol o fy llaw. Neidiodd fy nghalon i 'ngwddw am eiliad, cyn i mi sylweddoli na fyswn i angen y blydi peth byth eto. Gwyliais hi'n troelli yn yr awyr nes taro'r dŵr a nofio mewn cylchoedd: y rhuban coch yn chwifio fel pwt o hwyl. Yn llawn cyffro, agorais fy mag ysgol a thywallt ei gynnwys i'r tonnau islaw. Ro'n i'n gwenu wrth wylio fy llyfrau yn arnofio fel adar amryliw, cyn gwlychu, trymhau a suddo'n slwts i'r eigion.

'Twdlŵ, Gwen Tomos! Ffarwél, T.H. Parry Williams! Ta ta, Gwenallt a bei bei, Kate Roberts, Brenhines ein Llên,' bloeddiais ar eu holau. Ro'n i'n teimlo'n ysgafnach bob eiliad.

Cerddais i'r caffi i chwilio am Gary, gan drio 'ngorau i ysgwyd fy mhen-ôl wrth fynd fel mae'r modelau yn Llundain yn wneud, ond doeddwn i ddim wedi cofio ei fod o'n gweithio'r shifft hwyr, felly cerddais adref.

Penderfynais mai'r unig beth i'w wneud ar ddiwrnod fel hyn oedd gorwedd yn yr haul, felly newidiais i fy micini gwyn, gosod lliain ar lawnt yr ardd a nôl gwydraid o lemonêd, fy radio *transistor* a'r copi diweddara o *Petticoat*. Cyn hir roedd Radio 1 yn byddaru'r cymdogion. Fy hoff gân ar hyn o bryd ydi un ddiweddara Marvin Gaye, a'i rhythm hypnotig. 'Yr un am y winwydden' fel mae Megan yn ei galw hi. Typical Megan – yn troi pob dim yn Gymraeg bob munud. Ectrimists ydi hi a'i rhieni, medda Mam, yn gwneud hen orchest o'u Cymreictod rownd y rîl. Sticio petha Plaid Cymru ar ffenestri eu car a'r tŷ adeg etholiad a ballu. Hy! Sgin y blaid bach pathetic honno ddim gobaith o ennill dim byd byth, heblaw y boi Gwynfor 'na mae gan Megan gymaint o feddwl ohono fo, gafodd sedd yn y Parliament ryw dair blynedd yn ôl. Mae'n rhaid bod y rhai oedd yn ei erbyn o'n da i ddim!

Dechreuais ymgolli yn y gerddoriaeth, gan guro gwahanol rannau o 'nghorff ar y ddaear i rhythm y gân fel

'Band un dyn' I.D. Hooson. Stopiais yn stond. I.D. Hooson? A finna newydd chwydu cynnwys fy mag ysgol i'r môr, beirdd Cymraeg oedd y petha ola ro'n i'n meddwl y byswn i'n synfyfyrio amdanyn nhw!

Diflannodd yr haul ac agorais fy llygaid i weld Mam a Dad yn sefyll o 'mlaen. Roedd plataid o gacennau hufennog yn nwylo Dad a hambwrdd o frechdanau a thebot a llestri te gan Mam. Does dim byd yn debyg i de bach yn yr ardd. Dwi mor lwcus – mae'r ddau ohonyn nhw wastad yn gadael i mi gael y pethau gorau, ac mi fedra i droi atyn nhw am help bob amser. Dwi erbyn hyn yn gwerthfawrogi'r gwersi Mathemateg ychwanegol roeddan nhw'n mynnu 'mod i'n eu cael. Blwyddyn a hanner o wrando ar Dr Buxton, hen ddyn oedd yn athro mewn ysgol fonedd i hogia yn Lloegr yn rwla cyn ymddeol i Dre, yn mwydro yn ei Saesneg crand. Bob wythnos roedd geiriau'r hen Ddoctor yn hedfan o'i geg, heibio i 'nghlustiau ac allan drwy'r ffenest gilagored fel conffeti. Ond rŵan, mae'r arholiadau felltith drosodd. Dim Maths. Na Chymraeg Llên. Byth eto.

'Ffordd ffab o ddathlu diwedd yr arholiadau, diolch,' mwmialais drwy lond ceg o ddonyt jam a hufen. 'Mi fydd hwn yn dipyn o haf.' Ymestynnai'r gwyliau'n rhuban melyn a glas diddiwedd o 'mlaen: yn dywod a môr ac awyr las a rhyddid a phartïon ar y traeth a hwyl di-ben-draw. Ac *Investiture* Prince Charles, wrth gwrs. Byddai digonedd o bartïon stryd a dathliadau ddechrau Gorffennaf. Ac yn wahanol i rieni'r lleill, mi fydd Mam a Dad yn ddigon parod i brynu dillad newydd i mi ar gyfer y partis. Fedra i ddim aros i fynd i lawr i Lundain ar y trên er mwyn dewis fflat i fyw ynddo fo pan fydda i'n dysgu bod yn ysgrifenyddes yng Ngholeg Lucie Clayton for Young Ladies. Mi ga i gymaint o hwyl yn Llundain, a chyfarfod pobol llawer pwysicach a chyfoethocach na sy'n y tipyn Dre 'ma. Dwi ddim yn bwriadu dod yn ôl yma wedyn chwaith – mi ga i job yn secretari i ryw ddoctor ... nage, llawfeddyg, neu ryw dwrna pwysig mewn wig yn Llundain. A phriodi un ohonyn nhw.

Daeth llais Mam â fi'n ôl o 'mreuddwydion.

'Mae Dadi wedi trefnu bwrdd i'r tri ohonan ni am saith heno yn y Grosvenor Hotel, i ni gael dathlu diwedd yr arholiadau mewn steil. Gawn ni ginio tri chwrs, ac ella sieri bach,' sibrydodd yn ffug-gyfrinachol.

'O, waw. Diolch.' Codais i roi cusan bob un iddyn nhw. Roeddan nhw'n meddwl am bob dim.

'A bora fory am naw, mi fyddi di'n dechra gweithio yn y KupovKoffee.'

Be? Neidiais pan deimlais fy mhaned boeth yn diferu dros fy mol noeth. Oeddan, roedd Mam a Dad yn meddwl am bob dim.

Megan

Penderfynais bwyso ffa coffi Costa Rica Mrs Smith, y Wendon, tra oedd y lle'n ddistaw. Byddai honno'n disgwyl bod y coffi'n barod ar ei chyfer mewn cwdyn bach brown am hanner awr wedi deg ar ei ben, ar ôl iddi gael ei siampŵ a sèt wythnosol, fel y gallai dalu am y coffi, yfed ei siocled poeth a dal y bỳs deng munud i un ar ddeg i ben Bryn

Hyfryd. Ro'n i eisoes wedi sgubo pob briwsionyn oddi ar y llawr, caboli wyneb pob bwrdd ac wedi sicrhau fod pob powlen siwgr yn llawn a phob soser lwch yn wag. Ro'n i ar fin tywallt yr hanner pwys i'r felin drydan i'w falu pan agorodd drws y caffi.

'Sori. 'Dan ni'm yn agor tan naw,' galwais heb godi 'mhen.

'Fi sy 'ma! Dwyt ti'm yn falch o ngweld i?' Llais Pamela-Wynne, yn clochdar dros y caffi.

'Dos o'ma,' hisiais drwy fy nannedd. 'Dwi'n gweithio.'

'Good morning, Pamela dear. Pamela is starting work with us today. She'll be with us for three days a week. Pamela, this is Megan. She'll be helping you settle in.'

'Good morning, Charmaine. Yes, Megan and I are old friends – aren't we, Megs?' Gwenodd Pamela-Wynne arnaf fel siarc cyfeillgar. Nodiais fy mhen yn llywaeth cyn troi'n ôl at y felin goffi a throi'r swits ymlaen. Roedd y sŵn rhygnu'n fyddarol a diflannodd Pamela-Wynne a pherchennog y caffi i'r gegin. Roedd y weithred o wasgu'r swits wedi fy llenwi â grym awdurdod a chwyddodd fy nghalon o weld wyneb edmygus Pamela-Wynne.

Sut ddiawl oedd hi wedi landio job yn y KupovKoffee? A job ran-amser hefyd? Pan ddechreuais i yma'r llynedd, yn gweithio dyddiau Sadwrn a thrwy wyliau'r haf, ches i ddim un diwrnod i ffwrdd. O gwbwl! 'You either take the work and earn some pocket money, or you refuse the job and go without the money that comes with it. You can't come here and dictate when you want to work, young lady.' Roedd Charmaine a'i gŵr Derek yn dallt pa mor bwysig oedd y job i mi. Ond doedd dim cyfaddawdu i fod

– job ydi job, a hebddi fyddai gen i ddim arian i fynd i Lan Llyn am wsnos nag i'r Steddfod Genedlaethol yn y Fflint. Doedd mo'r modd gan fy rhieni.

Gweld hysbyseb ar ddrws y lle wnes i yn y lle cynta, wrth i mi basio ar fy ffordd adra o'r pwll nofio ryw bnawn Sadwrn pan o'n i'n fform ffôr.

'Wanted. A conscientious and intelligent Saturday Girl. Please apply inside.'

Cnociais ar y drws gwydr a sbecian drwy'r Windolene pinc a orchuddiai'r ffenest. A hithau'n bump o'r gloch doedd gen i fawr o obaith y byddai neb yno, ond agorwyd y drws gan ddyn canol oed, ei grys lliwgar ar agor a chroen ei gorff yn frown tywyll. Hwn oedd Derek, y perchennog. Yn ôl y sôn, bu Charmaine ac yntau'n byw am flynyddoedd yn Awstralia, a phan ddaethon nhw'n ôl i Dre penderfynodd y ddau agor siop goffi, gan ddod â syniadau newydd, cyffrous efo nhw. Nid caffi dwy a dimau mo'r KupovKoffee.

'Can I help you?' Roedd haen o lwch a phlaster yn glynu i'w wallt brith.

'Yes. I've come about the Saturday job.'

A dyna ni. Wedi sgwrs fer ac ysgwyd dwylo, rhedais adra i ddatgan wrth fy rhieni fod gen i job ac na fyddai'n rhaid iddyn nhw grafu ceiniogau am dripiau ysgol na thalu am fy nillad newydd byth eto. Bûm yn ffyddlon i'm job bob dydd Sadwrn a phob gwyliau ysgol er na ches i unrhyw ddiwrnod i ffwrdd, heblaw am ddyddiau Sul. Ambell dro ro'n i bron â rhoi'r ffidil yn y to, wedi laru ar godi am saith o'r gloch, chwe bore o bob wythnos. Ond pan dwi'n cael yr amlen yn llawn papurau punt ar ddiwedd pnawn

Sadwrn a llond dyrnaid o dips o'r pot o dan y cownter, mae 'nghalon yn llenwi â balchder. A phan fydda i'n mynd â phumpunt i 'nghyfri cynilo yn Swyddfa'r Post ar ôl yr ysgol ar ddydd Llun, ar ôl talu 7/6 am record sengl ddiweddara Dafydd Iwan, dwi'n cael gwefr ychwanegol o weld y coffrau'n chwyddo. A fi sy biau'r arian i gyd.

Ac erbyn eleni, a finna wedi profi fy hun yn weithwraig gydwybodol a ffyddlon, mae gen i ddau ddiwrnod i ffwrdd i fynd i'r Steddfod, ac wythnos gyfan ganol Awst i fynd i Wersyll Glan Llyn am y tro cynta. Ond mae Pamela-Wynne wedi llwyddo i gael swydd dros yr haf yn y caffi heb fath o gyfweliad. Siŵr bod gan ei thad hi rwbath i wneud efo'r busnes. Mae gan reolwr banc lawer mwy o ddylanwad na thorrwr beddi. Mi gerddodd Pamela-Wynne i mewn fel tasa hi'n arwain gorymdaith, neu'n berchen ar y lle, ond dwi ddim yn ffyddiog y bydd hi'n para fawr yn y gegin boeth chwaith er 'mod i wrth fy modd efo hi fel ffrind. Does 'na byth eiliad ddiflas yn ei chwmni. Ond does 'na fawr o waith yn ei chroen hi chwaith, fel y deudodd sawl athro wrthi hi droeon ar hyd y blynyddoedd.

Wrth i mi arllwys llwch y coffi i'r cwdyn bach brown, llanwodd ei arogl llosg, meddwol fy ffroenau. Flinwn i byth arno. A bod yn onest, tydi blas y coffi ddim hanner cystal â'i arogl: tydi o ddim yn ymosod ar fy holl synhwyrau mor llwyr.

Ymddangosodd Pamela-Wynne mewn brat neilon pinc, fel fy un glas i.

'Ti i fod i fy helpu i ymgartrefu,' cyhoeddodd. 'Ond yn gynta, ma' raid i ti fynd â fi efo chdi i'r stesion.'

Ro'n i'n flin gacwn erbyn hyn. Pwy oedd hon i ddeud

wrtha i be i wneud? Fy job i oedd hon. Fi oedd wedi gweithio'n galed yn y lle 'ma – dysgu sut i baratoi pei a bîns mewn popty rhyfedd o'r enw meicrowêf nad oeddach chi'n cael rhoi metel yn agos ato fo, defnyddio'r injan golchi llestri drydan, a berwi llefrith nes ei fod o'n ewynnog efo pibell sy'n chwistrellu stêm yr un fath â'r hen National Milk Bar ers talwm. Ro'n i hefyd wedi dysgu sut i ddefnyddio'r un teclyn i wneud yr wyau wedi sgramblo ysgafnaf erioed. Ac yn bwysicach, sut i drin cwsmeriaid, rhai ohonyn nhw'n ddigon anystywallt. Ond fy hoff dasg ydi fy nhaith ddyddiol i'r orsaf i gasglu cacennau ac arnyn nhw enwau ecsotig. Maen nhw'n dod yr holl ffordd o siop grand yn Llundain ar y trên, a chyrraedd stesion Dre yn gynnar bob bore. Fel arfer, Carol fydd yn dod efo fi i gario'r bocsys a hi sy'n arfer siarad efo'r Orsaf-feistr, ond heddiw, fi oedd y bòs a hithau Pamela-Wynne yn gwybod dim.

Codai sawr bendigedig o'r hambyrddau cardbord a chariodd Pamela-Wynne a finnau un yr un. Yn anffodus, chaen ni ddim codi'r caeadau i ddatgelu'r melysfwyd oddi tanynt ond wedi cerdded y dau gan llath i'r caffi cafodd Pamela-Wynne ei chip cyntaf ar y rhyfeddodau blasus. Rum Babas gludiog wedi eu mwydo mewn rỳ m a'u llenwi â chymylau o hufen, Cheesecake, sef cacen felen frau yn llawn o gaws, oedd, mae'n debyg, yn rwbath a ddechreuodd yn America. Ond fy hoff fath i o gacen, er na flasais i mohoni erioed, oedd rwbath o'r enw Gato. Haenau o gacen siocled wedi eu gosod un ar ben y llall, a hufen a cheirios duon rhyngddyn nhw. 'O Jyrmani daw honna,' eglurais i Pamela-Wynne, oedd yn gegrwth. Roedd hithau, fel finna, yn fwy cyfarwydd â chacen ffenestri bach pinc a melyn Battenburg neu Madeira felys o'r Maypole.

'Pwy sa'n meddwl bod lle crand fel hyn yn Dre? A chditha'n gweithio yma.' Mae'n rhaid ei bod wedi sylweddoli na ddylai hi fod wedi ychwanegu'r darn olaf, achos mi ostyngodd ei llais yn ddim. Ond rhy hwyr. Unwaith eto, roedd hi wedi dangos ei lliwiau.

'Pamela-Wynne. Ti'n rêl snob. Ti'n meddwl dy fod ti'n well na'r gweddill ohonan ni, dwyt? Fy job *i* 'di hon, dallta. Dwi 'di bod yma bob dydd Sadwrn a thrwy bob holides ysgol ers dros flwyddyn, heb gael yr un diwrnod off – yn slafio yn y gegin boeth 'na er mwyn ennill tipyn o gyflog i brynu'r petha rwyt *ti*'n eu cymryd yn ganiataol, y petha mae dy rieni'n eu prynu i ti drwy'r amser. Dillad, records, tripiau ysgol ...'

'Sori, Megs.' O leia roedd hi'n edrych yn edifeiriol. 'Do'n i'm yn sylweddoli.' Roedd fy mhregeth wedi ei chyflwyno mewn islais wrth i mi osod y cacennau yn y cwpwrdd gwydr oer oedd uwchben y cownter.

'Ty'd, Pamela-Wynne, mae gen ti lot i'w ddysgu.'

'Megs?'

'Ia. Be sy? Mi fydd Mrs Smith yma'n y munud – dwi angen berwi'r llefrith ar gyfer ei *hot chocolate* hi.'

'Meddwl o'n i, y gallet ti beidio fy ngalw i'n Pamela-Wynne rŵan 'mod i 'di gadael yr ysgol ac yn mynd i Lundain i'r Secretarial College.'

Dyna hi eto. Yn methu peidio ag edliw y byddai ganddi ei fflat ei hun yn Llundain ddechrau Medi, a finna'n dal yn ddisgybl ysgol. Caeais fy ngheg yn dynn, rhag i mi ddeud rwbath y byddwn yn ei ddifaru.

'Plis wnei di 'ngalw i'n Pam?' Am unwaith, edrychai'n

swil. 'Does 'na'm hôps mul y gwneith Mam byth fy ngalw i'n unrhyw beth heblaw'r teitl llawn, ond 'swn i'n lecio i fy ffrindia wneud. Hynny ydi, os ydan ni'n ffrindia?' Gwenodd yn ymholgar.

'Ydan siŵr. Ty'd, Pam.'

Roedd hi o gwmpas un ar ddeg o'r gloch erbyn i Valerie Smith adael y caffi'n gwmwl o Youth Dew gyda'i chwdyn o goffi mâl Costa Rica. O gwmpas yr un pryd, daeth Pam ata i â'i hwyneb yn fflamgoch a'i llais yn daer.

'Pwy ydi'r *pin-up-boy*?' Amneidiodd â'i phen tuag at ddyn oedd yn archebu ei goffi wrth y cownter.

'O, fo. Tony Taylor. Mae o'n dŵad i'r siop ddwywaith y dydd o leia. Coffi du efo dwy lwyaid o siwgwr demerara bob bora am un ar ddeg, a phaned o de a sleisen o gacen gaws Americanaidd am chwarter i bedwar bob pnawn.' Cariais ymlaen i wagio'r llestri poethion o'r injan olchi llestri. 'Symud o'r ffordd, wir Dduw, i mi gael rhoi'r rhain ar y raciau cyn i mi losgi 'nwylo.'

'Waw. Mae o'n rêl *dream-boat*, tydi? Pwy ydi o felly?'

'Dwi di deud – Tony Taylor. Fo 'di rheolwr y Palladium yn y Stryd Fawr.'

'Manijar y pictiwrs,' sibrydodd Pam mewn rhyfeddod, yn union fel taswn i wedi dweud mai fo beintiodd y Mona Lisa neu ddarganfod Affrica.

'Sgynno fo wraig?'

'Blydi hel, dwn i ddim. Pam? Ti'n ffansïo dy jans? Yli, cadwa'r rhain ar y silff acw. Yma i syrfio paneidiau a chlirio byrddau wyt ti, nid i fflyrtio efo cwsmeriaid.'

Roedd Pam yn dawel wrth iddi ymestyn i osod platiau ar y silff uwch ei phen. 'Eniwé. Sbia arno fo. Mae'n rhaid 'i fod o'n fforti, o leia. Ma' gynno fo wallt gwyn a chrycha dan 'i llgada.'

'Aeddfed ydi o. Dydi o'n hollol gorjys?'

'Callia, wir. Rhag ofn dy fod di isio gwybod, yr unig ddiwrnod nad ydi o'n dŵad i mewn ydi bora Sadwrn, achos dyna pryd mae o'n chwara golff.'

'Chwara golff?' Deffrodd Pam drwyddi. 'Lle mae o'n chwara golff? Ma' Dad yn chwara golff.'

'Fel cannoedd ar filoedd o bobol eraill ma' siŵr,' atebais yn hollol rhesymol. 'Hwda'r cwpanau 'ma a dos i'w cadw nhw o dan y cownter.'

I ffwrdd â Pam â llond ei hafflau o gwpanau, ond ddaeth hi ddim yn ei hôl. Sbeciais drwy ddrws y gegin at fyrddau'r caffi a dyna lle roedd hi, yn eistedd ar gornel bwrdd Tony Taylor ger y ffenest, wedi croesi'i choesau ac yn gwthio'i bronnau allan o'i blaen fel cerflun o dduwies ar flaen llong. Roedd y ddau'n chwerthin fel hen ffrindiau.

'Bore da, Tony. Dwi'n gweld eich bod wedi cyfarfod ein aelod staff newydd – dyma Pam. Rydan ni yn yr ysgol efo'n gilydd. Pam – mae 'na lot i'w wneud yn y gegin cyn i bobol y swyddfeydd a'r siopau ruthro i mewn am eu cinio.' Cydiais ym mraich Pam. 'Ty'd i'r gegin, rŵan. Os welith Charmaine chdi'n fflyrtio efo'r cwsmeriaid, gei di'r hwi.' Pwyntiais fy mawd i gyfeiriad y drws i bwysleisio fy mhwynt.

'Paid â chynhyrfu, Megan fach. Mae Charmaine 'di mynd i'r Cash and Carry ers un hanner awr. Fydd hi'n ôl ar ôl bod adra am ginio efo Derek.'

Blydi hel. Doedd Pam ddim ond yn y caffi ers dwyawr ac roedd hi'n gwybod mwy na fi!

'Hei! Dipyn o newyddion i ti,' meddai Pamela-Wynne wrth i ni baratoi'r saladau erbyn cinio. 'Mae Tony'n nabod Dad. "Dach chi'n nabod Richard Wilson?" medda fi wrtho fo. "Richie'r Banc?" medda fo, a wyddost ti be, mae o'n nabod Dad yn iawn. Mae'r ddau'n andros o ffrindia ac wedi chwara golff efo'i gilydd mewn cystadleuaeth wsnos dwytha yn erbyn dau arall. A wyddost ti be arall?' Ysgydwais fy mhen wrth sgwrio letys o dan y tap, yn galetach nag oedd raid. 'Mae o wedi gofyn i mi fynd efo fo i'r sinema am *private viewing* o'r ffilm cowbois newydd 'na.'

'Pa un? *Butch Cassidy and the Sundance Kid*?'

'Naci. Dwi'm yn cofio'i henw hi ond ma' Dusty rwbath a Joni rwbath arall ynddi hi. Rwbath Cowboi ydi'i henw hi. Ma' raid mai Western ydi hi.'

'*Midnight Cowboy* efo Dustin Hoffman a Jon Voight ti'n feddwl. A chyn i ti roi dy droed ynddi, does na'm cowbois nac Indians yn agos at y ffilm. A gyda llaw, ffilm X ydi hi. Ti'm yn ddeunaw, felly ma' hi wedi canu arnat ti i'w gweld hi.'

'Sut wyddost ti?' Unwaith eto, doedd Pam ddim yn hapus 'mod i'n gwybod mwy na hi.

'Dwi 'di darllen adroddiad am y ffilm yn *Honey* y mis yma. Hanes rhyw foi sy'n butain yn Efrog Newydd ydi o.'

'Paid â malu awyr. Does na'm hwrod sy'n ddynion, siŵr Dduw.'

Ysgydwais lond lliain glân o letys gwlyb yn ffyrnig dros y sinc a thros fraich Pam. 'Wel, gei di weld – does 'na ddim sôn am y Lone Ranger na Tonto yn reidio dros y paith yn y ffilm *yna*!'

Caeodd Pam ei thrap gan sychu'r diferion dŵr oddi ar ei llawes.

Tua dau o'r gloch oedd cyfnod tawela'r diwrnod, pan oedd rhuthr amser cinio'r cwsmeriaid wedi tawelu. Ro'n i'n eistedd tu allan yn yr iard gefn efo Pam a Carol, un o'r gweinyddesau, yn bwyta brechdan. Samantha, un o'r genod eraill, oedd yn gwylio'r cowntar.

'Mae 'nghariad i'n dŵad adra heno.' Chwythodd Carol, merch fawr lysti â gwreiddiau tywyll dan ei gwallt melyn, gwmwl o fwg drwy gornel ei cheg. 'Dwi'm wedi'i weld o ers pedwar mis.'

Roedd Pam yn glustiau i gyd.

'Lle mae o 'di bod? Dwi'm yn hapus os oes 'na ddiwrnod yn mynd heibio heb i mi weld Gary, fy nghariad inna. Sut wyt ti wedi para pedwar mis, dwn i ddim.' A chwythodd hithau lif o fwg drwy ei gwefusau Cherry Pink i gyfeiriad Carol.

'Nag wyt, dwi'n siŵr, Pam fach, ond dwyt ti a dy gariad ddim yn gwneud pethau budur fel mae Stu a finna'n wneud. Ar y môr am fisoedd ar y tro mae o, ti'n gweld. Ar danceri olew.' Teimlais fy hun yn cochi ac roedd hyd yn oed Pam yn sbio ar ei thraed. 'Pwy ydi dy gariad *di* 'ta, Pam?' Er ei bod yn hael ei ffafrau cnawdol roedd calon Carol yn un feddal. Doedd hi, druan, ddim wedi bwriadu gwneud i ddwy ferch ysgol deimlo'n annifyr.

'Gary Matthews ydi'i enw fo. Mae o'n *chef* mewn caffi, ond nid un mor ecsclwsif â'r KupovKoffee.'

'Gary bach sy'n ffrio pysgod yn y Cod Plaice ym mhen draw'r prom ti'n feddwl? Ydi o'n reidio sgwtyr? Mae hwnnw'n byw a bod yn y tŷ drws nesa i ni.' Ro'n i'n gweld diwedd y stori'n dod yn nes ac yn nes fel wal frics. 'Mae o'n canlyn Beryl Parry ac mae 'na sôn y byddan nhw'n pr...' Edwinodd ei llais wrth iddi weld wyneb Pam yn crebachu fel hen liain sychu llestri tamp.

Cododd Pam a sathrodd yn wyllt ar Balkan Sobranie ei mam, cipio'i bag llaw oddi ar y bachyn a brasgamu drwy'r siop goffi tua'r drws.

'Pamela? Where do you think you're going?'

'O'ma. Ma' raid i mi fynd i rwla. Rŵan,' atebodd Pam, a phanic yn llenwi'i llais.

'Unfortunately, Pamela, if there's no medical emergency or a family crisis you must work until five o'clock. Come on now, I'll have no messing!' Hebryngodd Charmaine hi'n ôl i'r gegin. 'Look! It's already half past four. Help Megan to clear the kitchen and you can leave when the St. John's clock strikes five.'

Wrth i'r dyddiau wibio heibio yn y KupovKoffee llwyddodd Pam, yn raddol, i gael ei thraed 'dani. Cawsai'r gwir gan Gary pan fartsiodd i mewn i'r Cod Plaice a rhoi swadan iddo fo o flaen ciw anferth o ymwelwyr llwglyd. Ac i gwblhau'r dial, tywalltodd bot o halen oddi ar y cownter dros ei ben a sgeintio hanner potel o finegr ar ben y cyfan. Soniodd Pam 'run gair am Gary na'i sgŵtyr byth wedyn. Ei hoff dasgau yn y siop goffi oedd clirio'r byrddau a syrfio cwsmeriaid, gan y gallai siarad yn ddi-baid heb gael ei cheryddu am wastraffu amser. Ddwywaith y dydd, gwnâi Pam yn siŵr ei bod hi ar lawr y caffi, yn hytrach nac yn slafio yn y gegin boeth, er mwyn cael sgwrs efo Tony Taylor. A bod yn deg iddi, doedd o ddim yn hyll – gwisgai siwt lwyd, esgidiau Hush Puppies a chrys Ben Sherman lliw mint golau a botymau i ddal y coleri'n sownd yng nghorff y crys. Fel arfer, byddai'r botwm uchaf ar agor a'i dei'n llac. Fflopiai ei wallt brith yn hamddenol dros ei dalcen. Ddoe, mi ddaliodd Charmaine hi'n sgwrsio efo fo, a rhoi coblyn o bryd o dafod iddi o flaen pawb yn y gegin. Ro'n i'n teimlo bechod drosti a deud y gwir, ond dim ond am funud neu ddau, nes i mi weld Tony'n stwffio darn o bapur i law Pam yn slei wrth iddo fo'i phasio ar ei ffordd yn ôl i'w swyddfa yn y Palladium.

* * *

'Wel, dyna i chi ffilm oedd *Midnight Cowboy*,' cyhoeddodd Pam wrth Samantha a finna un pnawn. 'Hanes y boi 'ma o Texas yn symud i New York i wneud 'i ffortiwn fel *hustler*.'

'Be 'di peth felly?' holodd Samantha, oedd hyd yn oed yn fwy diniwed na fi. 'Ond, yn bwysicach,' holodd ymhellach, 'sut ddiawl gest ti weld y ffilm? Dio'm yn dechra yn y Palladium tan dydd Iau nesa. A ph'run bynnag, ti'n rhy ifanc i'w gweld hi.'

'Wel ...' dechreuodd Pam.

'Come on, girls – it's getting busy. All these visitors are coming in from the rain.' Ufuddhawyd i Charmaine ac anghofiodd pawb am ymweliad answyddogol Pam â'r pictiwrs.

O dipyn i beth, dysgodd Pam beidio â brolio gormod rhag i ni sylweddoli bod ganddi gariad newydd: Tony Taylor. Byddai'n dweud wrth ei mam ei bod yn gweithio oriau ychwanegol yn y siop goffi, ond mewn gwirionedd, treuliai'r amser hwnnw yn swyddfa Tony ar ôl sleifio i mewn drwy un o ddrysau tân y pictiwrs. Doedd Tony yntau ddim am i neb o'i staff ei weld yno, a mwynhâi Pam y dirgelwch a'r gyfrinachedd, a'r ambell wisgi bach a roddai Tony iddi o'r botel a gadwai mewn drôr yn ei ddesg. Roedd hi'n gwybod erbyn hyn nad oedd yn briod, ond ddywedodd o ddim wrthi hi, fwy nag y gwnaeth Gary, fod ganddo gariad, Olwen, a weithiai yn y bŵth gwerthu tocynnau.

Un noson, roedd Pam ar frys gwyllt i adael y KupovKoffee a phenderfynais ei dilyn o hirbell. Gwelais hi'n dringo i Ford Capri Tony oedd wedi'i barcio mewn lôn gefn, a rhuodd y car ymaith mewn cwmwl o fwg llwyd.

Fore trannoeth, sleifiodd Pam ata i.

'Efo chdi o'n i neithiwr,' sibrydodd yn fy nghlust.

'Nage ddim. Efo Tony Taylor oeddat ti. Ti'n chwara efo tân, 'sti! Be 'sa rhywun yn eich gweld chi?'

'Wel, wnaeth 'na neb.'

'Do. Fi.' Sgwariais o flaen Pam. 'Be ti'n drio'i wneud? Pam na chwili di am rywun o dy oed dy hun yn lle cyboli efo dyn sy'n ddigon hen i fod yn dad i ti?'

'Dwyt ti'n gwybod dim, Megan fach,' meddai, gan anwesu fy mraich yn nawddoglyd. 'Dwi'n ddynas rŵan. Mi aethon ni reit i ganol y wlad a pharcio'r car mewn coedwig. Roedd ganddo fo flanced a phob dim.' Nodiodd yn araf awgrymog arna i. 'Dyn go iawn dwi isio, nid rhyw bwt o hogyn dibrofiad fel y ciaridým Gary 'na.'

'Ti'm yn gall.' Penderfynais fy mod wedi clywed digon, a throi fy sylw at y felin goffi i falu Breakfast Blend i gwsmer. Sut allai hi fod mor anghyfrifol?

Er i Pam drio cael fy sylw, canolbwyntiais ar rygnu hypnotig y peiriant nad oedd cweit yn ddigon uchel i foddi llais Pam, oedd yn canu wrth lwytho'r peiriant golchi llestri.

'Lay lady lay, lay across my big brass bed ...'

* * *

Deffrais i deimlo'r clymau cyfarwydd yn nadreddu yn fy nghylla fel pethau byw. Maen nhw'n dod i fy mhlagio bob tro y bydda i'n teimlo unrhyw fath o gyffro, o drip ysgol Sul neu ben blwydd i arholiadau sirol.

Ro'n i'n newydd i'r busnes 'sefyll dros fy egwyddorion' 'ma. Ddeudodd Mam na fyddai'n hawdd rhwyfo'n erbyn y llif, chwedl hithau, a heddiw fyddai'r ail brawf i mi ei wynebu.

Daeth y cyntaf yn annisgwyl, ar ôl fy arholiad Lefel O olaf bron i fis yn ôl. Chafodd y nadroedd ddim amser i ddeffro y diwrnod hwnnw ac erbyn iddyn nhw sylweddoli yr hyn ro'n i newydd ei wneud, roedd y cyfan drosodd. Camodd y prifathro o 'mlaen wrth i mi anelu am brif fynedfa'r ysgol.

'Megan Jones. Dewch draw i'm swyddfa cyn i chi fynd adref.' Gorchymyn, nid gwahoddiad. Sychodd fy ngheg a chyflymodd fy nghalon.

'Dwyt ti ddim wedi gwneud dim byd o'i le, 'sti,' sibrydodd Jean yn gysurlon yn fy nghlust. 'Isio rhoi cwpan i ti mae o. Mae'r rhan fwya ohonon ni 'di ca'l un wsnos dwytha 'rôl yr arholiad Hanes, ond ti'm yn gwneud Hanes, nag wyt?'

Nac o'n i wir. Dim ffiars o beryg. Ro'dd yn gas gen i

Hilda Hanes â chas perffaith a chredwn yn daer ei bod hithau'n teimlo 'run fath amdana i. Cerddais yn araf at swyddfa'r prifathro cyn paratoi i gnocio'r drws – byddai angen cnoc hyderus, ond nid gor-hyderus chwaith. Sythais fy ffrog a sychu 'nwylo chwyslyd ar fy nghluniau.

'Ewch yn syth i mewn, Megan. Mae'r drws ar agor.' Stopiodd fy nghalon yn llwyr. Tybed ers pryd oedd y prifathro'n sefyll y tu ôl i mi?

'Dyma chi. Dim ond rhyw un neu ddau sy'n dal heb gael un. Mae'n anodd cael fform ffaif i gyd at ei gilydd ynghanol arholiadau.' Gwenodd ac estynnodd focs bach gwyn i mi. Syllais ar luniau du a gwyn o brifathrawon y gorffennol ar y muriau, ar y cwpanau eisteddfodol a'r tlysau mabolgampau yn eu cwpwrdd gwydr, ar y ddesg hynafol oedd yn gwegian dan domennydd o bapurau mewn ffeiliau cardfwrdd. Dawnsiai llwch oesoedd mewn pelydryn o olau a drywanai drwy'r llenni.

'Dim diolch, syr.' Derbyniodd y prifathro y bocs yn ôl i'w ddwylo.

'Ga i ofyn pam eich bod yn gwrthod cofrodd i ddathlu Arwisgo'r Tywysog Charles yn Dywysog Cymru?' Pwysodd yn ôl ar ei ddesg a phlethu'i freichiau.

'Am nad ydi o yn wir Dywysog Cymru, syr. Bu farw'r olaf pan lofruddiwyd Llywelyn ap Gruffydd yng Nghilmeri ym mil dau wyth dau.'

'Hm. Rheswm digonol 'swn i'n dweud. Gewch chi fynd, Megan.' Trois at y drws. 'Da iawn chi. Mae mor hawdd dilyn y defaid.' Dwi'n siŵr i mi weld pwt o wên yn croesi'r wyneb oedd fel arfer mor ddifynegiant.

Mi wyddwn i'n dawel bach na fyddai'r prifathro'n flin

efo fi – roedd o'n Gymro twymgalon. Ro'n i'n gwybod hefyd ei bod hi'n gwpan hyll ac na fyddwn byth bythoedd yn yfed yr un banad ohoni, a gwep Carlo'n gwenu'n ddanheddog arni. Rhyfedd na fyddai rhywun wedi meddwl ei chynllunio'n gwpan ddwyglust gan ddefnyddio clustiau'r tipyn tywysog! Gwenais yn hunanfoddhaus wrth feddwl am yr arbrawf gwyddonol a wnaeth Gwyn a Peter â'u cwpanau nhw. Roedd un ohonyn nhw – Gwyn, mwy na thebyg – wedi penderfynu y dylai'r cwpanau gael eu taflu yn erbyn wal allanol y Gampfa, dim ond i weld

a) pa mor sydyn y deuai rhywun i'w ceryddu, a b) teilchion cwpan pwy fyddai'n mynd bellaf.

Yr atebion oedd a) Pythagoras, y cyn-filwr a'r athro Maths blin oedd yn digwydd pasio a b) darn o gwpan Peter a darodd foch Pythagoras. Digon ydi dweud bod trigolion Dre i gyd wedi clywed y ffrae a ddilynodd, a bu'n rhaid i'r ddau droseddwr sefyll (yn llythrennol) eu harholiad Cemeg fore trannoeth. Cwpan wen tsieina wedi ei goreuro oedd hi, ond welais i ddim cwpan gyfan yn ddigon hir i ddarllen yr hyn oedd yn ysgrifenedig arni, a doedd gen i ddim digon o ddiddordeb i holi un o'r genod.

Heddiw oedd yr ail brawf.

Wylit, wylit Lywelyn,
Wylit waed pe gwelit hyn,
Ein calon gan estron ŵr,
Ein coron gan goncwerwr,
A gwerin o ffafrgarwyr
Llariaidd eu gwên lle roedd gwŷr.

Croesais y parc gan adrodd cywydd Gerallt Lloyd Owen yn fy mhen i rythm penderfynol fy nhraed, gan obeithio y byddai grym y geiriau yn rhoi hyder newydd i mi.

'Ty'd yn dy flaen, Megs. Ti mooor *boring*. Ty'd efo ni i'r parti stryd pnawn 'ma!' hwrjodd Pam pan ymunodd â fi ar waelod y Stryd Fawr i gyd-gerdded i'r KupovKoffee.

'Ti'n byw mewn *avenue*,' atebais yn ddigon rhesymol. 'Fedri di ddim cael parti stryd mewn *avenue*.'

'Dwi am fynd i'r parti ar dy stryd di, 'ta!'

Fedrwn i feddwl am yr un ateb parod i'w haerllugrwydd hoffus.

'Sbia ar yr holl fflags 'na. Tydyn nhw'n gwneud i chdi deimlo'n falch o fod yn rhan o Brydain Fawr?'

Y tu allan i'r caffi, chwifiai pedwar Jac yr Undeb. Yn gwneud i mi deimlo fel taflu i fyny, debycach. Canai Dafydd Iwan yn fy mhen wrth i mi wthio drws y KupovKoffee yn agored; 'O'r diwedd mae gynnon ni brins yng Ngwlad y Gân ...'

'Welcome, girls, on this very auspicious day!' llafarganodd Charmaine. Bobol bach. Syllodd Pam a finna ar ein gilydd. Am be oedd hi'n sôn, a lle ar y ddaear roedd hi wedi dysgu'r gair mawr 'na? O'r gegin y tu ôl iddi ymddangosodd Samantha mewn ofyrôl roial blŵ a chlamp o goron aur ar draws ei brest. Llyncais fy mhoer. 'Here you are Pam, Megan. Aren't they lovely? Brand new royal tabards for this special majestic day.'

'No thanks, Charmaine. I don't want one.' Daliais y dilledyn erchyll hyd braich.

'Of course you do. Wear it with pride.'

O'n i'n ddigon cryf i sefyll dros yr hyn ro'n i'n ei gredu? 'I can't wear it. I don't agree with the Investiture.'

'Why ever not, Meeeegan?' Âi ei hacen drwydda i fel cyllell ar y gorau, ond roedd yn waeth nag erioed heddiw. 'Hurry up now. The customers will start coming in a minute or two and I want all the staff looking smart and dressed suitably for this wonderful occasion. After all, there's a half-day off for you all so that everyone can enjoy the ceremony on the television this afternoon. A new Prince of Wales. I think that the last investiture was in 1911. That's many years ago. And today the whole nation can celebrate once again.' Chwifiodd ei breichiau mewn cylch eang gan gwmpasu Prydain ar ei mynwes fawr. 'It'll be such a great occasion when Her Majesty invests her eldest son with the honour of being our prince. You're Welsh aren't you? Charles is *your* prince. You should be *so* proud. See how lovely Pam looks in her tabard!'

Trodd Pam gylch ar un sawdl, gan smalio mai Twiggy oedd hi.

'I'm sorry, Charmaine. I don't want to.' Crynodd fy ngwefus a llithrodd llen o ddŵr dros fy llygaid.

Roedd Charmaine yn dechrau colli ei hamynedd.

'Now, come on and don't be a silly girl. It's only for this morning. If you're ashamed, and I've no idea why, you can work in the kitchen. You're a good worker. We've come to depend on your diligence and the way you've taken on any responsibility we entrust you with. You don't want to lose your job now, do you?'

Treiglodd pob dewrder i lawr o'm corun. Diferodd fy ngobaith am ddeuddydd yn Steddfod Fflint ac wythnos nefolaidd yn y gwersyll ger y llyn i lawr drwy 'nghorff, gan setlo yn y llaw a ddaliai'r cerpyn brenhinol. Llithrais y bali peth dros fy mhen a throi am y gegin fel na allai'r lleill weld fy nagrau.

* * *

Yr haf hwnnw, glaniodd dynion ar y lleuad. Roedd Mam wedi ei syfrdanu ac yn dychmygu beth a ddywedai ei thad pe bai o wedi cael byw i weld y fath ryfeddod. Ceisiodd Dad dynnu llun o'r delweddau hynod oedd ar sgrin y teledu efo'i Brownie 127 y noson honno er mwyn cael cofnod ffotograffig o'r digwyddiad hanesyddol. Bûm innau yng ngwersyll Glan-llyn – a oedd yn lle llawer mwy rhyfeddol na'r lleuad yn fy marn i. Ro'n i wedi cael rhannu stafell efo Nerys o'r Wyddgrug (mi gwrddais i â hi pan oedden ni'n dwy'n stiwardio yn Steddfod Fflint), wedi cael cariad (Dafydd o Aberystwyth) ac wedi dysgu canwio. Mi ges i hwylio a dringo'r Wyddfa, heb sôn am ganu yn y Neuadd Wen gyda'r nosau a chael cusan ar lan y llyn. Wnaeth Dafydd na finna ddim hyd yn oed sylwi ar y lleuad yn crogi fel cosyn gwyn uwch ei pennau, nac ar ei adlewyrchiad yn y dŵr llonydd. Ac yn goron ar y cyfan, roedd fy nghanlyniadau Lefel O yn rhai hynod o dda. Fel y dywedodd y prifathro wrth estyn i mi'r papur a nodai'r graddau: 'Dach chi wedi siomi pawb ar yr ochr orau'. Wyddwn i ddim yn iawn sut i ymateb i'r fath ganmoliaeth wyrdroëdig, ond roedd fy uchelgais o gael mynd i'r Coleg ar y Bryn ymhen dwy flynedd fymryn yn nes at gael ei gwireddu. Ond am y tro, ro'n i'n dal i weithio yn y KupovKoffee. Daeth llais Pam i dorri ar fy myfyrdod.

'Hei, Megs. Dwi'n poeni braidd. Ma' hi'n hanner dydd a 'di Tony ddim wedi bod i mewn am ei banad arferol.' Roedd y garwriaeth gudd wedi bod yn mynd rhagddi ers wythnosau bellach a rhieni Pam yn dal i feddwl ei bod yn gweithio'n gydwybodol bob dydd yn y KupovKoffee. 'Dwi am fynd i'w weld o.' Ac yn ei hawr ginio, aeth allan o'r caffi yn lle eistedd y tu allan yn bwyta'i brechdan efo'r gweddill ohonan ni. Dychwelodd ymhen rhyw ddeng munud yn beichio crio.

'Mae 'na ddamwain wedi bod yn y Palladium. A rhywun wedi brifo, neu waeth. Dyna ddeudodd y plisman. Mae pawb yn cael eu hel o'na. Be wna i os mai Tony sy 'di brifo?'

'Twt lol, mi fydd o'n iawn, siŵr.' Ceisiais swnio'n ffwrdd â hi, ond pwy arall fyddai mewn sinema wag yr adeg honno o'r dydd heblaw y rheolwr yn gwneud chydig o waith papur?

Erbyn tri o'r gloch roedd y stori'n drwch rownd Dre bod Tony Taylor wedi dioddef damwain angheuol. Cafodd ei ddarganfod gan Olwen, ei gariad, a ddaeth i mewn i lanhau am un ar ddeg. Yn ôl pob golwg, roedd tomen o ganiau ffilm anferth wedi syrthio ar ei ben yn stafell y taflunydd. Roedd y silff oedd yn eu dal yn simsan – daethai sgriw yn rhydd o'r wal yn ôl y gofalwr, Charlie, a doedd gan Tony, druan, ddim gobaith o oroesi. Craciwyd ei benglog a chlwyfwyd ei wyneb gan y tuniau mawr metel a phan aeth Olwen i mewn roedd ei chariad yn farw mewn pwll o waed wedi ceulo a rîliau trymion *Midnight Cowboy* blith draphlith dros ei gorff fel cragen rhyw grwban arswydus.

'Dear me, Pam. Why the crocodile tears? We were all very, very fond of poor Tony, and the accident which befell him was a terrible tragedy, but you can't weep like this. Tony was just a paying customer and we have a business to run. Come along, the dishwasher needs emptying.'

'No. Stuff your job, Charmaine! Just you wait until I've qualified as a top-notch secretary from Lucie Clayton's college. I'll buy you out, you heartless cow!' bloeddiodd Pam yn wyneb ei bòs. Rhwygodd y brat bri-neilon a'i daflu i'r llawr, cipiodd ei bag oddi ar y bachyn y tu ôl i ddrws y gegin, taflodd ei phen yn ôl a chamodd allan o'r caffi am y tro olaf gan daflu'r drws yn erbyn ei golfachau nes ei fod yn drybowndian. Ro'n i bron â chymeradwyo, mor wych oedd ei pherfformiad ac mor debyg i Dame Sybil Thorndike yn *Saint Joan* gan Bernard Shaw.

Ond chafodd coleg Lucie Clayton mo'r fraint o gael Pamela'n ddisgybl wedi'r cwbl. Welson ni mohoni ar ôl marwolaeth Tony – allen ni ddim ond dyfalu bod ei rhieni, rywsut, wedi darganfod iddi gael rhyw fath o berthynas gyda chyfaill golffio ei thad. Aeth y teulu ar fordaith i'r Caribî am bythefnos, ac erbyn iddyn nhw ddychwelyd, roedd angladd Tony wedi bod ac ymholiadau'r heddlu wedi eu cwblhau. Penodwyd rheolwr newydd i'r Palladium a chafwyd merch ysgol newydd i slafio yn y KupovKoffee. Yn ogystal, dechreuodd blwyddyn ysgol newydd i ni yn y chweched dosbarth, heb Pam.

Eisteddai'r gweddill ohonon ni'r genod ar fainc ar

gornel buarth yr ysgol ar ddiwedd wythnos gyntaf y tymor.

'Mae'n od iawn yma hebddi hi,' cwynodd Eirlys.

'Mae'r Prif yn falch, dwi'n siŵr,' sylwais. 'Roedd yr hen Pam yn dipyn o ddraenen yn ei ystlys dros y blynyddoedd. Dach chi'n cofio'r adeg pan roddodd hi fasged sbwriel ar ben y drws er mwyn iddi syrthio ar ben Hilda Hanes?'

'Ond y Prif ddaeth i mewn i edrych pwy oedd yn gwneud yr holl sŵn, yntê, ac ar ôl i'r fasged ei daro fo ar ei ben roedd gynno fo ddarn mawr o jiwing-gym yn ei wallt a phapur Milky Way stici yn sownd yn ei dei!' Roedd Eirlys wedi cynhyrfu'n lân wrth gofio'r stori.

'Heb sôn am y tolc yn ei dalcen o!' chwarddodd Rhian.

'Pwy sy'n mynd i bigo arnon ni? I'n herian ni am liw ein lipstic, hyd ein sgerti, y sbotiau ar ein bochau a'r blac-heds ar ein trwynau?' holodd Heulwen.

'Wel fi, yntê?' Safai Pamela-Wynne o'n blaenau mewn gwisg ysgol chweched dosbarth newydd sbon, yn cario briff-cês lledr drud yr olwg. Roedd ei cheg yn gwenu'n llydan ond nid ei llygaid, sylwais.

Stwffiodd ei phen-ôl rhyngdda i a Heulwen ar y fainc – pawb efo'i gilydd eto. Roeddan ni i gyd yn edrych i gyfeiriad plant bach fform wan oedd yn taflu gwair at ei gilydd yn eu hiwnifforms nefi-blŵ crand. Roedd hynny'n fendith o dan yr amgylchiadau oherwydd doedd dim rhaid i neb edrych ar Pam na dweud dim. Doeddan ni ddim yn siŵr iawn be i'w ddweud wrthi, tasa hi'n dod i hynny.

'Dan ni'n y sicsth fform rŵan. Ma' siŵr y dylen ni roid row iawn i'r rheina?' meddai Heulwen gan amneidio'n llipa ar yr hogia bach. Daliodd pawb i edrych yn dawedog ar y pledu gwair.

'Ddois i'n ôl mewn pryd i roi fy enw i lawr ar gyfer y daith i Lundain fis Chwefror?' gwenodd Pam o'r diwedd gan edrych o un ohonom i'r llall yn eiddgar.

Torrodd hynny'r iâ.

'Chlywist ti ddim, naddo?' baglodd Rhian. 'Mi ddaeth y Prif i stafell y Chweched ar ddiwrnod cynta'r tymor.' Hedfanodd cawod o boer o'i cheg a sglefrio'n berlau ar hyd lledr gloyw bag newydd Pam.

'Ac mi ddudodd o,' ychwanegodd Eirlys, 'ei bod hi'n ddrwg ganddo fo, ond na fyddai taith i theatrau ac amgueddfeydd Llundain yn ystod "y flwyddyn academaidd bresennol".' Dynwaredodd y prifathro hunanbwysig drwy stwffio'i bodiau yn ei cheseiliau a gwthio'i bronnau bychain tua'r awyr.

'Bechod mai dim ond heddiw ddoist ti'n ôl,' meddai Heulwen, 'achos ma'r peth wedi bod yn destun trafod ers dechra'r tymor. A ti'n gwbod be arall? Maen nhw'n deud bod Mistar Myrfyn Morthwyl 'di mynd i lofft Rowena Roberts ar ysgol breswyl y chweched yn y brifysgol cyn diwedd tymor yr haf. Roeddan ni wedi gadael 'rôl i'r arholiada orffan, a ...'

Do'n i ddim am golli'r cyfle i roi fy mhig i mewn. Wedi'r cwbwl, roedd hon yn stori fawr ac roedd hi'n perthyn i bawb.

'Wel,' cyhoeddais, 'roedd Rowena newydd ddŵad o'r bàth, ac mi gerddodd Mistar Morthwyl i mewn i'w hatgoffa mai pum munud oedd ganddi cyn amser bwyd.'

'Medda fo!' bytheiriodd Eirlys ar fy nhraws. 'Roedd y

gryduras 'di dychryn cymaint, mi syrthiodd ei lliain ar y llawr.'

'Medda hitha!' gwthiodd Rhian ei phig i mewn.

'A dyna pryd y daeth Hilda Hanes i mewn ...' ategais inna, yn falch o gael adrodd y *punchline*.

'Mae pawb yn gwybod bod Rowena 'di bod yn llygadu Mistar Morthwyl ers talwm. Hen hulpan,' ychwanegodd Pam gan sychu poer Rhian oddi ar ei bag gyda hances bapur.

'Ma'r Morthwyl 'di mynd i ysgol arall – yn ddirybudd meddan nhw – a nid yn unig does 'na neb i ddysgu Gwaith Coed, ond fo hefyd oedd yn trefnu'r teithiau.' Ystyriodd pawb oblygiadau hyn yn dawel am funud. Roedd cael mynd ar daith i Lundain yn y chweched isa bron mor bwysig â gwisgo bra am y tro cynta i rai genod. Y trip hwn fyddai cyfle cyntaf merched bach cefn gwlad Cymru i gerdded i lawr Carnaby Street a sipian Britvic orenj yn Theatr Drury Lane, a byddai disgyblion ac athrawon yn bwyta a sgwrsio efo'i gilydd fel bodau cydradd yn y gwesty. Hawdd mewn awyrgylch anffurfiol o'r fath fyddai i un o'r genod gymryd ffansi at athro ifanc di-sylw mewn jersi polo-nec *beige* ac anorac nefi-blw o Greenwoods. A breuddwydio ...

'Dwi 'di newid fy meddwl,' cyfaddefodd Pam toc. 'Mae Llundain braidd yn bell, ac mae Dad wedi clywed nad ydi ysgol Lucie Clayton yn un dda iawn wedi'r cwbwl.' Tywalltodd Pam y geiriau yn un chwydfa. 'Dim ond llaw fer a theipio maen nhw'n 'i wneud yno, ac mae o'n gwrs mor ddrud. Mi ga i addysg well o lawer yn yr ysgol, er mwyn bod yn Sifil Syrfant. Efo Lefel A neu ddwy mi fydda i'n uchel iawn yn y Gwasaneth Sifil cyn bo hir, medda Dad. Mi fydda i'n ailsefyll Maths ym mis Tachwedd, a'r unig un arall fethais i oedd Llên Cymraeg. Ond dio'm ots am hwnnw. Fydd o'm yn angenrheidiol pan fydda i'n gweithio i MI5.' Roedd honna'n araith hir iawn i Pamela-Wynne ac yn un yr oedd, yn amlwg, wedi ei dysgu ar ei chof.

1971

Heulwen

Gosododais hen fag tartan Nain ar y rhesel uwch fy mhen a swatio yng nghornel bella'r sedd. Roedd ogla hen bobol arno fo. Doedd gen i ddim digon o arian i brynu un canfas du efo B.O.A.C mewn llythrennau mawr gwyn arno fo, un tebyg i'r rhai oedd y stiwardesys awyrennau yn eu siwtiau smart a'u hetiau pil-bocs yn eu cario ar eu teithiau i wledydd pell. Roedd un o'r rheiny gan Denise Price oedd yn yr Ypyr Sicsth llynedd. Ond dyna'r lleia o 'mhryderon heddiw. Stwffiais fy hun mor bell ag y gallwn i olwg y bobol a allai edrych i mewn arna i drwy'r ffenest. Gyda sgwd anferth, llusgodd y trên ei hun ymaith a chyflymu'n raddol wrth adael yr orsaf.

Fedrwn i ddim peidio ag edrych i'r dde cyn i'r cerbyd lithro i geg y twnnel, ac mi ges i gip ar odre côt wen Brandon yn chwifio yn y gwynt fel alarch wrth iddo bedalu fel fflamia i fyny'r bont dros y rheilffordd. Ro'n i'n ei ddychmygu'n chwythu fel megin a'i fochau'n swigod mawr cochion wrth stryffaglio ar y beic, a'r fasged haearn drom arno yn llawn cigoedd, ond allwn i mo'i weld yn glir drwy'r dagrau a gronnai yn fy llygaid. Doedd gen i ddim hances hyd yn oed – roedd un yn fy mag ond allwn i ddim codi i chwilio yn hwnnw am fod clamp o wraig fferm wedi gollwng ei hun i'r sedd wrth f'ochr. Roedd ganddi fasged cymaint â'r un y cuddiwyd Moses yn yr hesg ynddi, ac yn honno, ddwsinau o wyau brown braf yn gorwedd yn glyd ar wely o wellt. Wrth fy nghlywed yn snwffio'n swnllyd, ymbalfalodd y ddynes ym mhoced ei brat a thynnu ohoni hances gotwm flodeuog wedi'i smwddio'n driongl perffaith.

'Wn i'm be sy'n bod, 'mach i, ond hwdwch hwn i sychu'ch trwyn cyn i'r dilyw lenwi'r carij 'ma.' Roedd y wraig garedig yn fy atgoffa o bowlen fawr o jeli mafon, ei holl gorff yn crynu'n ysgafn wrth chwerthin. Gwenais yn ddiolchgar arni a dad-lapio'r hances yn ofalus fel na fyddai'n difetha'r ymylon miniog. 'Gymwch chi hannar dwsin o wya pen doman i'ch mam? Swllt a chwech am chwech ydyn nhw. Mi wnân gacan sbwnj anfarwol – mae'r melynwy mor fendigedig o felyn. A rhyngthoch chi a fi, mi fasa gen i chwanag i'w gwerthu tasa'r gŵr a finna ddim yn ca'l un bob un bob bora efo tafall o fara cartra a hwnnw 'di'i daenu'n dew efo menyn Eifion.'

'Dim diolch. Fydda i ddim yn mynd adra heno ac mae'n beryg iddyn nhw dorri yn fy mag i.' Ond daliais fy hun yn edrych yn hiraethus ar yr wyau wrth gofio i mi orfod gadael y tŷ heb frecwast.

'Dwi'n hwyrach nag y dylwn i fod, Mam,' medda fi. 'Ma' gin i ofn methu'r trên. Mi a' i ag afal efo fi i'w gnoi.' Mae'n gas gan Mam gelwyddau, a do'n i ddim yn hapus o gwbwl 'mod i'n rhaffu anwireddau, ond roedd y dewis hwnnw'n well na'r gwir.

Doedd gen i ddim syniad pryd y byswn i'n cael bwyd nesa, ac wrth feddwl am hynny cododd ton arall o grio drosta i. Gwasgais yr hances at fy llygaid, yn falch o gael rhywbeth, er cyn lleied, i guddio tu ôl iddo. Doedd dim golwg bellach o blygiadau'r hances a smwddiwyd mor berffaith. Prysurodd y trên dros y cledrau, a rhythm ei olwynion yn edliw i mi: 'Ddylat-ti-ddim, ddylat-ti-ddim, ddylat-ti-ddim'.

Deg oed o'n i pan ddaeth Brandon i weithio yn siop Dad. Roedd o'n un deg pedwar, a hon oedd ei job dydd Sadwrn gyntaf – cario mins a selsig a phorc peis a chylffiau mawr o gig eidion a golwython oen i dai trigolion y dref. Cefn ei ben aeth â fy sylw gynta; y brychni haul brown ar ei wegil a lliw moron ei wallt cwta.

'Brandon, dyma Heulwen, fy merch.' Wrth i Dad fy nghyflwyno fi iddo fo, trodd Brandon ei sylw oddi wrth y selsig roedd o'n eu trefnu mewn hambwrdd arian yn ffenest y siop a 'nghyfarch i efo darn plastig o ddeiliach addurnol yn ei law. Gwenodd yn swil arna i. Roedd cornel un o'i ddannedd blaen wedi torri a phloryn fel lamp beic ar ochr ei drwyn, ond roedd hi'n rhy hwyr – ro'n i mewn cariad.

Chymrodd Brandon fawr o sylw ohona i i ddechrau, heblaw pan fyddwn i'n mynd â'i baned o de ddeg iddo fo, neu ofyn a allai o bwyso rhyw ddarn neu ddau o sgrag-end i Mam i wneud lobsgows. Ond mi o'n i'n gwneud yn siŵr ei fod o'n ymwybodol 'mod i o gwmpas, ac yn ara deg tyfodd cyfeillgarwch rhyngddon ni.

Mae Pamela-Wynne wedi bod yn trio 'nghael i i fynd i lawr i Green Meadows efo hi ar benwythnosau, ond mae'n well gen i dreulio fy Sadyrnau yn helpu Dad yn y siop, a chael bod yn agos at Brandon. Mae Pam wedi bod yn dechra mynd ar fy nerfau i, i fod yn onest, yn brolio'i hun a'r amser mae hi'n ei dreulio yn y stablau lleol. Does dim taw arni hi wedi mynd.

'Mae Jason wedi cael ceffyl newydd. Mae o'n hanner Arab a bron â chyrraedd sicstîn hands. Fi ydi'r reidar mwya profiadol sy'n cael gwersi yno, felly dwi'n cael mynd am ganter bach rownd y *menage* arno fo cyn i'r lleill gyrraedd. Mae Nic, ei fab o, am ddysgu *dressage* i mi, medda fo, y tro nesa y bydd o adra o *hoarding school*.' Mi fyddai hi'n fflicio'i gwallt gwinau o'i llygaid wrth siarad, yn union fel un o geffylau Jason Roberts, perchennog Ysgol Farchogaeth Green Meadows. Jason hyn a Jason llall oedd bob dim ganddi, ond dwi'n siŵr na fysa hi'n meiddio ei alw wrth ei enw cyntaf yn ei wyneb, chwaith. Mi fyswn i wrth fy modd yn cael bod yn bry ar y wal yno, i gael ei gweld yn carthu'r stabal futraf a mwyaf drewllyd yn y lle.

Ond ella na fysa mynd i'r ysgol farchogaeth yn syniad mor ddrwg â hynny wedi'r cwbwl. Tybed be fysa Brandon yn feddwl taswn i'n cerdded drwy siop Dad ar fore Sadwrn mewn bŵts uchel du, jodpyrs tyn a het galed felfed, efo chwip ledr yn fy llaw?

Arafodd y trên gan ddod â fy meddwl yn ôl at fy siwrne, a chododd y wraig glên ar ei thraed. Ond wrth i'r trên ddod i stop sydyn hyrddiwyd hi a'i basged ymlaen. Rhoddais fy mreichiau allan a chydio yn ei chnawd meddal ac yn handlen wiail y fasged, ac achubwyd y cerbyd rhag omlet mwya'r byd.

'Be wna i am eich hances chi?' gofynnais iddi, gan fod y clwt diferol yn un lwmp ar fy nglin.

'Cadw di hi, 'mach i. Gobeithio'i fod o werth o.'

Gwenodd y wraig yn ffeind arna i, a theimlais y dagrau'n pigo eto.

Roedd mwy o le i mi ymestyn wedi i'r wraig a'i basged

fynd, ac ro'n i'n reit falch nad eisteddodd neb arall yn y sedd, am y tro beth bynnag.

Estynnais i boced uchaf fy siaced denim am fy sigaréts, a'r boced arall am y matsys, a thaniais y Players No 6 gyda bysedd crynedig, gan geisio edrych yn fwy dewr nag ro'n i'n teimlo. Agorais fy nghopi o'r *Jackie* diweddaraf.

'Dear Cathy and Claire,' darllenais. 'I have just found out from a good friend that my boyfriend is two-timing me ...'

Bu bron i mi â thagu ar gegaid o fwg. Chwiliais y dudalen yn ffrwcslyd am lythyr arall.

'Dear Cathy and Claire, My older sister is expecting and she's not married ...' Gwaeth byth. Un cynnig arall. 'Dear Cathy and Claire, My friend Shirley who is a good dressmaker offered to make me a mini-dress if I bought the pattern and material. Together with the zip and cotton, it cost me nearly £4. That was two months ago and I still haven't had the dress from her. But my best friend, Tracy, said that she saw Shirley in town last week, wearing the dress. She has made it for herself. I am heartbroken. Please tell me what to do.'

Wfftiais at y broblem bitw. Doedd gen i fawr o ddiddordeb mewn gwybod pa gyngor a gynigid i drueiniaid mor pathetig gan y ddwy ddewines o Ludain a allai ddatrys trafferthion pawb, ond roedd rhywbeth amheuthun mewn medru ymdrybaeddu yn anlwc rhywun arall, am newid. Dechreuais droi'r tudalennau – 'Lipstick tips for a more kissable you', lluniau o'r Beach Boys a strip-cartŵn o stori am ddwy ffrind oedd yn ennill eu bywoliaeth fel gweinyddesau ar awyrennau. Dyna pam y gwnaeth Denise

Price stydio Ffrangeg yn yr ysgol – er mwyn iddi hi gael teithio o ddinas i ddinas dros y byd, cael coctels lliwgar gyda'r nosau dan gysgod coed palmwydd gyda chapteiniaid golygus ... a derbyn cynigion i briodi neu i fod yn ysgrifenyddes bersonol i deithwyr golygus, cefnog a moesol.

Ochneidiais. Efallai y byddai Denise yn ddigon lwcus i lwyddo yn ei huchelgais, ond doedd lwc erioed wedi bod yn gydymaith cyson i mi. Llosgais fy mys ar ludw stwmp fy sigarét. Dyna ddangos faint o smociwr ydw i – fyddai Pamela-Wynne byth mor ddi-lun, a hithau'n dal Sobranie Black Russians ei mam, neu'r Gauloises mae hi'n eu dwyn o gwpwrdd wisgi ei thad, efo teclyn dal sigarét arian. Dwi'n meddwl ei bod hi'n trio efelychu Princess Margaret – mae hi'n dal un tebyg yn y lluniau dwi wedi'u gweld ohoni ar ei gwyliau ar ynys Mustique efo'r *jet-set*.

Penderfynais gynnau sigarét arall. Maen nhw'n gwneud i mi edrych yn llawer hŷn a lot mwy soffistigedig, ac ers i mi dderbyn yr un gyntaf gan Pamela-Wynne sbel yn ôl bellach, dwi'n medru cyd-eistedd efo Brandon i yfed ein te ddeg yn iard gefn y siop – ond dim ond pan fydd Dad allan yn y fan a Mam yn y Maypole yn gwneud neges. Woodbines mae Brandon yn eu smocio, ac wrth i ni'n dau syllu ar y mwg yn cylchu'n ddiog uwch ein pennau bob bore Sadwrn, rydan ni'n cael sgwrsio am bris bîff, am sut mae Dad am ddysgu Brandon sut i wneud porc peis a selsig cyn hir, ac am pa mor felys rydan ni'n dau'n hoffi ein te. Dwi'n teimlo mor agos at Brandon pan fydd o'n trafod manylion ei fywyd efo fi.

Ond roedd clamp o gwmwl pygddu'n cronni uwch fy mhen. Mae gan Brandon gariad, a honno'n feichiog. A gwaeth na hynny, mae gan y drampes honno, Sharon, fabi'n barod. Ac yn waeth fyth, ro'n inna hefyd yn disgwyl babi Brandon. Ar hyn o bryd, beth bynnag.

Yn ôl yn y gwanwyn, wrth i Brandon godi ei baned at ei wefusau un bore Sadwrn braf, edrychais ar ei ddwylo, ar y croen gwyn a brychni'n gawod drostyn nhw, ond roedd y llanast rhyfeddaf ar ei fysedd o ganlyniad i'w waith yn brentis cigydd. Doedd fawr o sôn am ewinedd, a'r croen o'u cwmpas wedi'i rwygo'n rhubannau. Roedd nerfau'r creadur, fel ei ewinedd, yn rhacs. Tasgodd diferyn gwlyb ar gefn un llaw, a chodais fy mhen i weld dagrau tawel yn powlio i lawr ei wyneb brycheulyd. Yn reddfol, cydiais am ei ysgwyddau, a rhoddodd Brandon ei ben ar fy mrest. Plygais tuag ato a chusanodd Brandon fi'n awchus fel tasa fo isio claddu ei hun yndda i.

'Dyna fo. Fyddi di'n well ar ôl crio,' medda fi wrtho fo'n gadarn, i drio ei gysuro, a dechreuais fwytho'i wallt llawn Brylcreem.

'Be wna i, Heulwen? Dau fabi o dan ddwy oed a dim ond cyflog prentis bwtsiar. 'Dan ni am orfod byw efo Mam fel mae hi. Achos mae gynni hi lofft sbâr rŵan ers i 'mrawd fynd i jêl.'

Mi fysa Eirlys yn gwaredu 'mod i, a finna'n ferch i berchennog siop parchus a blaenor yn Seion, yn codlian efo'r fath 'sgym', fel y byddai Eirlys yn galw trigolion stad tai cyngor Glascoed. Roedd *hi*'n iawn – mae hi'n canlyn Cemlyn, mab y ffariar, ers deufis bellach, ac yn cynllunio i fynd eu dau i wneud VSO i Affrica ar ôl gadael yr ysgol. Wrth reswm, dydyn nhw ddim wedi sôn am eu bwriad wrth eu rhieni eto.

'Rydan ni am fynd i Gretna Grîn i briodi cyn mynd dramor, 'sti,' meddai Eirlys wrtha i un diwrnod. 'Mi fydd ein rhieni ni'n fwy parod i adael i ni fynd os fyddwn ni 'di priodi. 'Dan ni 'di bod yn sbio yn *AA Book of the Road* Tada, a 'dan ni'n gwybod lle mae o. Mae'r M6 yn mynd reit heibio'r lle.'

Ches i ddim ateb call pan ofynnais i iddi sut yn y byd roeddan nhw'n mynd i gyrraedd yr M6, heb sôn am Gretna Green, a 'run ohonyn nhw'n medru gyrru car.

Ond doedd dim mymryn o ots gen i be oedd barn Eirlys am Brandon. Ro'n i wedi aros chwe blynedd hir am y pleser o gael cyffwrdd ynddo a'i fwytho. Roedd fy nhu mewn yn crynu wrth i mi ddrachtio arogl sebon Palmolive ei war, a'r Persil ar ei gôt wen a oedd yn berffaith lân heblaw am un stremp o waed mochyn wedi ceulo ar ei hochr. Ata i, neb arall, y trodd Brandon am gysur yn awr ei angen.

O'r diwedd, arafodd y trên yng ngorsaf Y Fflint, a dechreuodd pawb o nghwmpas brysuro am blatfform neu dacsi. Teimlais ym mhoced fy jîns am yr hyn a stwffiodd Brandon yn fy llaw pan ruthrodd ataf ar y platfform a'i wynt yn ei ddwrn. Ro'n i ar fin camu i'r cerbyd pan deimlais y llaw gyfarwydd yn gafael fel gefail am fy mraich ac amlen frown, fel yr un y rhoddai Mam ein casgliad ynddo cyn mynd i'r oedfa ar fore Sul, yn cael ei chwifio fel fflag dan fy nhrwyn.

'Cym'a hwn. Dio'm yn lot, ond mi helpith.' A diflannodd drwy'r ymwelwyr cyffrous a'u cesys.

'Ddylat-ti-ddim. Ddylat-ti-ddim. Ddylat-ti-ddim.' Roedd olwynion y trên yn dal i 'ngwawdio.

* * *

O'r diwedd, cyrhaeddais blatfform gorsaf mewn dinas ddieithr. Cerddais yn ddiamcan i fyny ac i lawr y palmant y tu allan i'r orsaf heb wybod yn iawn be i'w wneud nesaf. Agorais y papur chwyslyd oedd yn dynn yn fy nwrn, a darllen y geiriau cyfarwydd: 14, Woodland Drive, Altrincham. Doedd dim cyfarwyddyd pellach wedi ymddangos ar y papur ers i mi edrych arno ddiwethaf. Addawyd y byddai tacsi yn aros amdana i ger yr orsaf.

'Get lost!'

Neidiais pan sylweddolais mai efo fi roedd y ferch efo'r gwallt-melyn-potal a'r gwefusau coch, coch yn siarad.

'Pardyn?'

'I said, get lost. This is my patch!'

'Oh. I'm very sorry. What patch? I don't understand.'

Taflodd y ferch baentiedig ei phen yn ôl a chwerthin yn haerllug. Cerddodd oddi wrtha i, ei phen-ôl yn siglo'n awgrymog mewn sgert patrwm croen llewpart a'i sodlau stileto fel cyllyll cochion yn barod i drywanu unrhyw un a fentrai ar draws ei libart, diniwed neu beidio.

Erbyn hyn, roedd fy nghalon yn teimlo fel tasa hi ar fin ffrwydro'n slwts yn fy mrest. Ro'n i isio chwydu, neu ddianc, ond allwn i ddim. Be am fy lle yn y Coleg Normal, a'r arholiadau Lefel A ymhen llai na mis? Mi wyddwn mai gobaith gwan oedd gen i bellach o ennill y graddau angenrheidiol. Do, treuliais bob gyda'r nos yn fy llofft er mwyn 'adolygu' a dianc o olwg Gareth, gan wybod na fyddai fy mrawd bach yn meiddio agor y drws pe clywai Radio Luxembourg yn treiddio drwyddo. Jig-sos, llyfrau lliwio a'i Action Man oedd ei betha fo, nid miwsig pop. Ond yn bennaf, ro'n i wedi cau fy hun yno gan fod edrych ar fy rhieni, a dychmygu'r siom ar eu hwynebau tasan nhw'n gwybod y gwir, yn ormod i mi. Ro'n i'n teimlo cyfrifoldeb at Brandon druan hefyd. Byddai Dad yn siŵr o ddangos y drws iddo fo efo chymorth cic go galed yn ei din petai'n darganfod bod ei brentis wedi treulio sawl orig bleserus yn ffwcio'i ferch ynghanol carcasus yng nghefn y siop. Heb swydd sut y gallai Brandon gynnal ei deulu? Ro'n inna wedi rhoi fy mryd ar fod yn athrawes plant bach ers cael fy nghanlyniadau Lefel O, ac wedi cael cynnig amodol gan y coleg addysg. Yn amodol ar be? Ar beidio â bod yn feichiog, am wn i.

'Sgiws mi. Dŵ iw nô wêr is ddus adrès?'

'Cymraes wyt ti?' gofynnais.

'Ia'n tad.' Gwenodd y ddwy ohonon ni ar ei gilydd.

'I ble wyt ti isio mynd?' holais yn glên. Roedd hon yn fengach na fi, hyd yn oed. Rhyw bymtheg, os hynny. Gallwn ei dychmygu mewn gwisg ysgol – yn fform ffôr, ella.

Dangosodd ddarn o bapur tebyg iawn i f'un i mewn llaw wen, grynedig. Ro'n i wedi amau. Siŵr bod y ferch sigledig o 'mlaen yn mynd drwy'r un gwewyr yn union â fi, ac yn gweddïo y cyrhaeddai adref heb i neb wybod i ble roedd wedi bod. Penderfynais beidio â'i holi.

Edrychais i lawr y pafin a gweld mam a'i merch ifanc yn sefyll efo'u cesys. Daliai'r fam fraich ei merch yn dynn, bron fel tasa hi am ei rhwystro rhag rhedeg i ffwrdd.

'Be 'di 'denw di?'

'Heulwen. A titha?' Syllodd y ddwy ohonan ni'n swil ar dalpiau o hen gwm cnoi a lynai i gerrig y palmant. Doedd gormod o gyswllt llygad ddim yn addas rywsut. Nid yn y sefyllfa hon. Roedd yn gysur ac eto'n beryg bywyd ein bod ni'n dwy'n siarad Cymraeg. Toedd pawb yn y Gymru Gymraeg yn nabod pawb arall? Rhaid ein bod wedi teithio ar yr un trên. Ac nid dyma'r adeg i wneud ffrindiau oes, chwaith.

'Mandi.' Ysgydwais ei llaw'n barchus, fel tasan ni'n ddau flaenor Methodus yn cyfarfod ar y Stryd Fawr ar fore Sadwrn. Ond roedd y sefyllfa hon ymhell o fod yn un arferol. Be tasa Mam yn dod i wybod be ro'n i ar fin ei wneud? Dim ond gyda Brandon ro'n i wedi rhannu fy nghyfrinach erchyll, a chwarae teg iddo, er gwaethaf ei amgylchiadau truenus, llwyddodd i rannu ei ychydig bunnoedd efo fi. Fy helpu ar y slei. Wna i byth anghofio'i garedigrwydd, er fy mod i wedi sylweddoli bellach, er gwaetha fy ngobeithion, na fydd dyfodol i ni fel dau gariad. Efo Sharon a'u plant y bydd Brandon. Pigodd y dagrau eto. Roedd arna i ofn. O, Mam bach ...

'Anyone for Woodland Drive?' gwaeddodd gyrrwr drwy ffenest ei dacsi mawr, du arnan ni amrywiol fenywod ar y palmant o flaen yr orsaf. Roedd golwg wedi syrffedu arno. Wedi gwneud hyn ormod o weithiau o'r blaen, mae'n siŵr.

Wedi ymbalfalu am ein bagiau oddi ar y palmant, dringodd Mandi a finna, y ferch a'r fam, a Gwyddeles ifanc i mewn i'r tacsi. Ymhen dim, roeddan ni mewn maestref coediog oedd â thai mawr hardd brics coch ym mhen draw dreifiau graeanog. Llithrodd y tacsi'n llyfn o gwmpas cylchdro taclus o flodau o flaen drws ffrynt un o'r tai mwyaf urddasol ac allan â ni – pedair merch ifanc a mam ganol oed, ein calonnau i gyd yn curo'n wyllt – i wynebu'r hyn oedd yn ein haros y tu hwnt i'r drws derw.

* * *

Unwaith eto, ro'n i'n eistedd ar drên. Nid am adra ro'n i'n anelu, fodd bynnag, ond am Lerpwl lle roedd Ruthie Good, nymbar twelf, ar ei blwyddyn gyntaf yn y coleg Beiblaidd. Ro'n i wedi trefnu i gysgu ar lawr ei llofft y noson honno yn hytrach na mynd adref; a chan fod Ruthie'n hogan barchus, mi oedd Mam yn hapus pan ddeudis i wrthi 'mod i'n mynd ati, i weld sut le oedd yn y coleg hwnnw cyn penderfynu'n derfynol lle ro'n i am fynd ar ôl yr haf.

Ro'n i'n falch o gael eistedd i lawr gan fod fy nghoesau'n teimlo fel lastig, a 'mhen yn llawn gwlân cotwm. Llosgai fy ngwddw fel y gwnaeth o pan ges i donsileitis y llynedd, ac allwn i ddim stopio'r dagrau rhag gwlychu fy nhop *cheesecloth* newydd. Teirawr oedd ers i mi ddeffro o'r anaesthetig, ac wedi i mi gael paned, darn o dost a chawod, mi ges i wisgo amdanaf a gadael 14 Woodland Avenue hefo taflen gyfarwyddiadau 'What to do if ...' oedd bellach yng ngwaelod fy mag.

> I remember when
> I was five and you were ten, boy,
> You knew that I was shy
> so you hurt and made me cry,
> but I loved you.

Sibrydais y geiriau'n dawel wrthaf fy hun cyn cofio'n sydyn fy mod wedi gadael gweddillion babi Brandon mewn bwced o dan fwrdd theatr y clinic.

'May I sit with you?'

Drwy fy llygaid llaith, gallwn weld Órla, y ferch o Iwerddon a rannodd y tacsi efo ni ychydig oriau ynghynt.

Roedd hi'n edrych fel drychiolaeth, a phenderfynais y byddai'n rhaid i mi fynd i chwilio am ddrych i bincio chydig cyn cyfarfod â Ruthie, rhag ofn 'mod inna yr un mor welw. Do'n i ddim isio iddi amau bod unrhyw beth o'i le neu mi fysa'r stori'n siŵr o gyrraedd Mam.

'God. I feel dreadful.' Suddodd Órla i'r sedd wrth fy ochr.

'So do I,' cyfaddefais, yn falch o gael rhywun i rannu fy mhrofiad. 'I hope I don't look as terrible as I feel,' ychwanegais yn ysgafn.

Edrychodd Órla arnaf heb ymateb.

'Was this your first time?' holodd ymhen sbel, gan gynnig sigarét i mi.

'God. Yes. My only time. I'm never, ever going through that again.'

Wrth sugno'r mwg i'm gwddw dolurus, trodd fy meddwl yn ôl i'r cyfweliad ges i yn swyddfa'r clinic pan ddaeth fy nhro. Fi oedd yr ail i fynd i mewn, a chodais fy llaw'n gysurlon ar Mandi cyn gwthio'r drws gwydr i'r swyddfa. Gwthiwyd pin inc i'm llaw i arwyddo rhyw bapur pwysig. Dwi'm yn cofio be oedd cynnwys y ddogfen ond dwi'n cofio gweddïo na fyddai angen i'r doctor ffonio siop Dad a gofyn am Brandon tasa 'na rwbath wedi mynd o'i le. Y profiad gwaetha oll oedd gorfod cyfri'r arian i law'r derbynnydd fesul papur punt a phumpunt – fy nghynilion i gyd, ychydig o arian a fenthycais yn slei o bwrs Mam (dwi'n mynd i dalu hwnnw'n ôl fesul tipyn cyn gynted ag y gallaf) a'r pum punt ar hugain oedd yn amlen fach frown Brandon.

'How are you going to make sure it doesn't happen again?' holodd Órla'n rhesymol.

'I'm going on the Pill. Definite. Well, when I get a proper boyfriend, that is.' Bechod na faswn i wedi meddwl am hynny cyn ildio i 'nheimladau am Brandon pan oeddan ni'n dau'n gyfrifol am y siop y pnawn hwnnw. Mi gaeon ni fleinds ffenestri'r siop a chloi'r drws amser cinio, ac o fewn munud ro'n i ar fy nghefn ar fwrdd torri cig Dad yn mwynhau holl sylw Brandon. 'Ngwas i. Roedd o angen cysur, a dyna gafodd o. Wedyn, sythais fy nillad a thorri brechdan corn-bîff a thomato bob un i ni efo 'nwylo crynedig.

'I'm Irish. I can't go on the Pill. Or use any other kind of contraception. This is the only way for us Catholics. This was my third abortion.'

'Why don't you marry your boyfriend then?' Ro'n i'n meddwl ei fod yn gwestiwn hollol synhwyrol, ond chwarddodd Órla yn fy wyneb.

'It's always someone different. I like the feel of a new man every time I go out. Don't you just love the smell of them? I'm a bit of a tart, see. I'd better go, or I'll miss my boat. See ya!' A chyda hynny, estynnodd ei bag, gwenodd yn smala arna i a diflannu, gan fy ngadael i'n gegagored fel un o'r clowns rheiny yn y ffair y mae pobol yn taflu peli atyn nhw.

'Lime Street Station,' cyhoeddodd y portar. 'All change.'

Fel arfer fyswn i ddim wedi breuddwydio mynd i aros efo Ruthie. Ffrind ran-amser oedd hi – yn handi ers talwm i chwarae efo hi a'i brawd bach asthmatig pan nad oedd yr un o'r criw arferol o gwmpas. Ffrind a oedd yn well na neb.

Ac a deud y gwir, do'n i ddim isio closio gormod at Ruthie gan ei bod hi a'i theulu'n grefyddol ... iawn. Crefydd ydi canolbwynt bywydau'r teulu Good – a phobl dda iawn ydyn nhw hefyd, yn cerdded y ddwy filltir i'r capel ar fore Sul ac yn cerdded yn ôl i gael cinio. Astudiaeth Feiblaidd wedyn yn y tŷ, ac i ffwrdd â nhw eto erbyn pump i'w heglwys Efengylaidd-Americanaidd yn y dref agosaf; y rhieni hunangyfiawn a'u pedwar plentyn perffaith lân yn eu dilyn yn ufudd. A doedd ganddyn nhw ddim teledu. Dim teledu!

Y llynedd, priododd chwaer hynaf Ruthie, Esther, â bachgen o'r un eglwys. Dim ond dwy ar bymtheg oedd y ddau, ac erbyn hyn mae'r ddau ohonyn nhw, yn ogystal â gofalu am Malachi, eu mab bach newydd sbon, yn gweithio ymysg aelodau difreintiedig cymuned dlawd yng nghanol Birmingham. Roedd eu perffeithrwydd yn mynd dan fy nghroen i braidd. Un waith fues i yn eu cartref am de. Byth eto.

'Heulwen will now say grace in her own language. Thank you Heulwen.' Ynganodd Mr Good fy enw yn 'Heilwhen', bron fel rhyw saliwt Natsiaidd. Roedd fy nhafod fel gwadn esgid a doedd gen i ddim syniad be i'w ddeud. Caeodd llygaid Mr Good, a phlygodd y plant, Elijah, Ruthie a Silas, eu pennau a rhoi eu dwylo ynghyd. Gwenodd Mrs Good arna i'n anogol.

'Ym. O Dad yn deulu dedwydd. Bydd wrth ein bwrdd o Frenin nef.' Bu bron iddi fynd yn nos arna i. 'Iesu tirion gwêl yn awr: yr iau, y moron, y tatws a'r grefi. Gwna ni'n wir ddisgyblion i ti ac yn ddiolchgar iawn, iawn. Am bopeth. Am seren fechan yn y nos. Sydd mor dlos. Am byth bythoedd ac yn oes, oes oesoedd.' Cofiais am y diweddglo. 'Er mwyn ei enw sanctaidd. Amen.'

'How lovely. Is that a prayer you offer at your table at home?' gofynnodd Mrs Good yn ei llais annwyl. Gwenais yn wan.

Ond neithiwr bu Ruthie'n fendith. Ofynnodd hi 'run cwestiwn pan welodd fy wyneb gwelw na deud 'mod i'n dawedog, dim ond fy nerbyn fel yr o'n i. Aeth â fi i ffreutur y North West Bible School i gael swper, a 'ngwylio fi'n cythru'n ddiolchgar am y stiw, y darten afal a'r cwstard. Doedd dim ots gen i eistedd drwy ddarlith go drwm ar Epistol Paul at y Galatiaid a chyfarfod gweddi wedyn, er i mi boeni y bysa rhywun eto'n gofyn i mi weddïo yn y Gymraeg.

Roedd Ruthie, chwarae teg iddi, wedi trefnu gwely i mi mewn *dorm* bach a gedwid ar gyfer ymwelwyr, ac ro'n i'n falch o fod, fel y myfyrwyr eraill i gyd, yn fy ngwely cyn deg. Diolchais yn ddiffuant i Ruthie am ei chroeso, gan benderfynu y byswn i'n prynu anrheg Nadolig gwerth chweil iddi fel arwydd o 'ngwerthfawrogiad. Cysgais yn syth, a breuddwydio am Dave Dee, Dozy, Beaky, Mick and Titch yn canu 'Xanadu', a phawb o 'nosbarth yn yr ysgol yn dawnsio efo Pan's People ar *Top of The Pops*. Roedd Mr Elwy Jones, yr athro Saesneg, yno hefyd, yng nghwmni Samuel Taylor Coleridge a wisgai gôt cigydd waedlyd Brandon.

Megan

Roedd hi'n fore braf o Fai a finna'n cerdded drwy'r parc ar fy ffordd i weld Heulwen pan welais Eirlys a Rhian yn chwarae tennis ar y cyrtiau caled. Gwaeddais draw arnyn nhw nad oedd gan Billie Jean King ddim byd i boeni amdano yn Wimbledon ymhen y mis. Tynnodd Rhian ei thafod arna i, ond rhedodd Eirlys draw at y ffens a'i gwynt yn ei dwrn a'i llygaid yn sgleinio.

'Welaist ti Heulwen heddiw?'

'Naddo,' atebais. 'Ro'n i jyst ar fy ffordd draw i'w gweld hi rŵan. Ma' hi 'di bod yn aros efo Ruthie Good, yn do? Ro'dd hi'n cyrraedd yn ôl ar y trên ddeg. Dwi jest â marw isio gwbod sut le ydi'r Baibl-Colej 'na mae Ruthie ynddo fo. Be ti'n feddwl maen nhw'n wneud drw'r dydd yno?' Rhedais fy mysedd dros ddeiamwntiau rhydlyd y ffens a'n gwahanai.

'Darllan y Beibil a gweddïo, am wn i. Ma' Mam yn deud bod nhw i gyd yn rilijiys mêniacs. Ti'n meddwl 'i bod hi ffansi mynd yn weinidog fatha tad Eirlys 'ma?' gofynnodd Rhian, oedd wedi dod draw i nôl yr unig ddwy bêl oedd ganddyn nhw.

'Hei!' ebychodd Eirlys, i newid y pwnc. 'Wyt ti'n gwybod be sy wedi digwydd yn siop tad Heulwen heddiw, Megan? Mi welis i ambiwlans a char plisman y tu allan pan o'n i ar fy ffor' yma gynna.'

Doedd gen i ddim syniad, atebais.

'Dos di am sbec 'ta, Megan, a ty'd yn ôl efo'r hanas,' gorchmynnodd Rhian, yn awyddus i ailddechrau'r gêm. 'Reit. Fi sy'n syrfio. Thyrti, fforti i ti.'

A dychwelodd y ddwy at eu breuddwydion am fod yn Rosemary Casals a Billy-Jean yn brwydro ar y Cwrt Canol, efo hen racedi eu mamau a pheli llwyd oedd wedi colli'u blew.

Roedd y cynnwrf rhyfeddaf ar y ffordd o flaen siop T. Parry and Son, Purveyor of Fine Meats. Safai Cwnstabl Puw yn ddelw hunanbwysig ar ganol y palmant.

'Hei! Hiwbyrt Piwbyrt!' gwaeddodd Gwyn yn ddigywilydd arno. Roedd o a Peter yn laddar o chwys ac newydd neidio oddi ar eu sgŵtyrs. Gwisgai'r ddau siacedi denim ac roedd cymaint o ddrychau coesau hir ar eu handlbars nes bod y peiriannau'n ymdebygu i ddau octopws arian. Sgleiniai'r rhesen wen oedd wedi'i siafio ar hyd un ochr pen Gwyn – ar hyn o bryd roedd o â'i fryd ar fod yn sgin-hed go iawn. 'Be sy'n mynd ymlaen fama? Myrdyr incwairi? Dwi'n gweld bod Z-Cars 'di cyrraedd.'

'Cwnstabl Puw i ti, Gwyn Phillips,' atebodd y plisman yn fawreddog. 'Dydw i ddim mewn sefyllfa i ddatgelu dim byd, yn enwedig i dy deip *di*. Cerwch o'ma, eich dau.' A hysiodd yr hogia i'r naill ochr efo llaw awdurdodol, fel tasa fo'n rheoli traffic yng nghanol y stryd fawr.

'Dew! Be sy arnat ti, dywad? Ti'n fawr hŷn na ni. Dim ond wsnos sy 'na ers i ti basio'n gyw-plisman. Pwy ddiawl ti'n feddwl wyt ti, Piwbyrt?' Poerodd Gwyn y gair olaf a sathru arno fo.

'Un gair pellach gynnoch chi'ch dau ac mi'ch 'restia i chi am ...'

'Am be, Piwbyrt? Am ddeud mai llipryn da-i-ddim fuost ti erioed? Ti 'mond newydd ddechra ca'l ogla ar dy ddŵr.' Camodd Gwyn ymlaen yn fygythiol a bagiodd Hiwbyrt.

'Glywsoch chi'r Cwnstabl. Cerwch o'ma, chi'ch dau.' Rhoddodd llais awdurdodol Sarjant Samiwel fraw i'r llanc cegog. Camodd tuag atynt a phlygodd ei gorpws helaeth dros Gwyn. 'Dwi'n dy wylio di, Phillips. Hen sinach slei wyt ti. Cadwa allan o drwbwl – er, dwi'n ama'n gry' bod trwbwl yn dy ddilyn di fel ogla hen rech.' Crechwenodd Cwnstabl Puw a martsiodd y rhingyll ar hyd y llwybr a arweiniai at gefn y siop gig.

'Haia Gwyn!' Rhedodd Gareth, brawd bach Heulwen, yn drwsgwl mewn trowsus cwta a siwmper las allan drwy ddrws y siop a sefyll o flaen y sgŵtyr. Mae Gareth yn hogyn bach hoffus a chanddo anghenion arbennig, ac yn groes i'r disgwyl, mae Gwyn a fynta yn dipyn o fêts. 'Ga i ganu'r corn eto?' Estynnodd ei fraich tua bwlb rwber y corn ar y bariau.

'Sori, boi. Dim heddiw. Dwi'n gorfod mynd rŵan. Wyddost ti'r plisman cas 'na yn fan'cw, Gareth? Mae o 'di fy hel i a Peter o'ma, cofia.'

Pwyntiodd Gwyn at y cwnstabl tenau, myfiol, a dilynodd Gareth ei fys gan graffu drwy wydrau pot jam ei sbectol. Gwasgodd ei lygaid at ei gilydd wrth syllu i gyfeiriad Hiwbyrt, gan f'atgoffa i o Piggy druan yn ein nofel Lefel O, *Lord of the Flies*.

'Ti'n gwbod be 'di 'i enw fo, Gareth?' Edrychodd Gareth ar Gwyn yn addolgar.

'Plisman cas, cas?'

'Ti 'di taro'r hoelan ar 'i phen, boi! Un cas, cas a drwg ydi o. Dio'm ffit i fod yn blisman.' Crechwenodd i gyfeiriad Hiwbyrt, oedd yn ceisio edrych yn urddasol ac awdurdodol o flaen drws siop y cigydd. Rhoddodd Gwyn ei fraich am ysgwyddau Gareth a phlygu'i ben i lawr ato. 'Ti isio gwbod sîcryt, Gareth?'

'Sîcryt arall, Gwyn? 'Di hwn yn un sbeshal hefyd?' Crychodd wyneb Gareth wrth iddo ganolbwyntio.

'Piwbs ydi enw'r plisman. Deud o ar fy ôl i. Piwbs.'

'Tydi hi'n bechod dros y Mongol bach 'na?' Cododd sibrwd drama Mrs Owen, Cwm Rhedyn, uwchben y dorf ac atseinio dros y bore clir i gyrraedd clustiau pawb a oedd wedi ymgunnull yno. 'O'dd Enid ymhell yn ei ffortis pan gath hi o, druan. 'Sa chi'n meddwl y bysa hi wedi'i roi o mewn hôm, bysach? A fynta'n byw uwchben siop yn llawn cyllyll.' Yn union fel tasa Gareth bach annwyl â'i wên angylaidd a'i sbectol gam yn rhyw fath o lofrudd, dim ond am bod ei dad yn gigydd.

'Chewch chi'm deud hynna siŵr!' Torrodd llais Mrs Roberts, gwraig y cemist, ar ei thraws. 'Syndrom Down sy arno fo, nid y gair hyll 'na ddeudsoch chi. Dydi hi ddim ots os ydi plant bach fel'na'n edrych fymryn yn wahanol, plant ydyn nhw wedi'r cwbwl, ac mae Gareth bach yn cael cartref ardderchog gan ei rieni a'r gofal gorau yn Ysgol Plas y Wern.'

Caeodd Mrs Owen ei cheg yn glep a throdd fymryn yn biws.

'Hwyl a fflag, Gareth! Cofia di bractisio deud "Piwbs" rŵan.' Dringodd Gwyn yn ôl ar ei sgŵtyr, ei danio'n swnllyd, codi'i fawd ar Gareth a rhuo i gyfeiriad Llyn Cam, a gêr pysgota Peter ac yntau'n pwyso ar handlbars y ddau sgŵtyr.

Roeddan ni'r genod ar ein hail flwyddyn yn y chweched dosbarth ac ar fin sefyll arholiadau Lefel A, ond ddaeth Gwyn ddim yn ôl i'r ysgol aton ni ar ôl ein canlyniadau Lefel O. Roedd o a'i fam wedi symud i Wrecsam wedi i Olwen golli Tony yn y ddamwain yn y pictiwrs, gan fod ei theulu'n hanu o'r ardal, a Gwyn wedi mynd i'r Coleg Technegol yn fanno. Ond fis neu ddau yn ddiweddarach, dychwelodd Olwen i Dre ac ailgydio yn ei hen swydd yn y pictiwrs, gan adael Gwyn yng ngofal ei fodryb a'i ewythr yng Nghoedpoeth. Daethai draw i Dre, ei hen gynefin, ambell ddydd Sadwrn ar ei Lambretta, i gymdeithasu efo'i hen ffrindiau ond yn bennaf i fod yn niwsans.

Trodd Gwyn tuag ataf am eiliad cyn diflannu rownd y tro gan roi winc lydan a chlecian ei dafod yn awgrymog. Hen ffŵl fu Gwyn erioed, er 'mod i'n teimlo biti drosto fo pan oedd o'n iau, yn ei slipars hen ddyn ac yn reidio beic ei fam i'r ysgol. Sylwodd Heulwen ddim ei fod o'n ei dilyn fel ci bach ers misoedd, yn aml yn parcio'i sgŵtyr ar gowt siop ei thad gan ddisgwyl ei gweld, neu'n cynnig cario'i bag ysgol ar y ffordd adra. Ond wedyn, welodd Heulwen neb ond Brandon ers blynyddoedd. Wnaeth hi'n sicr ddim sylwi erioed ar Gwyn druan â'i lygaid llo bach. Ddigwyddodd yr un peth efo Eirlys. Chymrodd honno ddim sylw o'r creadur chwaith, er iddo fo hyd yn oed brynu cadwyn *sterling silver* iddi hi ar ddydd Sant Ffolant, gan drio rhoi'r bocs bach glas iddi hi'n swil ar ddiwedd y wers Fywydeg heb i neb ei weld.

'Be s'an ti'r clown? Pam 'swn i isio rhyw galon dun ar jaen? Gen ti o bawb?' meddai'n swta wrtho, a stwffio'r bocs yn ôl i'w ddwylo. Mi drois i 'mhen, achos do'n i wir ddim am weld y gwayw yn llygaid Gwyn druan.

Ymwthiais ymlaen drwy'r dorf o ryw ugain oedd yn sisial fel gwenyn ac yn rhythu'n ddisgwylgar ar yr ambiwlans. Doedd neb yn gwybod yn iawn beth oedd yn mynd ymlaen ond clywais Mrs Owen, Cwm Rhedyn, yn dweud wrth Miss Eileen Lloyd ei bod wedi clywed Sarjant Samiwel yn crybwyll wrth y dynion ambiwlans, pan gyrhaeddodd y cerbyd hwnnw rhyw ugain munud yn ôl, bod yno gorff.

Toc, ymddangosodd y dynion ambiwlans o ochr y siop, agor cefn y cerbyd a llithro elor arian ar olwynion ohono. Cryfhaodd sibrwd y dorf.

'Pwy sy 'di brifo?'

'Welsoch chi Idwal ac Enid bora 'ma?'

'Oes 'na rywun yn sâl, d'wch?'

'Tasa rhywun yn sâl, pam fysa'r plismyn yma?'

Ac ymlaen ac ymlaen â'r dyfalu. Anadlodd Eurwen Prys yn ddwfn y tu ôl i mi a chamodd i ganol y dorf a gasglodd o'i chwmpas yn awchus.

'Welis i mo Idwal nac Enid, sy'n rhyfadd o gofio bod y siop yn agored cyn wyth bob bora, a'r Brandon bach 'na'n gosod y fej allan ar y stondin dan y ffenast. Ro'n i isio prynu rhyw jopan neu ddwy at fory – ma' cig oen cynta'r tymor gan Idwal yn barod, wyddoch chi. Ma' rhywun yn cael llond bol ar yr hen gig dafad gwydn 'na, tydi? Ac ma'r gŵr 'cw wrth 'i fodd efo tatw cynnar o'r ardd a mint-sôs efo'i oen. Mae o am godi gwlyddyn cynta'r tatw bora fory. Beth bynnag i chi, pan ddois i yma erbyn i Idwal agor ei siop, roedd y plismyn yma yn barod ac arwydd 'Closed' ar y drws a'r bleind heb ei godi. Doedd 'na'm fej ar y stondin chwaith, nag unrhyw olwg o Brandon.'

Gorffennodd ei haraith a bron nad oeddwn yn disgwyl i'w chynulleidfa gymeradwyo gan mor werthfawrogol oedden nhw o'r briwsion gwybodaeth a daenodd fel perlau o'u blaenau. Ond ar hynny, ymddangosodd yr elor ar y llwybr gydag ochr y siop eto, a'r ddau ddyn ambiwlans yn ei wthio. Y tro hwn, roedd person wedi ei orchuddio'n llwyr â chynfas wen arno. Dilynwyd yr elor o hirbell gan Idwal ac Enid Parry, eu gwedd yn glaerwyn.

'Brandon, Brandon!' Stwffiodd merch feichiog â gwallt brown blêr drwy'r dorf a disgyn yn swp dagreuol ar y corff oedd ar yr elor. Roedd coets ei babi'n dal i rowlio ar hyd y pafin, a llamodd Hiwbyrt i'w dal cyn iddi syrthio wysg ei hochr i'r gwter. Edrychodd o'i gwmpas rhag ofn bod rhywun am ganmol ei wrhydri.

'Arglwydd Mawr! Be sy'n digwydd? Pam bod yr heddlu yma? Ydi Mam a Dad a Gareth yn iawn? O na! Brandon! Nid Brandon! O na, plis. Nid Brandon!' Saethodd Heulwen hithau drwy'r dorf at yr elor, gan ollwng ei bag tartan ar ei ffordd. Ceisiodd rwygo cornel yr amdo wen a gwthio Sharon, cariad Brandon, o'r ffordd. 'Brandon, 'y nghariad i. Be ddigwyddodd i ti? Sâl w't ti? Gest ti ddamwain? Ti 'di brifo? Pwy na'th hyn i ti?' Am rai eiliadau doedd yr un o'r ddwy'n ymwybodol o'i gilydd nac yn llawn werthfawrogi goblygiadau presenoldeb y llall.

Ond yna, ar ôl yr wylo, safodd amser yn stond. Syllodd y merched ar ei gilydd fel dwy lewes. A deallodd teulu Heulwen, a gweddill pobol Dre, ddyfnder ei theimladau tuag at brentis ei thad. Roedd pawb o 'nghwmpas yn gegrwth, yn gwylio'r ddrama fawr o'u blaenau. Safai rhieni Heulwen a Gareth yn llonydd hefyd ym mreichiau'i gilydd, fel modelau cwyr yn nrws eu siop. Sylweddolais innau mai dyma'r tro cyntaf i mi fod mor agos at gorff marw. Llithrodd cryd fel sliwen oer i lawr fy meingefn.

* * *

Un noson, a gwyliau'r haf yn tynnu at eu terfyn, roedd Eirlys, Rhian a finna'n eistedd yng ngardd y New Inn yn yfed haneri o siandi. Mi fuon ni'n gorweddian ar lawntiau'r parc drwy'r pnawn, yn lladd amser nes y parti mawr ar y morfa lle byddai'r flwyddyn ysgol gyfan yn ymgynnull i ddathlu canlyniadau'r arholiadau Lefel A. Nid bod gan pawb reswm dros ddathlu chwaith. Do, mi ddaeth Heulwen i bob arholiad, ac eistedd wrth ei desg yn syllu ar y papurau o'i blaen, ond prin oedd y geiriau a ysgrifennodd ar yr un ohonynt a gadawodd bob arholiad heb ddweud gair wrth neb. Byddai'n mynd yn syth at y Mini bach gwyn a brynodd ei thad iddi wedi trychineb marwolaeth Brandon, a gyrru i ffwrdd heb dorri gair â ni o gwbl. Ac wrth reswm, doedd hi ddim efo ni y pnawn hwnnw, er ei bod wedi addo dod i'r parti yn nes ymlaen.

'Gawn ni weld os daw hi,' meddai Rhian. 'Pwy sy am fynd i'w nôl hi? Chdi, ia Megs? Chdi sy'n byw agosa.'

'Hei, genod! Sbiwch be sgin i, yn boeth o'r wasg!' Carlamodd Pam tuag aton ni ar draws lawnt gardd y dafarn yn chwifio'r *Post Cymraeg*. 'Sbiwch!' Roedd hi bron â rhwygo'r tudalennau yn ei brys i ddarganfod yr hyn roedd hi'n chwilio amdano. 'Dyma fo.' Darllenodd:

'Trengholiad Llanc Lleol ... Be ddiawl ydi "Trengholiad"?'

'*Inquest*,' eglurodd Rhian. 'Ty'd. Jyst darllan y blydi peth.'

'Dal dy ddŵr! Reit : "Ddoe, cynhaliwyd trengholiad i farwolaeth Brandon Owen, dyn ifanc un ar hugain oed o'r dref hon. Roedd y cwest o dan ofal y Crwner Eifion Parry."'

'Dio'm ots am y rybish yna. Jyst dos i'r darn lle mae o'n deud sut farwodd y cradur.'

'Dwi'n trio. Gadwch lonydd neu mi ro i'r blincin papur yn y bin!' Weithiau, gallai tymer Pam fflachio fel matsien.

'Be haru chdi, Pamela-Wynne?' Doedd neb wedi ei galw'n Pamela-Wynne ers dwy flynedd bellach, a throdd pawb i gyfeiriad y llais. Safai Heulwen o'n blaenau, ei cholur yn berffaith a smòc-top hufen ysgafn a shorts wedi eu torri o hen bâr o jîns a'u hymylon yn garpiog-ffasiynol amdani. Am ei thraed roedd sandalau lledr strapiog, neu 'sandals Iesu Grist' fel y galwem ni'r genod nhw. Sgleiniai ei choesau llyfn gan olew haul.

'Dduda *i* wrthach chi be ddigwyddodd i Brandon.' Gwnes le iddi wrth fy ochr ar y fainc. Taniodd un o'i Players No.6, ac ar ôl llyncu llond ysgyfaint o fwg, dechreuodd siarad. Trodd y paced sigaréts drosodd a throsodd rhwng bys a bawd.

'Ddoe oedd y cwest, ac roedd Mam, Dad a finna yno. Roedd Sharon a'i thad yno hefyd. Ei mam oedd yn gwarchod Vanessa bach, m'wn. Ta waeth. Marwolaeth drwy anffawd meddai'r crwner. Doedd 'na ddim tystiolaeth ei fod wedi bwriadau ei ladd ei hun na bod neb wedi ei frifo fo. Pan aeth y cradur bach ...' Pylodd ei llais am eiliad. Drachtiodd ar y sigarét a sychu'i llygaid ar lawes y smòc ddel. Pesychodd ac adfeddiannu'i hun. 'Pan aeth o i'r storfa oer i gadw'r cig ar ddiwedd y dydd, ma' raid ei fod o wedi baglu ar focs llawn o sosej roedd Dad wedi'i roi yno, a tharo'i ben yn erbyn bachyn dal cig oedd ar un o'r bariau metel – roedd clamp o rwyg ar draws ei ben oedd bron drwy'r penglog, druan ohono fo. Caeodd y drws ar ei ôl a chloi – a chan fod Brandon yn anymwybodol erbyn hynny, allai o ddim agor y drws i'w achub ei hun. Gwelodd Dad fod y drws ar glo a chymryd bod Brandon wedi mynd adra. Mi gaeodd o'r siop a mwynhau ei noson, tra bod Brandon bach druan, fy nghariad i, yn gwaedu fel mochyn ac yn rhewi i farwolaeth. Ond doedd y crwner na'r meddygon ddim yn meddwl ei fod wedi deffro o gwbwl i sylweddoli ei fod wedi'i gau i mewn ... diolch i'r drefn. Reit. Rownd pwy 'di hon? Be dach chi'n yfed, genod? Siandi? 'Dan ni angen rwbath gwell na hynna. Gynnon ni achos dathlu. Dwi'n gada'l y twll lle 'ma ymhen yr wsnos. Port and lemons i bawb?' Cydiodd Heulwen yn ei phwrs ac i ffwrdd â hi at y bar gan ein gadael â'n cwestiynau'n dalpiau o rew ar ein tafodau.

1973

Megan

Ro'n i'n gorwedd ar fy nghefn ar laswellt cras Parc Dre yng nghanol llygad y dydd a dannedd melynion ffyrnig y blodau-pi-pi'n-gwely, yn mwynhau'r tawelwch ac yn falch ohono wedi shifft hir a phoeth yn y KupovKoffee. Chwarae teg, cadwodd Charmaine a Derek fy swydd i mi yn ystod pob gwyliau coleg, oedd yn help garw tuag at ad-dalu'r banc am yr holl arian a fenthycais oddi wrthyn nhw yn ystod y tymhorau, a hynny heb ofyn. Ers misoedd, bûm yn dal i sgwennu sieciau, un ar ôl y llall, cyn i'r banc sylwi a rhoi stop ar y gwario. Ro'n i'n teimlo fel Nain ers talwm, yn gwau fel cythraul fel yr oedd hi'n cyrraedd diwedd y bellen, er mwyn gorffen y dilledyn cyn i'r gwlân ddarfod.

Byddai'n braf gweld Heulwen. Ers iddi fynd i goleg Celf yn Sheffield, prin y bu hi adra yn Dre, gan ddewis aros yno i dreulio'r gwyliau efo'i ffrindiau newydd, cyffrous. Teimlwn bechod dros Idwal ac Enid, a Gareth bach, yn dathlu'r ddau Nadolig diwetha gan smalio bod y diwrnod yr un mor arbennig ag erioed. Roedd un lle gwag wrth eu bwrdd cinio a thomen daclus o anrhegion wedi'u lapio o dan y goeden dinsel arian, a'r ffêri-laits yn wincio'n haerllug yn ffenest y fflat uwchben y siop. Mi es i yno i edrych amdanyn nhw un waith, ond fedrwn i ddim aros yn hir gan fod torcalon Enid mor amlwg ar ei hwyneb pan ofynnai Gareth 'Heulsi? Heulsi adra fory?' dro ar ôl tro, ei lygaid bach yn llawn gobaith.

Do, mi gafodd Idwal brentis arall wedi marwolaeth Brandon, ond doedd Johnny Johnson druan ddim patsh ar ei ragflaenydd. Bellach, roedd golwg ddi-raen ar siop T. Parry and Son, Purveyor of Fine Meats.

Dim ond Heulwen a finna oedd wedi trefnu i gyfarfod heddiw, ond roeddan ni i gyd wedi trefnu i gyfarfod nos fory yn y New Inn, gan fod sôn am barti ar y traeth – yr un cyntaf ers dwy flynedd. Yn y pellter, clywn gadwyni gwichlyd siglenni'r parc yn symud yn yr awel, ond gan nad oedd hi eto'n ddiwedd tymor yr ysgolion, doedd 'run plentyn, 'run babi sgrechlyd mewn pram. Neb ond ...

'Hai, Megs. 'Dan ni'n dwy'n gynnar.' Taflodd person diarth yr olwg ei hun i'r llawr wrth fy ymyl, ei ffrog cafftan hir yn gylch o'i chwmpas ac arogl olew Patchouli yn gwmwl yn yr awyr.

'Su' mae, Heulwen? Nabod dy lais di wnes i.'

'Iawn 'sti. Ond Nan ydi f'enw i bellach. Dwi'm yn edrych cweit fel ro'n i ers talwm, nac'dw? Ti'm di newid dim chwaith.' Taflodd gipolwg drosta i cyn fflicio'i gwallt du hir o'i hwyneb. Roedd ganddi datŵ du digon garw o seren bum pig ar un penysgwydd, sylwais.

Na, do'n i'm yn edrych yn wahanol iawn i fel ro'n i yn yr ysgol – heblaw am y cylchoedd aur bychan a grogai o'r tyllau yn fy nghlustiau a'r paneli triongl lliwgar ro'n i wedi eu pwytho ar goesau fy jîns i'w lledu'n fflêrs, a'r clytiau a bwythais ar y pen-ôl er mwyn iddyn nhw edrych yn debyg i rai Neil Young ar glawr *After the Goldrush*. Do'n i'n sicr ddim wedi newid fy enw ac ro'n i'n driw i 'nheulu ac yn fythol ddiolchgar am eu cariad a'u cefnogaeth. Estynnodd Heulwen i ddyfnderoedd bag carped amryliw a thynnu chwarter potel o fodca ohono. Roedd ganddi hefyd gwpanau plastig a phot Tupperware yn llawn o sudd leim. I gwblhau'r parti byrfyfyr, ymddangosodd pecyn o dybaco, paced o bapur Rizla a rhyw ddeiliach bach brown mewn twist o bapur, fel y pacedi halen mewn crisps Smiths. 'Gymri di spliff?'

'Dim diolch. Ond mi gymra i joch o dy fodca di, ac mae gen i fy ffags fy hun. Lle ddaeth y "Nan" 'ma beth bynnag?'

'Heulwen Ann – Nan. 'Sna'm llawar yn cofio 'mod i wedi cael fy ngalw'n Ann ar ôl Nain, ond mae o'n reit handi erbyn hyn achos 'sna neb yn medru deud "Heulwen" yn Sheffield.' Edrychodd arna i wrth dollti'r diodydd i'r cwpanau plastig. 'Dipyn o gwdi-tŵ-shŵs fuost ti rioed, yntê Megs? Ti'm yn ddynas am dipyn o hwn felly?' Fflapiodd y pecyn gwair o dan fy nhrwyn.

'Nac'dw. Dim drỳgs. Er bod dwy flynedd ym Mangor wedi gwneud byd o les i mi ac wedi fy newid mewn sawl ffordd na faset ti'n eu dychmygu.' Winciais ar Heulwen.

'Www, Megan Jones! Ti 'di mynd yn hogan ddrwg hefyd?'

'Mi synnet ti.' Do'n i ddim am gyfaddef mai yfed pedwar peint o IPA ar nos Wener a sglaffio bagaid o sglods ar y ffordd adra i'r Neuadd oedd y peth mwya beiddgar a wnawn yn y coleg. A chysgu efo Dafydd, wrth gwrs. A theimlo'n euog am ddyddiau wedyn cyn cyfri dyddiau 'nôl ac yna mlaen ar y calendr gan boeni be fysa Mam a Dad yn ddeud tasan nhw'n dod i wybod. Wawriodd o ddim arna i am hir iddyn nhwtha hefyd fod yn ifanc ac mewn cariad ers talwm. Ond fy musnes i oedd hynny. Do'n i ddim am i Heulwen – Nan – feddwl 'mod i llai gwyllt a soffistigedig na hithau. Ymlaciodd y ddwy ohonon ni efo'n fodca a'n smôcs.

'Ydi bywyd yn dy drin di'n o lew tua'r coleg 'na?'

'Mm. Grêt, diolch. Mae Dafydd ym Mangor hefyd – 'dan ni wedi bod yn mynd allan ers i ni gwarfod yng Nglan-llyn ar ôl Lefel O.'

'God! Ti'n dal efo'r un boi? Am boring o hen ffasiwn. Yr hira i mi cyn hwn o'dd Tim, a dim ond pythefnos barodd hynny. Ond dwi efo Joe ers bron i dri mis ac mae o am ddod draw nos fory. 'Dan ni ddim 'di treulio noson ar wahân ers i ni gyfarfod – tan neithiwr, hynny ydi.' Ochneidiodd yn hir.

'Ond neith dy rieni ddim gadael i chi gysgu efo'ch gilydd dan eu to nhw, siŵr iawn.' Troellais goesyn llygad y dydd rhwng bys a bawd yn fyfyriol gan ddychmygu'r ffrae swnllyd a ffrwydrai yn ein tŷ ni taswn i'n awgrymu 'mod i a Dafydd yn rhannu fy ngwely dwbwl cyfforddus yn y llofft gefn. Fo gâi'r llofft honno pan ddeuai i aros, a finna y llofft sengl fach oedd â dawnswyr bale yn dal i droelli ar un wal, yn union fel y gwnaethant ers fy nawfed pen blwydd.

Ffyrnigodd llais Nan. 'Mi wna i beth fyd fyw fynna i. Wedi'r cwbwl, dwi bron yn un ar hugain erbyn hyn ac maen nhw'n lwcus 'mod i'n dal i ddŵad adra o gwbwl ar ôl be wnaethon nhw i mi.'

'Be? Ti'n dal i weld bai ar dy rieni am yr hyn ddigwyddodd i Brandon?'

'Ar bwy arall oedd y bai?' Rholiodd joint fawr hir ac iddi un pen yn dewach na'r llall. Trodd y papur am y pen tewaf yn ddeheuig fel nad oedd modd i flewyn o'r gwair gwerthfawr gael ei golli.

'Ddylat ti drio dipyn o gannabis, 'sti. Mae o'n gwneud popeth yn gliriach yn dy ben di.' Soniais i ddim 'mod i'n ddigon hapus efo fy mywyd bach diniwed, cartrefol. Gorweddodd Nan yn ôl a drachtio'r mwg melys. 'Ond ddeuda i hyn wrthat ti: LSD ydi'r stwff gora. Er-ioed.' Pwysleisiodd ddau sillaf y gair gymaint â'i gilydd. Ymlaciodd ar y glaswellt cras a gosod ei phen yn gyfforddus ar ei bag. Chwythodd gylch perffaith o fwg tua glesni'r awyr fel Gandalf yn *The Lord of the Rings*.

Ceisiais swnio'n ddidaro, fel petawn i wedi hen arfer trafod cyffur a allai newid cyfansoddiad fy meddwl i, creu hunllefau dychrynllyd a chwalu fy ymennydd. Doedd dim angen gofyn iddi ymhelaethu – gwisgai'r profiad fel bathodyn mawr disglair: Sbiwch arna i. Does gen i ddim amynedd efo fy rhieni ond dwi'n falch iawn o dderbyn eu harian, dwi'n byw yn Lloegr, mae gen i ffrindiau trendi a dwi'n cymryd cyffuriau sy'n fy ngwneud i'n berson llawer aeddfetach na chi a'ch teips.

'Ges i 'ngwahodd gan Joe i barti yn nhŷ ei ffrindiau. Roedd Dave a Rod wedi cael gafael ar tabs LSD arbennig o bur o America. Orange Sun oedd eu henwau nhw. Roeddan ni'n gwrando ar y Grateful Dead ... y band gora dwi erioed wedi'i glywed! Ma' *raid* i ti wrando arnyn nhw.'

Nodiais yn ddeallus. Do'n i ddim am iddi hi wybod mai hoff grŵp fy ffrindiau coleg a fi oedd y Dyniadon Ynfyd Hirfelyn Tesog ac nad oedd gen i syniad pwy oedd y grŵp Americanaidd hwn a oedd, yn ôl pob golwg, yn dyheu am farw.

Drachtiodd Nan ei fodca. 'Ges i brofiad hyfryd, yn flodau a lliwiau a chreaduriaid dychmygol, yn union fel y

lluniau ar gloriau recordiau Jimi Hendrix, Cream a Yes –
a'r secs gorau ges i erioed efo Joe, a hynny am oriau! Ond
mi oedd yn rhaid i ni i gyd gymryd ein tro i edrych ar ôl
Dave, drwy'r nos a'r rhan fwyaf o'r diwrnod canlynol, rhag
ofn.'

Ro'n i bron â gofyn be yn y byd allai'r un ohonyn nhw
wneud i helpu Dave druan a 'nhwtha ddim hanner call eu
hunain, ond cofiais am ddihareb a gopïais yn llafurus
gyda'r ffownten pen rad honno o Woolworths ers talwm,
'Da yw dant i atal tafod'. A brathais yn galed. Doedd gen i
ddim awydd croesi Heulwen … na, Nan. Do'n i'm angen
gwneud gelyn o hen ffrind.

'Druan o Dave, roedd o'n sgrechian a chrio am bryfed
anferth yn dringo waliau a phlant yn agor eu cegau a
chachu yn tywallt ohonyn nhw a bwystfilod mewn
clogynnau duon yn bygwth ei fwyta. Roedd 'i llgada fo'n
rholio yn ei ben o fel gobstopyrs bob lliw. *Bad trip*. Ond
roedd o'n rêl boi ar ôl rhyw ddeunaw awr. Does wybod –
ella ga i un tro nesa. Peth fel'na ydi LSD,' cyhoeddodd gyda
doethineb y profiadol. Aildaniodd y sbliff.

Ofynnais i 'run cwestiwn na chynnig sylw. Pwy o'n i i
gynnig cyngor na mynegi barn, a finna'n hogan bach
anaeddfed a diniwed o Dre oedd heb symud ymhellach o
adra na Bangor? Ro'n i'n teimlo fel hen nain, yn twt-twtian
(yn fewnol) bod fy ffrind synhwyrol wedi troi'n hulpan
mor anghyfrifol. Ond cofiais fod marwolaeth Brandon
wedi newid Heulwen.

Rhian

Dechrau digon pethma fu i'r noson. Ro'n i rhyw awr yn hwyrach na'r gweddill yn cyrraedd y morfa gan nad oedd fy shifft glanhau yng ngwesty'r Grosvenor yn gorffen tan wyth o'r gloch. Mi biciais i'r off leisens yn fy awr ginio i brynu fflagon o seidr a chwarter potel o Southern Comfort, a'u cuddio yn fy locyr yn stafell y staff, felly pan ddywedodd Betty, y bòs, tua hanner awr wedi saith y cawn fynd, dim ond newid oedd angen.

Caeais fy hun yn y tŷ bach a thynnu'r jîns gwyn newydd a brynais o Dorothy Perkins amdanaf. I fynd efo nhw roedd gen i smòc top gingham glas o Chelsea Girl a gwasgod hir swêd frown efo ffrinj laes o gwmpas ei godre. Cribiniais alwyni o fasgara du ar fy amrannau nes eu bod yn sefyll yn stiff fel coesau pry copyn, a pheintiais y minlliw brown tywyll ges i gan Eirlys ar fy mhen blwydd dros fy ngwefusau. Llithrais fy nhraed i'r fflip-fflops lledr ddaeth Mam a Dad i mi o Sbaen, cipio'r poteli gwerthfawr o'r locyr ac i ffwrdd â fi i gyfarfod y genod.

'See you tomorra, Ryan!' gwaeddodd Betty o ben draw'r coridor a arweiniai i gegin y gwesty. Roedd arogl cinio heno yn tynnu dŵr i fy nannedd. Ta waeth, mi gawn fwyd mwy blasus o'r goelcerth – os fyddai Heulwen Ann wedi cofio dod â'r selsig o siop ei thad. 'Don't do anything I wouldn't do!' A rhuglodd chwerthin myglyd Betty yn ddwfn yn ei brest.

'Don't worry, I won't,' chwarddais. 'And anyway, tomorrow's my day off. See you Monday!' Ac allan â fi i'r stryd. Rhyw ugain munud o waith cerdded oedd gen i – ar hyd y Stryd Fawr a heibio siopau crandia'r Dre, yna ar hyd y prom am dipyn hyd at ben draw'r teras o dai Fictoriaidd tal, wedyn dilyn y llwybr uwchben y môr heibio'r sheltyrs at y morfa. Erbyn i mi gyrraedd, byddai'r criw wedi cynnau tân braf ar y tywod; byddai'r sosejis yn clecian a thatws wedi eu lapio mewn papur gloyw yn coginio'n araf yng nghrombil y fflamau.

Cyn troi oddi wrth gefn y gwesty, llithrais y tu ôl i'r biniau, lle allai neb fy ngweld, ac agor caead y botel Southern Comfort. Byddai'r lleill wedi bod yn yfed ers bron i ddwyawr erbyn i mi gyrraedd, felly cymerais joch anferth er mwyn dal i fyny efo nhw. Bu bron i mi dagu – bownsiodd dagrau o'm llygaid a phesychais fel hen asyn. Diolchais nad oedd neb yno i weld ac i chwerthin. Drachtiais eto, yn fwy pwyllog y tro yma, a chynhesodd y gwirod fi drwyddaf. Roedd hi'n noson braf, gynnes, yr awyr yn glir a'r haul yn dechrau suddo i'r môr. Wrth basio capel Bethania a Banc y Midland roedd llond fy mol o ieir bach yr haf. Yn hwyrach heno, ro'n i'n bwriadu snogio Peter. A ninnau'n dau'n astudio yn y coleg addysg yng Nghaer, ers rhai misoedd bellach roedd fy nheimladau tuag ato wedi dyfnhau. Ond fel ffrind y gwelai Peter fi – sy'n ddealladwy, a ninna'n dau wedi tyfu i fyny efo'n gilydd yn Dre ac wedi bod yn rhan o'r un criw ers i ni fod yn ein clytiau, bron. Adra at Kim, hogan trin gwallt leol, mae o'n mynd bob penwythnos, gan yrru ar hyd arfordir gogledd Cymru yn ei hen fan Mini yn ddeddfol ar nos Wener. Ochneidiais. Ond lle mae alcohol, mae gobaith.

'Sgen ti broblem, 'y mach i?' Troais i weld pwy oedd yn siarad. Daethai'r llais o fainc y tu mewn i un o'r sheltyrs a wynebai'r môr. 'Mae gin i rwbath i ddangos i ti neith i ti deimlo'n well.' Cododd hen ddyn oddi ar y fainc, ei het cantal llydan yn isel dros ei wyneb, ac efo un symudiad chwim, agorodd ddwy ochr ei gôt law Gaberdine i ddatgelu'i bidlen, yn gneuen fach grebachlyd uwchben balog ei drowsus.

Sgrechiais mewn arswyd pur, a gwibiodd teimladau ro'n i wedi llwyddo i'w claddu ers blynyddoedd i flaen fy meddwl yn bigau main trydanol. Rhedais nerth fy nhraed ar hyd y llwybr uwchben y môr, y poteli'n waldio'n swnllyd yn erbyn ei gilydd yn fy mag a'r mieri ar ochrau'r llwybr fel crafangau yn ymestyn drosodd i sgriffio fy mreichiau. Y mochyn anghynnes. Arafais a throi i edrych yn ôl ar hyd y llwybr. Doedd neb yno. Dechreuais ymlacio, ond roedd un peth yn chwarae ar fy meddwl. Roedd rhywbeth yn gyfarwydd am yr hen sglyfath.

Pan gyrhaeddais y traeth, taflais fy hun i lawr ger y tân, lluchio fy mreichiau am wddw Megan ac udo. Hi oedd yr unig un a fyddai'n deall.

'Be ddiawl sy ar hon? Dŵad i'r traeth am hwyl ac am dipyn o feddwad naethon ni, ddim am sesiwn efo Marjorie blydi Proops fama!'

'Cau dy geg, Gwyn. Sgin ti'm gair da i ddeud am neb, nagoes?' Harthiodd Heulwen Ann arno fo.

'Be gythral ma' hi'n neud ym mreichia Megan beth bynnag?' Roedd Gwyn yn dal i bregethu. 'Lesbians ydyn nhw? 'Swn i'n synnu dim. Welis i rioed mo Rhian efo 'run hogyn, a does 'na neb wedi gweld *so-called* cariad Megan chwaith, nagoes?' Edrychodd o'i gwmpas yn chwilio am gytundeb, ond ro'n i'n falch o weld nad oedd neb yn cymryd llawer o sylw ohono fo.

'What the fuck's going on?'

Codais fy mhen i weld pwy oedd y Sais yn ein plith a chasglu, gan fod Heulwen yn hongian oddi arno fo, mai ei chariad hi oedd o. Ceisiodd hi, chwarae teg iddi, gyfiawnhau fy nagrau.

'It's just that a dirty old man flashed her when she was on her way here. Try and be a bit understanding and sympathetic instead of thinking about yourself all the time!' sisialodd yn ffyrnig yn ei glust.

'God! Is that all? You should have laughed in his face, love!' gwaeddodd draw i 'nghyfeiriad. Ond doedd gen i fawr o ddiddordeb yn ei farn gan 'mod i wedi cofio.

'J. T. Morgan oedd o, Meg, sibrydais. Mi nes i nabod 'i hen sgidia swêd o. Rheini fyddai'n sbecian o dan ei wisg Santa Clôs o ym mharti'r ysgol Sul.'

Gwasgodd Meg fi'n dynn a stwffio'r botel Southern Comfort dan fy nhrwyn, a sugnodd hithau ar waddod ei chwarter potel o fodca. Roedd y tywod yn gynnes oddi tanon ni a'r haul yn isel ac yn goch.

'Why did you persuade me to come with you to this god-forsaken hole?' Roedd y Sais yn bloeddio ar Heulwen erbyn hyn. 'I'm going for a walk.' Ffliciodd ei wallt hir dros ei ysgwyddau a bustachodd drwy dywod meddal y twyni gan geisio cadw'i dipyn urddas.

Megan

'Helpa fi efo'r boncyff 'ma, Megs!' Roedd Peter a finna wedi cerdded bellter oddi wrth y lleill i chwilio am chwaneg o froc i'w losgi ar y goelcerth. Roedd o wrthi'n ceisio halio clamp o gangen fawr o ganol gwymon rhan ucha'r traeth. 'Parti da, tydi?'

'Mmm. Mae'n grêt cael y criw yn ôl at 'i gilydd eto. Hawdd ydi colli nabod ar hen ffrindia 'rôl gwneud rhai newydd yn y coleg, yntê?'

Bustachodd Peter i ryddhau'r gangen. 'Watshia – mae 'na ddarn o ryw hen raff ac olew drosto fo'n sownd yn y brigyn 'ma. Duwcs. Awn ni â fo efo ni. Mi losgith fel slecs.' Camodd dros y brigyn i drio'i ryddhau. 'Rarglwydd! Symudwch wir Dduw!'

Roedd cwpwl wrthi'n rowlio yn y tywod wrth ein traed a bu bron i Peter, y boncyff a finna syrthio ar eu pennau yn y gwyll. Ond dwi'm yn meddwl y bysa'r ddau nwydwyllt yn sylwi tasa trowynt yn eu cipio i'r entrychion a'u gollwng ar y lleuad.

'Iesu, Eirlys, anadla! Mi fyddi di wedi mygu Cemlyn druan,' chwarddodd Peter wrth roi cic i ddesyrt bŵt fawr a choes hir mewn jîns oedd ar draws ei lwybr. Ond nid Cemlyn gododd ei ben o'r gusan hir, hir ond Joe, cariad Nan.

'What the hell do you think you're doing, you clumsy Welsh moron?'

'Sori, boi.' Daeth y geiriau cwrtais yn chwithig o geg Peter.

'Be s'an ti, Eirlys?' Plygais drosti a chydio yn ei braich.

'Ty'd efo ni rŵan, cyn i Cemlyn dy weld di'n gwneud ffŵl ohonat ti dy hun efo'r clown yma!'

'Be?' Daeth llais Eirlys fel eco o ben draw ogof a rhowliai ei llygaid yn chwil yn ei phen. Roedd ei chrys ar agor a llaw Joe yn ymbalfalu ar ei bron.

'What have you done to her, you thick plonker?' bloeddiodd Peter ar Joe, a oedd yn ceisio'n aflwyddiannus i godi ar ei draed.

'It was only a little bit of grass. See how beautifully relaxed she is. We were having a lovely time, until both of you and that bloody tree showed up.' Estynnodd Eirlys ei breichiau am wddw Joe a'i dynnu ati. Edrychodd Peter arna i gan godi ei 'sgwyddau, a stryffagliodd y ddau ohonon ni yn ôl i gyfeiriad y goelcerth efo'r boncyff.

Roedd Cemlyn yn bustachu ar hyd y traeth tuag aton ni, ei draed yn suddo i'r tywod.

'Welsoch chi Eirlys? Ma' hi 'di diflannu tra o'n i'n rhoi coed ar y tân.' Heb fod yn rhy benodol, pwyntiodd Peter draw i'r tywyllwch.

Erbyn i ni gyrraedd y tân roedd Nan wedi estyn ei gitâr ac yn rhygnu cordiau lleddf rhyw ganeuon diflas gan Leonard Cohen oedd yn gwneud i mi deimlo fel fy nhaflu fy hun i'r tonnau.

'Like a bird on the wire,
Like a song in a midnight choir,
I have tried, in my way
To be free'

Roedd hi'n amlwg yn ceisio meithrin delwedd debyg i un

Janis Joplin efo'i gwallt hir, gwyllt, a'r sbectol fawr gron a wnâi i'w llygaid edrych fel rhai pysgod aur mewn bowlen fochiog. Roedd hi wedi clymu rhesi o gareiau lledr pleth am ei garddyrnau, a gwisgai gadwynau wedi eu haddurno â chlychau arian am ei gwddw.

'Be am rai o ganeuon y Tebot Piws?' cynigiais. 'Mae "Mawredd mawr, 'steddwch i lawr, mae rhywun wedi dwyn fy nhrwyn" yn lot mwy hwyliog na'r petha cnebryngaidd yna. Maen nhw'n codi'r felan go iawn arna i. Neu "Yr Adfail" gan Huw Jones. Mae 'na gitârs trydan yn honna.'

Edrychodd Nan arna i'n flin.

'Tydi pawb ddim yn Nashis, 'sti Megs. Hyd y gwela i, dim ond y chdi yn fama sy'n boddyrd am unrhyw beth i neud efo'r Gymraeg. Jyst chdi sy'n mynd i Steddfod i gerddad rownd rhyw blydi tent am wsnos, *chdi* sy'n protestio efo'r ffanatics Cymdeithas yr Iaith 'na, ca'l dy hun i jêl a chodi cywilydd ar dy rieni. Dim ond *chdi* sy'n sticio pen y Cwîn a'i phen i lawr ar amlenni llythyrau, a dim ond *chdi* sy'n meddwl bod fandal fatha Dafydd Iwan yn arwr.'

Dyna gaead ar fy mhiser i. Eisteddais bellter o'r tân yn anwesu hanner potel o Newcastle Brown cynnes. Hy. Hi, o bawb, yn sôn amdana i'n codi cywilydd ar fy rhieni! Suddais i'r tywod yn swrth. Gwelwn gysgodion yn symud, eu lleisiau'n glywadwy pan na fyddai'r broc yn clecian ar y goelcerth a chawodydd o wreichion yn tasgu i'r düwch. Noson braf oedd hon i fod ond ro'n i ar fin crio.

Aethai Dafydd a'i rieni i'r Alban ar eu gwyliau teuluol olaf. Mae gen i gymaint o hiraeth amdano, ond o leia mi fydd yn ei ôl mewn pryd i ni'n dau fynd i Steddfod Dyffryn Clwyd. Cyn mynd i ffwrdd, roedd Dafydd wedi prynu pabell i ddau a stof fach o'r Army and Navy Stores, a dwinna'n bwriadu prynu sachau cysgu efo cyflog wsos nesa. Gobeithio wir y cawn ni gymaint o hwyl ag y cawson ni llynedd yn Hwlffordd. Bryd hynny, llwyddodd tad Anni i gael clamp o dent armi i ni ac roedd tua deg ohonon ni – mwy weithiau, yn dibynnu ar bwy o'n ffrindiau oedd wedi meddwi gormod i gerdded i'w pebyll eu hunain – yn cysgu ynddi, blith draphlith. Doedd Mam a Dad ddim yn gwybod am y trefniadau cysgu, wrth gwrs. Mewn gwely clyd yn nhŷ mam-gu Anni roedden ni'n dwy i fod, ond sut fyddai fy rhieni'n dod i wybod y gwir, a Dre ym mhen arall Cymru? Cafodd Anni gariad llynedd – hogyn o Lydaw oedd wedi dod draw i'r Brifwyl efo'i fêts, ac roedd hi'n goblyn o hwyl cymdeithasu efo'r hogia gwyllt pryd tywyll oedd yn siarad mewn acen Ffrengig, a chael dysgu rhai geiriau o'u hiaith nhw oedd mor debyg ond yn llawer mwy ecsotig na'n hiaith ni. Roedd hyd yn oed eu sigaréts yn drewi o ddiethrwch: silwét o sipsi mewn clogyn du oedd ar eu pacedi Gitanes, a'u harogl yn gryf o ddirgelwch a phechod a nosweithiau hir o yfed Chouchenne mewn Fest-noz i seiniau trwynol y *bombarde*.

Wrth eistedd yno'n drachtio o'r botel, dechreuais feddwi ar y siom o sylweddoli bod fy ffrindiau ysgol bellach yn ddieithriaid. Doedd 'run ohonyn nhw'n rhannu'r un math o fywyd â fi. Ein plentyndod oedd y glud oedd yn ein dal efo'n gilydd, a gallwn weld ein cyfeillgarwch yn diflannu o'm gafael fel edefyn gwe yn datod. Dim ond ar ôl dod adra y gwnes i sylweddoli nad ffrindiau go iawn ydi'r rhan fwya o'r unigolion y mae rhywun yn tyfu i fyny efo nhw, dim ond pobol sydd wedi rhannu'r un llwybr am sbel. Do'n i ddim yn hiraethu amdanyn nhw, dim ond y plentyndod diflanedig y bu i ni ei rannu.

Baglodd Rhian rhyngdda i a'r tân â photel wag yn siglo yn ei llaw. Yn amlwg, roedd hi wedi meddwi digon bellach i beidio â phoeni am yr hen flaenor bach budur yn y sheltyr. Gwyliais ei chysgod yn igam-ogamu rhwng y cyrff a orweddai ar y traeth, nes iddi syrthio a gorwedd yn llonydd ar y tywod yn rhythu ar rubanau mwg y goelcerth yn codi uwch ei phen.

'Hei! Mae Gwyn yn cerdded i'r môr!'

Blydi Gwyn eto. Roedd Sarjant Samiwel yn iawn ers talwm pan ddywedodd o fod Gwyn fel magned i helynt.

Erbyn i'r criw ei gyrraedd, roedd Gwyn yn gorwedd ar wastad ei gefn mewn prin ddwy fodfedd o fôr a'r tonnau mân yn llepian yn dyner dros odre'i jîns.

'Cwyd, y cŵd gwirion!' Ysgydwodd Peter ei ffrind ond erbyn dallt, roedd Gwyn mewn llesmair ar ôl cymryd darn o bapur blotio arbennig a gafodd gan Joe wedi ei socian mewn LSD. Talodd bum punt amdano, ac wedi i'r papur doddi ar ei dafod, llyncodd hanner potel o seidr cryf. Bu pawb yn ei wylio am sbel, neb yn gwybod yn iawn be i'w ddisgwyl, cyn colli diddordeb a gadael iddo fo.

Ro'n i'n eistedd efo Peter wrth y tân pan welson ni symudiad ym mhen draw'r traeth. Craffodd y ddau ohonan ni i weld yn well, ac ymddangosodd Cemlyn o'r gwyll, yn llusgo Eirlys ddagreuol gerfydd un llaw. Roedd ei llaw arall yn ceisio'n ofer i gadw ymylon agored ei chrys at ei gilydd. Wrth iddyn nhw agosáu, gallwn weld bod Cemlyn yn gandryll, ond roedd llygaid Eirlys yn bell a gwag nes iddi weld Nan. Cythrodd amdani fel cath.

'Dy fai di ydi hyn i gyd, Heulwen Ann, y fuwch dew!' Rhyfedd sut mae pawb yn troi'n ôl at eirfa blentynnaidd mewn sefyllfaoedd anodd. 'I be oeddat ti isio deud wrth y llipryn cariad 'na sgin ti y bysa'n gwneud lles i mi smocio sbliff? Perspectif newydd ar fy mywyd o ddiawl! Drycha ar 'y nghrys newydd i – mae o wedi'i rwygo fo! Tasa Cemlyn ddim wedi dod o hyd i mi, mi fysa'r sglyfath wedi'n rêpio fi!'

Roedd Nan yn angylaidd o resymol.

'Fysa fo ddim wedi gwneud y fath beth, siŵr. Mae rhannu cariad yn rhywbeth arbennig rhwng ffrindiau. Mi fydd Joe a fi'n caru efo pobol rydan ni'n nabod yn aml. Rhywbeth hyfryd ydi o, anrheg hardd i'w roi'n rhad ac am ddim.'

'Cau dy drap! Dwyt ti'm yn meddwl i ti wneud digon o ddrwg heno, Heulwen?' Gafaelodd Cemlyn yn ei wraig ifanc. 'Ty'd, cariad, awn ni am goffi yn y Milc Bar cyn mynd adra at Berwyn bach.' Ro'n i wedi deall mai hon oedd y noson gynta i Eirlys a Cemlyn adael eu babi newydd am gyda'r nos gyfan. Bu'r misoedd diwethaf yn anodd i'r ddau, yn enwedig gan fod teulu Eirlys wedi gwrthod gwneud unrhyw beth â hi ers iddi feichiogi yn ystod ei blwyddyn gyntaf yn y brifysgol. Gorfu iddi adael y coleg yn Leeds ar unwaith, a chafodd ei diarddel o gartref ei rhieni. Dwi'n ei chofio, yn ei dagrau, yn dweud wrtha i sut dderbyniad gafodd ei newyddion.

'Ro'n i'n amau y byddet ti'n dwyn gwarth ar dy deulu. A minnau'n weinidog yr Efengyl! Dwyt ti'n ddim ond hwren fach. A fyddi di byth yn ferch i mi eto. Ymaith â thi o'r tŷ hwn a phaid â disgwyl i mi arddel y bastard 'na rwyt ti wedi'i genhedlu mewn modd mor bechadurus. A phaid â thywyllu'r tŷ hwn byth.'

Daliai geiriau ei thad i ganu fel cnul yn ei phen, medda hi. Diolch i'r drefn bod rhieni Cemlyn wedi rhoi eu cefnogaeth ddiamod i'r cwpwl ifanc o'r noson gyntaf honno pan gyrhaeddodd Eirlys riniog eu drws yn cydio mewn pwt o hold-ôl.

Felly, aeth Cemlyn ac Eirlys ddim i Gretna Grîn i briodi nac i adeiladu ysgol yn Ghana; cawsant briodas frysiog yn swyddfa gofrestru Dre a symud i fyw at rieni Cemlyn. Ond cyfaddefodd Eirlys yn ddiweddar fod ei mam, ers rhai misoedd, yn sleifio i'w chyfarfod hi a'r bychan ambell bnawn pan fyddai ei gŵr yn gweinyddu mewn angladd yn rhywle'n ddigon pell, gan stwffio ambell bapur pumpunt yn llaw ei merch. Bellach, roedd Cemlyn wedi cael swydd mewn banc, a chyn hir, byddai ganddyn nhw ddigon o gelc i rentu fflat fechan un llofft yn un o dai mawr y prom.

'Gobeithio y daw Gwyn at 'i goed.' Nodiodd Cemlyn i gyfeiriad y corff llonydd yn ewyn y môr, gan droi a cherdded i gyfeiriad goleuadau Dre, gydag Eirlys yn baglu ar ei ôl fel ci dall.

'Dwi yn y nefoedd!' gwaeddodd Gwyn o'r dŵr. 'Mi fedra i weld tu hwnt i'r haul a'r lloer a'r sêr, sy'n datgan dwyfol glod.'

Aethom i gyd ato a sefyll mewn llinell ar fin y dŵr – pawb heblaw Nan a'r Joe annymunol hwnnw, oedd yn ffraeo'n swnllyd wrth y tân. Clywsom 'your backward friends' ac 'ignorant Welsh peasants', ond chymerodd neb lawer o sylw. Roedd hi'n ddifyrrach canolbwyntio ar weledigaethau lliwgar Gwyn.

'Be sy matar arno fo? Ydi'r drỳgs wedi rhoi tröedigaeth iddo fo neu rwbath?' holodd Peter yn fy nghlust.

'Mae'r flanced yma mor gynnes amdana i.' Casglodd Gwyn y dŵr â'i ddwylo a'i daflu drosto'i hun. 'Dwi'n gallu blasu'r nos. Wyddech chi fod y nos wedi'i gwneud o driog?' Chwarddodd Rhian drwy ei llaw, ei phrofiad annifyr yn angof gan fod y botel Southern Comfort bellach yn wag. Ond roedd Gwyn yn dal i bregethu: 'Mae Duw yn siarad efo fi. Mae o'n falch o gael dangos y nefoedd i mi. Mae 'na lwybr hir, arian yn arwain ato fo. Ac adar sy'n arogli o lafant ac ogla sent Mam ar y bloda. Dwi'n medru clywed dail y coed yn canu emynau wrth i'r gwynt chwythu'r canghennau, a'r dail yn tincial fel clychau. A dyma'r angylion nefol, a wynebau tlws a chyrff cathod bach adeiniog ganddyn nhw. Maen nhw mor ddel. Dwi isio bod yn angel hefyd. Tyrd â dy gitâr yma i ni gael canu, Heulwen! Cana "Suzanne" efo fi!' Dechreuodd ganu. 'And Jesus was a sailor, when he walked upon the water ...' Stopiodd Gwyn ganu pan gafodd ysbrydoliaeth bellach. 'Hei! Mi fedra inna gerddad ar y môr hefyd. Sbiwch!' Crafangiodd ar ei draed a cherddodd i ddŵr dyfnach, ei freichiau ar led a'i wyneb tua düwch cymylog yr awyr. Dechreuodd fwrw talpiau mawr cynnes o law ac yn ddirybudd holltodd mellten euraid yr awyr. Edrychodd Peter a finna ar ein gilydd wrth faglu drwy'r ewyn ar ei ôl, a gydag un ohonom ar bob braich, mi lwyddon ni i arwain Gwyn i ddiogelwch y traeth. Erbyn i ni ei lusgo at y tân, oedd yn hisian fel sarff wrth i'r diferion glaw ei daro, dim ond ni'n tri oedd ar ôl ar y tywod. Naill ai doedd y syrcas ddim yn ddigon diddorol i'r lleill neu doedd yr un ohonyn nhw'n malio botwm corn am giamocs Gwyn.

'Diolch i'r drefn nad ydi o'n cael trip hunllefus,' sibrydodd Peter.

'Be wnawn ni efo fo? Fedrwn ni ddim mynd â fo adra at ei fam yn y cyflwr yma.'

'Paid â phoeni, Megs. Mi osododd Gwyn a finna dent ym mhen draw'r twyni gan feddwl y bysan ni 'di yfad gormod i fynd adra.'

Gan ei fod wedi dechrau dadebru roedd yn haws, y tro hwn, i'w lusgo ar hyd y tywod ac i'r babell.

Peidiodd y glaw taranau mor sydyn ag y daeth, a setlodd Peter a finna o flaen y babell yn cynhesu'n dwylo ar baned boeth o goffi o'r fflasg yr oedd Peter wedi ei thynnu o'i fag, a godre'n jîns yn diferu i'r tywod. Un ystyriol fu Peter erioed. Daeth llais Gwyn o grombil y babell;

And you want to travel with him
And you want to travel blind
And you think maybe you'll trust him
For he's touched your perfect body with his mind ...

Roedd hi'n braf cael gwylio'r dreigio fel sioe dân gwyllt ymhell allan yn y môr, y fflachiadau pigog yn goleuo'r awyr. Distawodd llais Gwyn toc.

'Dwn i'm amdanat ti, Megs, ond do'n i wir ddim yn disgwyl iddo fo droi'n Billy Graham heno!'

17 Awst 2017

Megan

'Wyt ti isio'r lôn 'ma i gyd, wyt, y BMW diawl?' Chwifiais fy mraich i'r dde i bwysleisio i yrrwr y cerbyd mai yn nes at y clawdd roedd ei le o ar y ffordd. Canodd ei gorn yn ddigywilydd arna i, ond o leia ro'n i wedi deffro o'm synfyfyrion. Rhyfedd fel mae rhywun yn medru gyrru am filltiroedd ar hyd ffordd gyfarwydd heb ganolbwyntio o gwbwl. Bu fy meddwl ymhell ers i mi adael yr A470 yn Llanidloes a cheisio naddu dwsin o filltiroedd oddi ar fy nhaith drwy rychu heibio cronfa Clywedog ac ailymuno â'r briffordd yn Llanbrynmair.

Ymhen awr neu ddwy byddai Pamela-Wynne a finna'n ail-flasu'r gorffennol, ac yn wyneb marwolaeth ein cyn-athro, byddai atgofion o bob math yn codi i'r wyneb fel hen ffrog. Y noson honno yn y parti ar y traeth dros ddeugain mlynedd yn ôl, pan oedd Rhian yn crynu fel cath fach yn fy mreichiau wrth y tân, roedd pawb arall yn methu dallt pam mai ata i y trodd hi. Wedi'r cwbwl, fuon ni erioed yn fawr o ffrindiau. Ond ro'n i'n dallt yn iawn – roeddan ni'n rhannu cyfrinach fawr ei phrofiad annymunol gydag Elwyn Griffiths pan oeddan ni yn safon tri. Thorrais i mo 'ngair na rhannu'r wybodaeth â neb, ac i bob pwrpas, aethai'r hanes yn angof i mi gyda threigl y blynyddoedd. Ond o feddwl am y peth, ella fod cysylltiad rhwng hynny a'r ffaith i Rhian fod yn hir iawn cyn priodi – roedd dros ei deugain yn mentro. Fodd bynnag, nid hynny a barodd y sioc fwyaf i ni'r genod, ond ei dewis o ŵr.

Daeth golau coch y tanc petrol ymlaen ger Dinas Mawddwy i ddod â fi'n ôl i'r presennol. Stop bach yn Nolgellau amdani, am goffi ac i ail-lenwi'r tanc cyn cymal ola'r daith tuag adra.

'Nain? Pam y'ch chi'n gweud "adra" bob amser pan y'ch chi'n sôn am Dre?' gofynnodd Huw neithiwr pan soniais am fynd i'r gogledd. 'Dy'ch chi'm 'di byw yno ers oes pys!' Rhyfedd bod ambell air a dywediad gogleddol yn ei iaith, meddyliais, er iddo fo a'i chwaer fyw drwy gydol eu hoes yng Nghaerdydd. Dylanwad ei nain, meddyliais yn foddhaus.

'Naddo Huw, ddim ers i dy dad-cu a finna briodi.' Roedd hwnnw'n ddiwrnod bendigedig yn ystod haf poeth 1976, a neb ddim callach y byddem yn rhieni ymhen saith mis. Hufen oedd fy ffrog laes yr un lliw â fy het feddal cantal llydan a 'nhusw blodau. Anni, fy ffrind gorau o'r coleg, oedd fy morwyn briodas a brawd hŷn Dafydd oedd ei was. Talodd eu tad am siwtiau tri-darn iddyn nhw o Hepworths yn Aberystwyth, ac roedd tei Dafydd â'i gwlwm enfawr yn streipiau brown a'r un hufen yn union â fy ffrog a'r rhosod. Mae'r haul wedi pylu'r lliwiau llawen o'r llun sydd ar fy wal erbyn hyn, ond mae gwenau'r ddau ohonom, yn sefyll ar lawnt eang Brynhyfryd Hall, yn dal i fy nghynhesu. Does gen i ddim cywilydd cyfaddef 'mod i'n dal i gusanu'r gwydr bob nos cyn cysgu. Doedd yr un o'm hen ffrindiau ysgol yn westeion yn ein priodas, dim ond teulu a'r ffrindiau a wnaeth Dafydd a minnau yn y coleg.

Cardiau Dolig oedd yr unig gysylltiad rhyngddon ni ers

hynny – cardiau elusen, sgleiniog, drud ar y cyfan, ambell un dwyieithog ond rhai Saesneg hefyd. 'Pob dymuniad da i'r teulu oll dros gyfnod y Nadolig. Cofion gorau, Eirlys, Cemlyn, Berwyn a Meinir, Aled a Siwan a'r wyrion oll. xx.' 'Season's Greetings from the Orkneys! See you sometime, Nan, Karl and Christmas 'woofs' from Butch and Bruno the mutts!' Cerdyn a wnaeth ei hun yn ddieithiriad ddeuai oddi wrth Nan. 'Happy Christmas/Nadolig Hapus, Jean, Gaz & family.' 'Cyfarchion y Tymor! Nic, Pam a'r teulu. Brysia draw! xxx.' Ond ddaeth dim byd oddi wrth Rhian ers blynyddoedd maith.

Trodd fy meddwl yn ôl i'r mis Mai blaenorol. Fy nhro i oedd mynd â Huw a Mari, fy ŵyr ac wyres, i'r ysgol Sul. Roedden nhw wedi cysgu acw y noson cynt gan fod Esyllt a'i gŵr wedi cael cynnig aros mewn gwesty yn Ystumllwynarth ar ôl rhyw ginio busnes crand. Doedd eu cael nhw draw yn ddim byd newydd ac mae'n dda gen i gael cwmni afieithus y plantos i leddfu ffyrnigrwydd fy hiraeth am Dafydd.

Tawodd murmur y gynulleidfa pan gamodd y pregethwr dieithr i'r sêt fawr, a sibrwd gair distaw o weddi ar y grisiau cyn esgyn i'r pulpud. Edrychai'n ddigon tebyg i Captain Birdseye yn yr hysbysebion teledu ers talwm, gyda'i wallt tonnog claerwyn a'i farf laes, oedd bron hyd at ei frest. Syllodd o'i gwmpas ar y gynulleidfa o'i flaen drwy sbectol weiren arian a gwenodd yn glên ar rywun a eisteddai mewn sedd o flaen corpws enfawr y pen blaenor.

Dringodd Mari ar fy nglin a chladdu'i phen yn fy nghesail. 'Sai'n hoffi Siôn Corn yn y capel, Nain!'

'Nid dyna pwy ydi o 'sti, cariad, rhyw weinidog sydd wedi dŵad i Gaerdydd o America ydi o. Dim ond am heddiw mae o yma,' sibrydais yn ei chlust. Tynhaodd y llaw fach chwyslyd yn fy un i. Lediwyd a chanwyd yr emyn cyntaf a synnwyd fi gan acen ogleddol a llais persain y Parchedig. Darllenodd ddarn o Lyfr Paul at y Rhufeiniaid.

'Dedwydd yw y rhai y maddeuwyd eu hanwireddau, a'r rhai y cuddiwyd eu pechodau.' Gweddïodd yn daer gan godi'i lygaid caëdig tuag at do'r capel a'i waith plaster cywrain. Toc, wedi'r 'Amen', cododd y blaenor gydag ochenaid hir ac ymlwybro'n boenus ar ei goesau crydcymalog i'r sêt fawr.

'Bore da, bawb.' Gwenodd yn garedig ar y gynulleidfa niferus sy'n arferol i gapeli'r brifddinas. 'Da gweld cynifer ohonoch wedi troi ma's y bore newydd hwn. A chroeso arbennig i'r Parchedig Gwynedd Llwyd a'i wraig hawddgar, Rhian.'

Diolchais fy mod yn eistedd, ac na allai fawr o neb weld fy wyneb. Ro'n i'n teimlo fel petai rhywun wedi arllwys galwyni o ddŵr oer drwy 'nghorff i. Chlywais i mo weddill y cyhoeddiadau drwy'r sgrechiadau tawel a wibiai fel ellyllon lloerig rownd fy mhen: Gwyn ydi'r gweinidog a Rhian ydi'i wraig o! Gwyn ydi'r gweinidog a Rhian ydi'i wraig o!

'Nain! Maen nhw'n galw plant yr ysgol Sul i'r festri.'

'Iawn. Mi ddo i efo chi heddiw.' Edrychodd Huw yn rhyfedd arna i, ond gallwn ddweud oddi wrth gryfder gwasgiad llaw Mari bod fy mhenderfyniad yn ei phlesio, gan nad oedd hi'n awyddus i basio'r dyn rhyfedd a edrychai fel Siôn Corn ar ei phen ei hun. Chodais i mo fy llygaid wrth gerdded i flaen y capel ynghanol rhesaid o rai bach. Wrth gamu drwy'r drws i'r festri, clywais Gwyn yn datgan fod ei bregeth wedi ei chodi o Salm 51. Allwn i ddim ymlacio i wrando ar Gwyn, o bawb, yn doethinebu. Mwynheais yr hanner awr nesaf yng nghwmni dros ugain o blantos bach, ac wedi'r 'Graseinharglwyddiesugrist, achariadduw, achymdeithasyrysbrydglân, afyddogydanioll, orawrhon, hydbyth, A-men,' cipiais Huw a Mari, un ymhob llaw, ac anelu at ddrws ochr y capel ac allan i'r stryd heb hyd yn oed stopio i ffarwelio ag arolygydd yr ysgol Sul. Doedd gen i, yn sicr, yr un bwriad o esbonio beth yn union oedd wedi peri i Megan Smith – un o gonglfeini'r gymuned Gymraeg yn y brifddinas – lusgo'i hwyrion o'r festri mor annodweddiadol o ffwr-bwt.

'Meg! Meg! O'n i'n meddwl mai chdi oeddat ti.' Suddodd fy nghalon a pheintiais wên o ryw fath ar fy ngwep cyn troi rownd. Stwffiodd Rhian drwy'r gynulleidfa i 'nghyrraedd, gan chwifio llaw fodrwyog yn frwd wrth frasgamu ata i yn ei gwisg liain hufen. Llifai sgarffiau lliwgar dros ei dwy ysgwydd. Roedd graen ar ei chroen, ei cholur yn berffaith heb fod yn ormodol, a'i gwallt yn fyr a brith. Edrychai'n dlws ac yn hapusach nag y gwelswn hi erioed.

'Ti 'di priodi Gwyn? Gwyn Phillips? Gwynedd Lloyd Phillips? Y Parchedig Gwynedd Llwyd?' Roeddwn yn swnio fel ffŵl a gallwn fy nghicio fy hun am y llifeiriant geiriau, ond allwn i yn fy myw feddwl am unrhyw beth mwy synhwyrol i'w ddweud. Yn ystod yr ysgol Sul, pan o'n i'n stwffio dynion bach papur i mewn i ddeg o falŵns a pheintio wyneb morfil ar bob balŵn i egluro stori Jona i'r babanod, gwawriodd arnaf fod Gwyn wedi cuddio y tu ôl i'w enw llawn pan 'welodd y goleuni' – pryd bynnag y digwyddodd hynny. Ond sut, a pham? Y Gwyn ro'n i'n ei nabod ers talwm oedd y lleia tebygol o'r holl griw i fynd yn weinidog yr efengyl. Ond eto, cofiais am ei adwaith i'r LSD ar y traeth ... a'i weddi yng ngwasanaeth Nadolig y plant ers talwm ar ôl iddo golli ei bapur. Oedd yr arwyddion yno, a ninna heb gymryd sylw?

'Do, 'sti. Rhyw dair blynedd ar ddeg yn ôl, wythnos neu ddwy cyn i ni fynd i Ohio.' Roedd Rhian yn dal i barablu. Pan welodd yr olwg ddryslyd ar fy wyneb, ategodd, 'Wyddet ti ddim fod Gwyn wedi cael galwad i eglwys efengylaidd yno am gyfnod o rai blynyddoedd?'

'Mae Gwyn yn efengylwr?' Wn i ddim ai cwestiwn ynteu ddatganiad oedd y geiriau gwichlyd ddaeth allan o 'ngheg. Roedd rhaid i mi wneud rhyw esgus er mwyn dianc, i rywle, er mwyn cael gwneud synnwyr o'r sefyllfa. Ro'n i'n teimlo fel petawn i wedi cael fy lluchio i ryw Narnia, rhyw fydysawd dieithr.

'Dere, Nain! Addawest ti hufen iâ i ni yn y parc.' Diolch i'r nefoedd am Huw! Gwaredigaeth.

'Braf dy weld di eto, Rhian, wedi'r holl flynyddoedd! Sori, rhaid i mi gadw 'ngair i'r ddau yma.' A throis ar fy sawdl a martsio'r ddau fach i gyfeiriad y parc a balŵn binc Mari'n chwifio ar ddarn o ruban glas y tu ôl i ni, y Jona bach papur yn bownsio'n hapus y tu mewn iddi. Prynais ddau hufen iâ pinc a gwyn iddyn nhw, efo cant a mil amryliw drostynt. Mi ges i goffi mawr cryf ac eisteddodd y tri ohonon ni'n braf dan gysgod sycamorwydden yn sgwrsio am bartïon pen blwydd ac am sgoriau gemau pêl-droed ac am y wers bale y diwrnod cynt pan gafodd

Courtney druan ffrae gan Madame Lara am fethu â chofio'r *second position*. Broliodd Mari ei bod yn gwybod y pump symudiad yn iawn a bustachodd ar ei thraed i'w dangos i mi, oedd yn dasg anodd gan na allai ei choesau byr fynd yn ufudd i'r siapiau cywir – a doedd yr hufen iâ yn un llaw a'r balŵn yn y llall ddim yn helpu chwaith. Ar yr un pryd roedd Huw'n traethu am drênyrs newydd Zak a oedd yn goleuo pan fyddai'n neidio.

'Dyma lle 'dach chi! Roeddan ni'n gobeithio mai yn y parc yma fysach chi. O'dd Gwyn mor siomedig iddo fo dy golli di! Yn doeddat, Gwyn?'

Gwenodd Gwyn fel giât gan ddangos ei ddannedd Americanaidd claerwyn. 'Yn siomedig ofnadwy.' Trodd i edrych ar y plant. 'Roedd eich nain a finna'n dipyn o lawiau ers talwm, yn doeddan Megs?' Winciodd Gwyn ar Huw a phlygu i lawr at Mari a oedd wedi cilio o dan y bwrdd pren efo'i balŵn. O'r tu ôl i'w gefn tynnodd Gwyn sèt rownderi, yn cynnwys bat melyn hir a phêl goch sgleiniog. Gwthiodd Mari ei phen yn araf i'r golwg fel crwban swil.

'Welodd Gwyn nhw mewn siop ar y ffordd o'r capel, yn do?' gwenodd Rhian. 'Roedd o'n boblogaidd iawn efo holl blant Carmel Church yn Columbus, Ohio. "Mae'n rhaid i mi gael rhain i wyrion bach Megs," medda fo. Roeddat ti'n dipyn o Joe diMaggio, yn doeddat, cariad?' Cyffyrddodd yn dyner â braich ei gŵr. 'Roedd o'n hyfforddi timau dan bymtheg yr eglwys, ac enilloch chi'r gynghrair y tymor diwetha, yn do? Roedd hi'n ddrwg gynnon ni glywad oddi wrth y blaenor neis 'na – yr un oedd yn cyhoeddi – am Dafydd, yn doedd, Gwyn?'

Ro'n i wedi cael digon ar y ddau glown yn barod. Roedden nhw fel llaw a maneg yn ôl pob golwg, ac wedi mopio'r naill am y llall. Dydi pawb ddim yn gwirioni'r un fath, ond mewn difri calon, pwy feddyliai y bysa Gwyn a Rhian, a dreuliodd eu holl ddyddiau ysgol yn eu casáu'i gilydd â chas perffaith, yn briod?

'Oedd wir. Yn ddrwg iawn,' ategodd Gwyn, gan dynnu ei siaced a'i goler gron, torchi'i lewys a dad-lapio'r bat a'r bêl. 'Gawn ni gêm, ia?' Rhedodd i ganol y parc fel Pibydd Brith blewog a Huw a Mari wrth ei sodlau. 'Gewch chi sgwrsio, genod. Mae gynnoch chi waith dal i fyny.' Taflodd y geiriau dros ei ysgwydd.

Dwy baned o goffi'n ddiweddarach ro'n i bron â marw eisiau mynd i'r lle chwech ond roedd Rhian yn dal i brepian fel melin bupur am Ohio ac am eglwys lwyddiannus ofnadwy Gwyn ac am sut roedd ei gynulleidfa wedi ymbil arno i aros, dim ond i Gwyn fynnu mai adref yng Nghymru roedd ei waith o bellach. Bu hefyd yn brolio'r swydd oedd ganddi hi yno yn gynorthwy-ydd personol i reolwr cwmni electroneg anferth. Ond ro'n i mewn cyfyng gyngor braidd – allwn i ddim gadael yn hawdd iawn gan fod y gêm rownderi bellach wedi denu nifer o blant bach eraill, a phawb i'w gweld wrth eu boddau. Roedd Gwyn yn edrych fel prop chwyslyd a dreuliodd ormod o oriau mewn sgrymiau rygbi poeth, gan ei fod yn cario tipyn mwy o bwysau na'r llinyn trôns a gofiwn dros ddeugain mlynedd yn ôl. Gwnes ati i edrych mewn syndod ar fy oriawr.

'Deng munud i un! Dewch, blant. Mari! Huw! Mi fydd Mam a Dad adra toc ac mi fyddan nhw'n disgwyl bod cinio ar y bwrdd!'

'Ooo, Nain! Ry'n ni'n cael cymaint o hwyl gyda Wncwl Gwyn!' Wncwl Gwyn? 'Gaiff Wncwl Gwyn ddod i gin'o 'da ni? A'r fenyw hefyd,' ychwanegodd Huw yn chwithig gan amneidio i gyfeiriad Rhian.

'Dim heddiw, sori Huw. Chwilia am gardigan Mari, wnei di?' Cydiais yn rhuban y balŵn ac estyn am fy mag llaw a goriadau'r car.

'Paid â phoeni, Nain! Wn i ble mae'r gardigan! Mi ddefnyddion ni hi fel Post Rhif Un. Fe reda i draw nawr. Ond plis, plis gaiff Wncwl Gwyn ddod i gael cin'o 'da ni? Dyw'r gêm rownderi ddim wedi bennu 'to.'

'Sori, boi.' Daeth llais Gwyn o'r tu ôl i mi. 'Dim heddiw. Mae dy nain yn iawn – ma' raid i ti fynd rŵan. Mi fydd dy rieni isio clywed eich hanes chi'r penwythnos 'ma, dwi'n siŵr. Gawn ni ginio efo'n gilydd rywbryd eto. Pump uchel, Mari?' Atgoffodd y frawddeg fi o eiriau Gwyn y bore ofnadwy hwnnw o flaen siop bwtsiar rhieni Nan ers talwm. Dyna'n union ddeudodd Gwyn wrth Gareth bach, druan, pan ofynnodd am gael gwasgu corn y sgwtyr. ' Sori boi. Dim heddiw. Rhywbryd eto, ia?'

Clepiodd llaw fach agored Mari yn erbyn cledr llaw fawr 'Wncwl Gwyn'. Bugeiliais y plant a'u geriach fel rhyw gi defaid aneffeithiol a ffarwelio â Rhian a Gwyn efo brwdfrydedd na allwn ei guddio. Addewais iddyn nhw y bysan ni'n cyfarfod eto'n fuan – addewid nad oedd gen i'r bwriad lleiaf o'i gadw. Gyrrais tuag adref â'r ddau fach yn glyd yn eu gwregysau diogelwch yn y cefn, yn fawr eu canmoliaeth am eu cyfaill newydd a'r gêm rownderi. Cofleidiai Mari'r bat a'r bêl. Mi wnes i'n siŵr, wrth yrru'r car ymaith, nad oedd y ddau a ymddangosodd mor annisgwyl o 'ngorffennol yn fy nilyn.

Gyda'r nos, ar ôl i mi glirio'r gegin a ffarwelio ag Esyllt a'r teulu, agorais botel o win gwyn oer a fu'n llechu'n gudd yng nghefn yr oergell, a tholltais wydraid cyn eistedd wrth fwrdd yn yr ardd i ymlacio a myfyrio. Taniais un sigarét slei. Fyddwn i ddim yn ysmygu'n aml bellach, ond ro'n i'n teimlo 'mod i'n haeddu un fach ar ôl profiad trawmatig y bore hwnnw.

Cofiais am destun pregeth Gwyn a phiciais i'r stydi i chwilio am feibl. Salm 51. Ailddarllenais yr adnodau a dynnodd fy sylw: 'Golch fi yn llwyr ddwys oddi wrth fy anwiredd, a glanha fi oddi wrth fy mhechod.' 'Yna y dysgaf dy ffyrdd i rai anwir; a phechaduriaid a droir atat.' 'Gwared fi oddi wrth waed, O Dduw, Duw fy iachawdwriaeth: a'm tafod a gân yn llafar am dy gyfiawnder.'

Tybed a oedd y Parchedig Gwynedd Llwyd yn dal i ddifaru am y pethau twp, anghyfrifol a wnaeth pan oedd o'n ifanc a gwirion? Yn sicr, roedd ei bwyslais yn gryf ar faddeuant, ond hyd y gwyddwn i, doedd o ddim llawer gwaeth na'r hogia eraill.

Cyn noswylio cymerais gip ar fy ffôn a gweld bod cais ffrind wedi dod oddi wrth Gwyn ar y Gweplyfr. Oedais cyn derbyn, ond derbyn wnes i – fy rhesymeg oedd y byddai'n haws cadw cow arnyn nhw tasan ni'n ffrindiau rhithiol. Ychydig fyddwn i fy hun yn ei gyfrannu i'r wefan, ond roedd yn ffordd o gadw mewn cysylltiad â theulu a chydnabod. Gwasgais y botwm i dderbyn Gwyn fel cyfaill.

Ymhen rhai wythnosau, mi ges i neges faith drwy'r Gweplyfr oddi wrtho.

Chawson ni'n dau fawr o gyfle am sgwrs iawn yn y parc, ond mi ges i beth o dy hanes di gan Rhian. Ro'n i mor falch i chi'ch dwy gael y cyfle i siarad. Ond dwi'n amau na ddeudodd hi fawr o fy hanes i wrthat ti. Dwi ddim yn siŵr pam dwi'n agor fy nghalon i ti – fues i erioed yn fawr o ffrind i ti – ond rhywsut, chdi ydi'r un y galla i ymddiried ynddi hi. Chdi oedd yr un gall, resymol o'r criw bob amser. Chdi fyddai'n ceisio deall a helpu pawb. Ro'n i'n gwybod na châi neb gam gen ti – ddim hyd yn oed fi! Paid â nghamddeall i, dwi'n meddwl y byd o Rhian ac mae hi wedi fy ngwneud mor hapus, ond mi wyddost ti am ei chelwyddau hi. Dydi'r ochor honno ohoni ddim wedi newid, ac weithiau dydw i ddim yn sicr os ydi hi'n gwybod y gwahaniaeth rhwng anwiredd a'r gwirionedd. Beth bynnag, dyma'r efengyl yn ôl yr Apostol Gwyn! (Maddeua i mi am ryfygu!)

Ella i ti glywed i Mam annwyl farw bymtheng mlynedd yn ôl (ti'n ei chofio, dwyt – Olwen?) o fath prin a ffyrnig o lewcemia yn ôl y meddygon, ond dwi'n amau mai marw o dorcalon wnaeth hi, am bod ganddi fab mor ddi-lun â fi. Y ffŵl ag yr o'n i, mi drois i at y botel, gan ddifaru bob dydd na fues i'n well mab i Mam. Ro'n i'n llanast am fisoedd – yn treulio fy nyddiau'n cysgu ar feinciau ym mharc Dre a'r nosweithiau yn yr Fox and Hounds nes y bysan nhw'n fy lluchio allan fel trempyn ar y palmant. Ar ôl dadebru, mi fyddwn yn ymlwybro'n ôl i'r parc neu lechu yn nrysau siopau tan y bore. Felly fues i, tan i hen Hells Angel o'r enw Stan the Man gael gafael arna i un bore a 'ngollwng i dros fy mhen a 'nghlustiau i ffynnon fawr yn y parc nes i mi sobri, cyn fy llusgo i siop goffi. Bob tro ro'n i'n meddwi ar ôl hynny, roedd Stan yno i'm hymgeleddu – a wnâi o ddim gadael llonydd i mi, er i mi grefu arno fo. Roedd Stan yn perthyn i eglwys efengylaidd yng nghyffiniau Caer ac ro'n i, am wn i, yn ei atgoffa ohono'i hun cyn iddo gael ei achub. Ei amcan oedd fy nghadw i rhag disgyn yn ddyfnach i bydew tywyll anobaith ac alcoholiaeth.

'Gad i mi fod, y blydi Beicar diawl. Sgin ti'm byd gwell i wneud na gwastraffu dy amsar efo *waster* meddw fel fi?' medda fi wrtho fo un bora.

'Rhyw ddiwrnod, mi fyddi di'n diolch i mi,' atebodd Stan wrth ddowcio fy mhen yn y ffynnon eto.

'Ffwcia hi o'ma, a gad i mi gysgu!' Ro'n i'n eistedd fel bwgan brain diferol ar ymyl y ffynnon. Mae'n siŵr bod golwg y cythra'l arna i.

'Na wna i, Gwyn. Tra bod anadl yn fy nghorff, wna i ddim dy adael di. Nid yn unig mae Duw'n dy garu di ond dwi'n dy garu di hefyd,' atebodd.

'Blydi hel! Be ti'n feddwl ydw i? Pwff?' medda fi. 'Dyna be wyt ti, ia? Dyna be 'di'r holl brynu coffi a bod yn ffeind? Os mai gê wyt ti, nid fi ydi'r boi i ti, dallta? Rŵan hel dy draed cyn i mi dy leinio di.' Mi safais yn sigledig o'i flaen o a chodi fy nyrnau fel bocsar ffair. Nid 'mod i mewn unrhyw sefyllfa i'w daro fo, chwaith.

'Hwda hwn ta,' medda fo. 'Mi fedra i drio dy helpu di, ond yn y bôn, ma' raid i ti dy helpu dy hun. Dos i'r llyfrgell neu rwla lle fedri di fynd ar y we, a chyma sbec ar hwn. Tria fo.' Rhoddodd gerdyn yn fy llaw cyn troi ar ei sawdl a 'ngadael. A diflannodd Stan the Man, fy angel gwarcheidiol, o 'mywyd.

'Blydi rybish crefyddol,' medda fi wrtha i fy hun, a stwffiais y papur i waelod poced fy jîns. Roedd hi'n rhewi y noson honno, ac am unwaith ro'n i'n ddigon sobor i wneud penderfyniad call, ac mi es adra i dŷ Mam i gysgu am y tro cyntaf ers ei hangladd. Drannoeth, wrth wagio 'mhocedi er mwyn golchi fy nillad mochaidd, gafaelais yn y cerdyn ges i gan Stan, oedd â manylion gwefan arno: ex-yobsforchrist.com. Penderfynais gerdded draw i'r llyfrgell i gael sbec arni, a chwe mis yn ddiweddarach, roedd fy mywyd i wedi'i weddnewid. Efo help rhai o'r bobol gwrddais i ar safle sgwrsio'r wefan, mi lwyddais i gofrestru mewn coleg diwinyddol yn Lerpwl, ac o fewn blwyddyn cwrddais â Rhian.

* * *

Trawsfynydd! Tros ei feini – trafaeliaist
    Dros foelydd Eryri ...

Bob tro y bydda i'n gweld cip o atomfa Traws am y tro cynta ar siwrne, fel bocsys sgidia wedi'u peintio'n llwyd, mae'r hen ysfa i floeddio canu englynion coffa Hedd Wyn yn dod drosta i. Mi ddechreuodd yr arferiad y tro cynta i mi fynd efo Dafydd i ymweld â'i rieni yn Aberystwyth. Dechreuodd y ddau ohonon ni ei chanu ar 'Troyte's Chant' yr un pryd a sylweddoli, nid am y tro cyntaf, mor debyg oedd ein synnwyr digrifwch yn ogystal â'n magwraeth. Erbyn hyn, fedra i ddim cwblhau'r cylch englynion heb i'r cynganeddion cain gydio fel clymau yn fy nghorn gwddw, a diolchais fod cilfan y gallwn barcio ynddi rhyw hanner milltir o 'mlaen er mwyn i mi gael stopio i chwythu fy nhrwyn. Caeais fy llygaid llosg am ennyd a llanwodd wyneb marw Dafydd sgrin fy meddwl eto fyth. Y darlun ohono'n gorff llonydd ar silff oer marwdy a chynfas wen hyd at ei ên, ei groen fel gwêr. Ysgydwais yr hunllef o 'mhen wrth glywed fy ffôn yn bipian yn nyfnderoedd fy mag. Pamela-Wynne, yn gofyn pryd y byddwn yn cyrraedd Green Meadows. 'ETA?' gofynnodd ei neges destun swta. '17.00 hrs' atebais, yn teimlo fel milwr SAS ar fin ymosod ar ryw darged cudd. Aildaniais y car ar gyfer awr olaf fy nhaith. Eisiau gwybod pryd i agor y gwin coch er mwyn iddo gael anadlu neu pryd i danio'r barbeciw fel na fydden ni'n gwastraffu eiliad o amser sgwrsio pan gyrhaeddwn oedd hi, mae'n debyg. Gwenais wrth edrych ymlaen, at yr aduniad drannoeth ond yn fwy at gwmni afieithus Pam.

Wrth rychu heibio Gellilydan dechreuais hel meddyliau. Roedd marwolaeth Dafydd wedi fy nhroi yn berson a ofnai bopeth – yn berson 'gwydr hanner gwag' yn hytrach na'r optimist a welodd Dafydd am y tro cynta yn ei siaced a'i jîns Wrangler, yn sefyll yn siop gwersyll yr Urdd yn sglaffio creision Golden Wonder. Cyffyrddai ei wallt golau'n feddal ar goler ei siaced a lledodd ei wên pan sefais wrth ei ymyl ger y cownter yn barod i brynu potel o bop.

'Hoffet ti grispen?' oedd ei eiriau cyntaf wrtha i. 'Wela i di heno, Megsi,' oedd ei rai olaf ddegawdau'n ddiweddarach wrth iddo daro cusan ar fy nhalcen pan oedd gen i dafell o dost yn un llaw a phaned gref o de yn y llall, fy ngwallt bore cynnar yn nyth ar fy mhen a phyjamas Snŵpi amdanaf. Gwyliais o drwy ffenest y gegin, yn dringo i'w gar a chodi'i law nes i'r Renault ddiflannu rownd y tro.

Gyrrais yn fy mlaen tua Dre.

Pamela-Wynne

Elwyn Griffiths wedi'i lofruddio! Roedd y frawddeg wedi bod yn troi yn fy mhen ers i mi ffonio Megan efo'r newyddion brawychus, ac allwn i ddim aros i'w gweld hi. Cychwynnodd Nic yn gynnar bore heddiw i arwerthiant ceffylau yn Ardal y Llynnoedd am dridiau, felly roeddan ni'n siŵr o gael llonydd i ddal i fyny. Wrth baratoi salad gwyrdd a gosod amrywiaeth o gawsiau Cymreig ar fwrdd o lechen garw, ceisiais gofio sut ddiawl y dois i a Megs, o bawb, yn gymaint o ffrindiau.

Llygoden fach ofnus oedd Megan pan gyrhaeddodd ein dosbarth yn yr ysgol gynradd, ac am yr wythnosau cyntaf roedd hi o dan fawd Rhian. Ond yn sydyn, ciliodd Rhian i'w chragen a chafodd Megan amser caled gan y brifathrawes, am ryw reswm. 'Am fy mod i'n gelwyddog' oedd ei hateb pan ofynnodd Eirlys iddi pam roedd hi'n cael ei chadw i mewn amser chwarae. Ddaeth ei rhieni byth i wybod a dioddefodd ei chosbau'n ufudd a thawel – mi wyddai mai ffrae arall fyddai'n ei disgwyl tasa hi'n sôn wrth ei mam ei bod yn cael cam. Merch egwyddorol iawn fu Megan erioed. Ond mewn gwirionedd, ddaeth neb i'w nabod yn dda iawn tan ddiwedd blwyddyn pump yn yr ysgol uwchradd, a fu ganddi erioed ffrind gorau. Symudai rhwng y naill griw a'r llall – at unrhyw un a ddangosai gyfeillgarwch neu a oedd heb gwmni i fynd i'r pictiwrs neu i nofio. Dim ond yn raddol y dois i sylweddoli ffrind mor driw fu hi i mi pan fu Tony farw, a dyna pryd y des i'n ymwybodol o'i chryfder, ei synnwyr cyffredin a'i ffyddlondeb. Meddyliais wrth osod y bwrdd na ddiolchais i erioed iddi am wneud i mi chwerthin yn y cyfnod anodd hwnnw, pan nad o'n i hyd yn oed yn medru gwenu.

A rŵan, mae Megan druan yn weddw ers canol ei phumdegau. Mi ges i goblyn o sioc pan glywis i fod Dafydd wedi marw yn sydyn wrth ei ddesg yn y swyddfa, a neb wedi sylweddoli tan i'w ysgrifenyddes ei bwnio'n gyfeillgar am ei bod yn meddwl iddo fo syrthio i gysgu dros ei gyfrifiadur. Mae deng mlynedd ers hynny, ond mi wn i fod Meg yn ddigon bregus o hyd. Sut mae rhywun i fod i ddod dros briodas fu mor hapus a bodlon am bron i ddeugain mlynedd?

Cariais y bwyd allan ar y patio a'i osod ar wyneb gwydr y bwrdd, cyn tanio'r barbeciw a rhoi'r ddwy stecen bupurog rhwng dau blât nes y byddai'n amser eu coginio. Roedd y bwrdd wedi'i osod ac arogl y bara garlleg yn llenwi'r gegin. Ar ôl tollti gwydraid o Sancerre oer i mi fy hun, eisteddais y tu allan yn yr haul braf i aros am Megan. Edrychais yn fodlon dros banorama o gaeau gwastad y fferm a'n ceffylau hardd yn pori'n ddedwydd arnyn nhw – golygfa sy'n cyffwrdd fy nghalon bob tro dwi'n sbio arni. Roedd noson ddifyr o 'mlaen, a gwerth blynyddoedd o straeon i'w rhannu.

1996

Rhian

'Leave me alone, you fat bitch!'

'Just helping you to fasten these bowling shoes.' Ro'n i ar fy ngliniau o flaen horwth o fachgen yn stryffaglio i gau careiau yr esgidiau glas a gwyn yng nghanol sgrym o ddisgyblion, cotiau, treinyrs, rycsacs a chyffro.

'Gerroff!'

Gwthiodd yr hogyn fi nes ro'n i ar wastad fy nghefn o flaen y plant eraill, a 'nghoesau yn yr awyr. 'Gerrup, you stupid cow! You look like a dead tortoise,' chwarddodd Kyle yn greulon. Lle goblyn oedd gweddill y staff? Yn y bar, m'wn, wedi 'ngadael i'n bustachu efo ugain o blant anystywallt. Hedfanodd esgid heibio i fy nghlust. 'Bollocks! Missed!' bloeddiodd Kyle. Tynnodd yr esgid arall ac roedd ar fin ei thaflu pan afaelodd llaw gadarn yn ei fraich o'r cefn a'i rwystro.

'Yli'r bastad bach anniolchgar. Dim ond trio dy helpu di mae hi. Sgin ti'm hawl i siarad efo hi fel'na. Nac efo neb arall chwaith, tasa hi'n dod i hynny.'

Roedd y llais yn floesg ac yn daer a'r llaw fel feis am fraich y llanc.

'Who the fuck are you? Leggo me arm! And what the hell are you saying? Speak English!' Roedd wyneb Kyle yn fflamgoch ond roedd y fraich a ddaliai'r esgid bowlio'n dal yn gaeth uwch ei ben. Fedrai o ddim symud. Codais ar fy nhraed, ac er 'mod i'n ddiolchgar i'r dyn dieithr am ei help, ro'n i'n gweld bod yr hogyn bregus wedi cael digon o fraw bellach.

'Diolch i chi am eich help. Mi sortia i hwn rŵan.' Siaradais yn Gymraeg yn reddfol, heb sylweddoli cyn hynny mai dyna a siaradodd y dyn canol oed efo'r bachgen. Trodd y dyn ataf a gwenu'n swil.

'Ti'm yn fy nghofio i, nagwyt Rhian? Gwyn. O'r ysgol ers talwm. Dwyt ti'm 'di newid dim.'

O, Mam bach! Gwyn! Fyswn i byth wedi'i nabod o, chwaith gan fod ei wallt golau bellach yn frith, a golwg arno fel tasa fo heb weld rasel na chlap o sebon ers wythnosau.

'Who's your friend, Miss? He's like the Incredible Hulk!' Rhwbiodd Kyle ei arddwrn a phlygodd i lawr i gau ei esgidiau heb air pellach.

'When you've finished, go and stand with the others by the desk. Mr Brown's waiting.'

'Athrawes wyt ti felly?' holodd Gwyn

'Ia.' Llithrodd y celwydd o 'ngheg mor rhwydd.

'Pam wyt ti'n gada'l i'r llabwst 'na siarad efo chdi fel'na?'

'Mae gynno fo anghenion arbennig. Nid ei fai o ydi o. Cr'adur. Ond be amdanat ti, Gwyn? Be ti'n wneud yn Lerpwl?'

'Paid â chwerthin.' Plygodd Gwyn i godi fy mag a'i estyn i mi. Gwenais arno'n ddiolchgar. Gwyn! Pwy fasa'n meddwl ei fod o'n fy nghofio. Roedd ei lygaid yn edrych arna i'n garedig, yn wahanol i funud yn ôl pan oedden nhw'n danllyd wrth wasgu braich Kyle a'i throi mor frwnt. 'Dwi mewn coleg diwinyddol i lawr y ffordd. Mae 'na chwech ohonon ni wedi dŵad yma am noson fach allan ... yr holl stydio yn chwalu 'mhen i weithiau. Fel ti'n cofio ma' siŵr, fu sgwennu na llyfrau erioed yn agos iawn at fy nghalon i yn yr ysgol,' meddai'n swil.

'Miss? C'mon. You're in our team and it's your go!' Llusgodd un o'r merched fi gerfydd fy mraich tua'r lonydd bowlio.

'Braf dy weld di, Gwyn, ar ôl yr holl flynyddoedd! Hwyl!'

'Is he your boyfriend, Miss?' holodd un arall o'r criw.

'Don't be silly, Carly. He and I used to go to the same school in Wales. Now, which colour ball should I choose?'

Roedd Gwyn a'i ffrindiau ddwy lôn oddi wrtha i, ac ro'n i'n dwyn cip slei arno bob hyn a hyn. Allwn i ddim credu ei fod o, o bawb, mewn coleg diwinyddol. Daliodd fy llygaid unwaith a throis i ffwrdd yn sydyn rhag iddo feddwl bod gen i ddiddordeb. 'It's your go again, Miss. I don't think you're concentrating tonight!' chwarddodd Carly, gan amneidio'i phen i gyfeiriad Gwyn.

'Strike!' Trawodd y bêl drom y naw sgitl nes eu chwalu i bob cyfeiriad. Codais fy mreichiau'n fuddugoliaethus. 'Yess!' Roedd Gwyn yntau yn edrych arna i wrth aros ei dro, a gwenodd cyn troi i eistedd ar y fainc a thynnu ei ffôn o boced ei jîns a'i astudio mor fanwl â tasa fo'n ei weld am y tro cyntaf. Gobeithio nad ydi o'n medru chwilio ar y we am enwau staff Lime Tree Road Secondary School a gweld mai fel 'Miss Rhian Walker, Classroom Assistant' dwi'n cael fy nisgrifio.

'C'mon Miss. Time for a burger!' Roedd pob gêm wedi gorffen, a Kyle, hyd yn oed, wedi ymddwyn yn o lew, er ei fod yn gwgu draw i gyfeiriad Gwyn bob hyn a hyn ac yn mwytho'i fraich yn y gobaith y byddai rhywun yn sylwi.

'Hwyl, Gwyn!' galwais wrth basio'r criw dynion.

'Aros eiliad.' Camodd Gwyn draw a chynnig darn bach o bapur i mi. Derbynneb o Tesco, a rhif ffôn wedi ei ysgrifennu mewn beiro ar y cefn. 'Rhag ofn,' gwenodd yn swil.

Stwffiais y papur i boced fy siaced rhag i neb o'r plant weld. Pam lai? Roedd hi'n hen bryd i mi ddechrau byw, meddyliais, wrth frathu'n awchus i'r byrgyr.

1963

Rhian

'Tydi hi'n dlws?'

'Wel am hogan fach ddel. Mae hi fel doli!'

Ro'n i wedi hen arfer â sylwadau fel hyn, ers pan o'n i'n ddim o beth. Byddai pawb yn dotio ar fy ngwallt cyrliog melyn a'm llygaid glas disglair. Yn fuan iawn, mi ddysgais y gallwn fanteisio ar fy edrychiad i gael yr hyn ro'n i isio, ac mi ddois i'n arbenigwraig ar gael fy ffordd fy hun a dod allan o drwbwl. Doedd dim llawer o ots gen i petai rhywun arall yn cael bai ar gam chwaith.

'Nid fi wnaeth, Mam. Wir yr.' Byddwn yn cymell y dagrau poethion i bowlio i lawr fy ngruddiau wrth i'r celwyddau lifo. Dro ar ôl tro, gweithiodd y strategaeth, a finna'n falch iawn ohona i fy hun.

'Rhian. Dewch yma i mi farcio'ch gwaith chi.'

'Ond Mr Griffiths, mae'r gloch wedi canu ac mae pawb yn mynd allan i chwarae.'

'Fyddwn ni ddim yn hir, achos Darllen a Deall Saesneg sydd gynnon ni wedyn. Dwi isio gwneud yn siŵr bod pawb yn dallt y symiau ffracsiwn cyn i mi roi gwaith cartref i chi. Dwi 'di gweld a marcio gwaith pawb arall.' Aeth gweddill y plant allan. 'Caewch y drws ar eich ôl – yn ddistaw!' Clepiodd Peter y drws nes bod y wal a'r llawr yn dirgrynnu. 'Dewch yma, Rhian. Sefwch wrth fy ochr i.' Safais yn ufudd. Byddai'r genod eraill mor genfigennus fy mod i'n cael sylw Mr Griffiths i gyd i mi fy hun. 'Welwch chi'r *improper fraction* yma, Rhian – yr un efo'r rhif mwyaf uwchben y rhif llai?'

Wrth gwrs fy mod i. Fi oedd yr orau yn y dosbarth am ddallt syms.

'Gwelaf, syr. Dwi'n gwbod sut i wneud pob math o ffracsiynau. Dwi ddim angen help, wir yr.'

'Dwi'm yn meddwl eich bod chi'n medru gweld yn iawn o fanna. Dewch i eistedd ar fy nglin i am funud, i chi weld yn well.'

A chyn i mi gael amser i gytuno na phrotestio, cododd yr athro fi a 'ngosod ar ei lin. Roedd un fraich ar un ochr i mi yn dal y llyfr syms a'r llall o 'nghwmpas efo beiro goch yn ei law. 'Dyna ni. 'Dan ni'n fwy cyfforddus rŵan, tydan?'

Ar hynny, rhuthrodd Megan drwy'r drws a'n gweld ni. Gwaeddodd Mr Griffiths arni am fod mor ddigywilydd a throdd ar ei sawdl bron cyn iddi gamu i mewn.

'Well i chithau fynd rŵan, Rhian. Dach chi'n amlwg yn deall y gwaith yn eitha da. Ond mi helpa i chi efo'ch gwaith rywbryd eto. Dim ond *chi*, cofiwch. Peidiwch, da chi, â sôn wrth y lleill. Does gen i'm amser i bawb.' A chwifiodd ei ddwylo o ochr i ochr, fel pe bai ei ddwy law'n siswrn er mwyn pwysleisio cyn lleied o amser oedd ganddo i roi sylw arbennig i fwy nag un unigolyn. Roedd o am fy helpu i, am ei fod o'n fy hoffi fi. Fy hoffi fi'n well na neb arall.

'Cofiwch, chi'r merched sy'n dod ar y trip efo fi yfory, fod yn rhaid i chi fod yn yr ysgol am naw o'r gloch; ond dywedwch wrth eich rhieni y bydda i'n eich danfon chi fesul un yn ôl adra ar ddiwedd y dydd, erbyn rhyw chwech o'r gloch, mae'n debyg. Dyma i chi nodyn bob un i esbonio'r trefniadau. Cofiwch am eich brechdanau a fflasg neu ddiod oer.'

Gan mai dim ond Heulwen, Jean a fi oedd yn medru neu – yn achos Megan – yn cael mynd, mi eisteddodd y tair ohonan ni ar wahân i'r lleill amser cinio y dydd Gwener hwnnw i drafod y trip drannoeth, yn gyffro i gyd. Ond fu'r trip ddim yn llwyddiant am sawl rheswm, ac ro'n i'n medru gweld bod Heulwen a Jean yn falch o gael ffarwelio â Mr Griffiths o flaen tŷ Jean. Roedd eu rhieni wedi trefnu bod Heulwen yn cael cysgu'r nos – a gwylio *Dixon of Dock Green* – yno, a châi fynd adref wedi'r oedfa fore drannoeth. Ond doedd dim ots gen i na ches i wahoddiad, gan y byddai mam Jean yn mynd dros adnodau'r ddwy cyn iddyn nhw fynd i gysgu. Rhy ddiflas i mi. Codais fy llaw arnyn nhw o sedd flaen y Triumph Herald wrth iddo droi tua canol y dref.

'Dwi ar lwgu!' gwenodd Elwyn Griffiths arna i. 'Dwi'n ffansïo bag o jips. A dweud y gwir, be am i ni'n dau gael rhai cyn i mi fynd â chi adra? Hynny ydi, os nad ydi'ch mam wedi paratoi te? Mi fedrwn ni fynd â nhw i lawr at Lyn Cam. Mi ddwedodd Miss Williams echdoe ei bod wedi gweld nyth crëyr glas yn y brwyn ar y dorlan.'

'Ww! Welais i erioed grëyr glas. Mi faswn i wrth fy modd yn cael bag o jips hefyd, syr, achos fyddwn ni byth yn cael te ar nos Sadwrn.' Llamodd y celwydd dros fy ngwefus yn dilyn blynyddoedd o ymarfer.

Eisteddodd y ddau ohonan ni mewn maes parcio gwag yn syllu ar ddüwch y dŵr a sgleiniai yn y gwyll. Roedd sawr chwerw finegr yn llenwi'r car a sglaffiais y sglodion hallt efo 'mys a bawd nes nad oedd dim ond saim ar ôl ar y papur. Yn raddol, stemiodd niwl dros ffenestri'r car. Estynnodd Mr Griffiths draw ata i, cymryd y papur o fy llaw a'i daflu i'r sedd gefn. Gafaelodd yn fy wyneb a'i droi ato. 'Dach chi mor ddel,' sibrydodd yn floesg yn fy nghlust. Tynhaodd ei law chwith am fy ysgwydd. Erbyn hyn ro'n i ofn, ond allwn i ddim cyrraedd handlen drws y car. 'Arhoswch yn llonydd am funud. Dwi isio dangos i chi be mae cariadon go iawn yn 'i wneud.'

'Be dach chi'n wneud, syr? Gadwch lonydd i mi!' llefais. 'Dach chi ddim i fod i neud petha fel hyn i blant.'

'Ond Rhian bach, rydach chi wedi dangos eich bod chi isio profi hyn, a hynny'n reit blaen, ers wythnosau. Coeliwch chi fi, mi fyddwch chi'n mwynhau.'

Gafaelodd yn dynn am fy ysgwydd ag un llaw a daeth ei wyneb yn nes ac yn nes at f'un i. Gwthiodd fy ngheg ar agor efo'i dafod nes y bu bron i mi gyfogi a stwffiodd ei law arall o dan fy sgert a mwytho fy nghluniau. Yn sydyn, tynnodd fy nicyrs o'r ffordd a gwthio'i law rhwng fy nghoesau. Teimlais rwyg boenus wrth i'w fysedd ddiflannu i rywle dwfn na wyddwn am ei fodolaeth.

'Aw! Pam dach chi'n fy mrifo i, syr? Plis, cerwch â fi adra! Dwi isio Mam!'

'Wel. Chwech o'r gloch ar ei ben!' Chwifiodd Mam ei llaw yn llawen ar Elwyn Griffiths wrth i'w gar ruo oddi wrth giât y tŷ mewn cwmwl du o fwg. 'Am ffeind. Yn rhoi ei ddydd Sadwrn fel'na i ddangos gogoniannau Eryri i chi. Wnest ti fwynhau, 'mach i? Golcha dy ddwylo a ty'd at y bwrdd. Dwi wedi paratoi dy hoff bryd di: wy, sosej a mwtrin moron. Mae o bron yn barod. Gofiaist ti ddiolch yn iawn i Mr Griffiths, do?'

'Do, Mam,' atebais, gan fwytho'r ddau ddarn hanner coron a roddodd Mr Griffiths i mi i gadw'r gyfrinach. 'A dweud y gwir, sgin i fawr o awydd bwyd. Mi brynodd Mr Griffiths jips i mi gynna.' Gwelais Mam a Dad yn edrych ar ei gilydd a gwenu, fel y byddan nhw'n gwneud pan maen nhw'n meddwl 'mod i'n dweud celwydd.

17Awst 2017

Megan

Roedd ieir bach yr haf yn chwarae mig yn fy stumog, fel y gwnaent bob tro y bydda i'n agosáu at silwét adeiladau Fictoriaidd Dre yn erbyn yr awyr. Parciais wrth y sheltyrs ym mhen draw'r prom a cherdded sbel ar hyd y llwybr uwchlaw'r môr am y tro cyntaf ers noson y parti – noson pan chwalwyd ein cyfeillgarwch ni'r genod, er na wyddem mo hynny ar y pryd. Yn fy mhen, ro'n i'n dal yn gallu gweld Peter a finna'n gwylio'r mellt yn cracio'r awyr, a chlywed llais bloesg Gwyn yn rhygnu o berfeddion y babell yn y twyni:

Clowns to the left of me, jokers to the right,
Here I am, stuck in the middle with you

Roedd system un ffordd Dre yn newydd, ac ar ôl i mi regi sawl gwaith a chael fy ailgyfeirio drwy labyrinth y strydoedd, es ar fy mhererindod arferol. Heibio i fy hen ysgol gynradd, ceg stryd fy hen gartref (roedd gormod o atgofion yn llechu yno i mi fynd heibio'r tŷ ei hun), siop gig tad Heulwen – 'J. Johnson (formerly T. Parry and Son) Purveyor of Fine Meats' sydd bellach ar yr arwydd – yr hen KupovKoffee sydd bellach yn siop fetio ac yn nes ymlaen, ar y ffordd allan o'r dre, Capel Seion a'i ffenestri wedi'u byrddio a'i giatiau haearn hardd yn rhydlyd ac wedi'u cloi â chadwyni trwm a chlo clap.

Ar ôl i Mam a Dad farw, mi stopiais ddod yn ôl i Dre. Doedd dim i 'nhynnu i yma, rywsut. Ond wrth i mi basio waliau mynwent y dref tynhaodd cwlwm tyn yn fy mherfedd wrth gofio un arch, ac yna'r llall, yn crafu'r ddaear wrth eu gollwng fesul un i'r twll siâp petryal – 'fel bedd Branwen' yn ôl Esyllt fach oedd yn ddeuddeg oed ar y pryd.

'Mae'n ddrwg gen i, Megsi, mae'n rhaid i ti ddod adre.' Safai Dafydd yn nerbynfa fy swyddfa yn methu gwybod be i wneud efo'i ddwylo.

'Pam? Ydi Esyllt yn sâl?'

'Nagyw. Ma' hi'n berffaith iawn. Ond fe ddaeth cwnstabl o'r heddlu heibio pan o'n i ar fin mynd i'r gwaith, i ddweud bod damwain wedi bod.'

'Damwain? Pwy? O na, nid Mam a Dad?'

'Sori, Megsi. Cafodd bỳs y cwmni gwyliau wrthdrawiad â lorri ar gyffordd y tu allan i Calais. Yn anffodus ...' Diflannodd ei eiriau mewn boddfa o ddagrau. Crynai ei gorff a suddais i gadair heb allu teimlo fawr ddim.

'Eu gwyliau tramor cyntaf nhw.' Dyna'r cwbwl y gallwn ei ddweud, drosodd a throsodd, dros y dyddiau tywyll ar ôl hynny.

Gyrrais dros bont y rheilffordd ac allan o'r dref ar hyd y lôn droellog a arweiniai at Green Meadows.

Faswn i erioed wedi dychmygu, pan oeddan ni'n dwy'n gweithio yn y KupovKoffee, y byddai Pamela-Wynne yn priodi Nic, mab yr ysgol farchogaeth. Wedi gyrfa chweched dosbarth digon dilewyrch, aeth Pam i Goleg

Addysg Abertawe i hyfforddi yn athrawes babanod. Wedi deufis yno, teithiodd adref i Dre am benwythnos ar fŷs a ddilynodd lwybr cymalog drwy berfeddion Cymru, ac wedi cinio Sul blasus cyhoeddodd wrth ei rhieni dros lond sinc o lestri budron nad oedd yn bwriadu dychwelyd i Abertawe. Byth.

Nid aeth hi erioed yn ysgrifenyddes i lawfeddyg nag i bennaeth y Gwasanaeth Cudd yn Llundain, na hyd yn oed yn glerc yn Swyddfa'r Dôl yn Dre. Cafodd waith dros dro gan Jason Roberts yn Green Meadows yn archebu porthiant ac offer a helpu efo trefniadau'r ysgol farchogaeth, fel y gwnaethai ar benwythnosau pan oedd hi'n y chweched dosbarth. Gweithiodd yn galed yno, mae'n rhaid, gan ei bod yn gynorthwy-ydd personol i Jason erbyn i hwnnw farw. Ac yma mae hi o hyd, chwarddais, wrth yrru ar hyd y dreif llyfn a chaeau wedi eu cribo'n berffaith y naill ochr iddi. Hen ffermdy helaeth o'r ddeunawfed ganrif oedd Green Meadows, a Dolau Gleision oedd ei enw nes y daeth taid Nic Roberts yn berchennog ar y lle ar ddiwedd yr Ail Ryfel Byd. Doedd neb yn fyw bellach a gofiai am yr hen ffermwr nag am enw gwreiddiol ei fferm, er bod ambell un dal yn ei gofio'n gwerthu llefrith rownd Dre o fan fach yn y pedwardegau. Fu Nic erioed yn brin o geiniog neu ddwy, a chafodd Pam ei thrin gan ei gŵr yn union fel y cawsai gan ei rhieni, gan raddio o wersi bale, telyn ac *elocution lessons* i fod yn feistres ar ei hystâd ei hun. Ond chwarae teg i'r hen Bamela-Wynne, mynnodd siarad Cymraeg efo'i mab a'i merch er na ddeallai Nic yr un gair o iaith y nefoedd. Fyddai dim llawer yn trafferthu arddel eu Cymreictod wedi iddyn nhw briodi Sais cefnog. Ond ro'n i'n falch yn ddistaw bach na fyddai Nic adra am y tridiau nesa. Niwsans ydi gorfod siarad Saesneg pan fydd dim ond un Sais yn y cwmni.

Pam

Ar ôl lot o sgrechian a chofleidio pan gyrhaeddodd Meg, baglodd y ddwy ohonon ni ar draws ein gilydd i rannu ein newyddion.

'Mae Gwyn 'di priodi Rhian!' gwaeddodd Meg.

'Ydi. Wn i. Ges inna dipyn o sioc o ddallt hynny hefyd. Fo sy'n claddu Elwyn Griffiths fory!'

'Ti o ddifri?'

'Dim gair o gelwydd!'

Mewn siop popeth-am-bunt yn Dre y des i ar draws Gwyn. Fel yn achos Meg yng Nghaerdydd, y fo wnaeth fy nabod i. Mi fydda i'n trio cadw 'mhen i lawr wrth fynd rownd y siop rhag i neb fy ngweld i – mi glywis i rywun yn sibrwd un tro, 'gwraig y Niclas Robaitsh cefnog 'na, yn prynu lliw i'w gwallt mewn lle mor goman.' Mi driais i fynd heibio dyn penwyn oedd yn llenwi'r eil o 'mlaen i, yn cario dwy fasged yn llwythog o nwyddau bob dydd – yn siwgr, te, coffi a digon o bapur cegin a phapur lle chwech i bara blwyddyn i deulu Abram Wood.

'Esgusodwch fi,' medda fi wrth geisio sleifio heibio iddo heb daro'i fasgedi na'u cynnwys.

'Croeso, Pamela-Wynne,' meddai llais dwfn o grombil y barf brith.

Mi wnes i ei nabod o'n syth wedi i mi weld y tro swil a wnai â'i ben.

'Gwyn! Be sy'n dŵad â *chdi* i Dre?'

'Fi 'di'r gweinidog newydd,' gwenodd.

'Be? Yn y capel Cymraeg undebol?' Cydiais yn dynnach yn y bocs Grey-gone fel petai'n ganllaw i fy sadio.

'Ia. Dyna chdi. Fi ydi bugail Israel – neu fugail y Tabernacl i fod yn fanwl gywir! 'Dan ni yma ers mis rŵan, a tra mae Rhian yn trio cael trefn ar y tŷ a pharatoi cinio, ro'n i'n meddwl y bysa'n well i mi lenwi mymryn ar y cypyrddau. Tydi byw allan o focsys ddim yn beth braf iawn!' Ro'n i wedi drysu.

'Rhian?'

'Ia. Rhian ydi 'ngwraig i ers rhai blynyddoedd bellach.'

'Rhian oedd yn 'rysgol efo ni?'

'Ydi hynny'n broblem fawr?' holodd Gwyn yn smala.

'Bobol bach, nac'di siŵr. Dwi'n sobor o falch dros y ddau ohonoch chi. Dwi'n siŵr o'ch gweld chi o gwmpas, felly. Yli, ma' raid i mi ruthro, neu mi fydd y warden traffic blin 'na wedi 'nal i ... eto!' Wrth droi fy nghefn arno, cofiais yn sydyn am yr aduniad ysgol. 'O, gyda llaw, Gwyn,' galwais dros fy ysgwydd wrth fagio tua'r ddesg dalu, 'wn i ddim os ti 'di clywed, ond mae 'na aduniad ysgol wedi'i drefnu nos Wener nesa. Dewch eich dau – mi fydd yr hen griw i gyd yno. Wel, lot ohonyn nhw, beth bynnag. Pump o'r gloch yn y New Inn.'

'Dwi'n gweithio yn y pnawn – angladd yr hen Elwyn Griffiths – ond ella y down ni yn nes 'mlaen. Diolch am y gwahoddiad,' gwaeddodd Gwyn ar fy ôl.

Mi fu Meg a finna'n siarad am oriau dros botel neu ddwy o win, a phan ddiflannodd yr haul tu ôl i'r hen goed derw ar ffin bella'r fferm, mi es i i'r tŷ i baratoi coffi a nôl carthen wlanog bob un i ni'n dwy. Roedd awel fain wedi codi, ond a hithau'n ddiwedd Awst roeddan ni'n benderfynol o wneud y mwya o'r cyfle i eistedd allan cyn i'r hydref ddod i'n caethiwo i'n tai.

'Sbia arnan ni – 'dan ni fel dwy o wrachod Macbeth!' chwarddais wrth lapio'r garthen amdanaf a chynnau sigarét arall. Anwesodd Megan wydraid o frandi yn ei dwy law a gwthiodd ei thrwyn iddo i sawru gwres ei arogl. Winciai'r mwclis o oleuadau bach yn y gwrych gerllaw'r patio a llanwyd yr awyr ag arogl gwyddfid. Cyfrais fy mendithion gan sylweddoli 'mod i wedi bod yn lwcus iawn – roedd arian Nic yn sicr wedi gwneud bywyd yn haws, ond roedd Nic ei hun gen i hefyd, a Meg druan wedi colli ei chymar oes mor ddisymwth.

Daeth llais Meg â fi'n ôl i'r presennol.

'Deud wrtha i, Pam, be 'di hanes Peter erbyn hyn? Y tro dwytha i mi glywed, roedd o'n cadw garej ochra'r Wyddgrug yn rwla efo Kim a dau o hogia.'

'Ia, wel.' Tynnais ar fy smôc. 'Mi aeth Kim a'i adael o ryw bedair blynedd yn ôl. Mae'n debyg 'i bod hi'n cael affêr efo un o'r gwerthwyr ceir yn garej Pete ers blwyddyn neu ddwy. Roedd pawb yn gwybod heblaw Pete, y cr'adur.'

'Druan ohono fo,' cydymdeimlodd Meg. 'Hen hogyn clên oedd Peter bob amser. Ro'n i'n ffond iawn ohono fo pan oedden ni'n 'rysgol. Ac erbyn hyn ...?' holodd, gan drio peidio ymddangos yn rhy eiddgar.

'O, mae o 'di gwerthu'r garej ac ymddeol i ardal Bangor,

heb fod ymhell oddi wrth un o'i feibion. Mi ges i air efo fo pan o'n i'n trefnu'r tipyn aduniad 'ma. Roedd o'n holi amdanat tithau, ac yn drist iawn o glywed dy fod wedi colli Dafydd.'

Newidiodd Megan drywydd y sgwrs. 'Reit. Rŵan dwi isio stori Elwyn Griffiths.'

28 Gorffennaf 2017

Eirlys

'Codwch law ar Dad!' Ufuddhaodd yr efeilliaid i'r gorchymyn, a chwifio'u dwylo'n frwd ar eu tad. Chwythodd Cai res o swsys ffyrnig arno hefyd, ond roedd Celt eisoes wedi dringo ar y beic bach coch yn y cyntedd. Diolchais yn ddistaw bach ei bod yn ddiwrnod braf ac na fyddwn yn gaeth i'r tŷ drwy'r dydd efo'r ddau fach. 'Dewch, hogia! Gawn ni frecwast, ac wedyn mi awn ni am dro i'r parc a rownd y llyn. Dach chi isio rhoi crystiau i'r hwyaid heddiw?'

Llwyddais i fwydo'r ddau, ac ar ôl rhwbio eli haul ar bob modfedd o groen noeth, cael y ddau i'r bygi dwbwl a llwyddo i gau'r gwregysau amdanyn nhw, mi gychwynnon ni o'r tŷ.

'Mornin' Eye-liss,' gwaeddodd Johnny Johnson wrth osod ei lysiau ar stondin y tu allan i'w siop gig. Pam goblyn na allai Saeson ynganu fy enw? Bu Johnny'n byw yn Dre ers dros ddeugain mlynedd ond doedd ganddo ddim gair o Gymraeg. 'Double trouble with you again today?'

Gwenais yn flinedig arno. Bu'r tri ohonon ni'n canu 'clap, clap, un, dau, tri,' wrth gerdded heibio Ffordd y Gors a'i rhesaid tai brics coch, a phan o'n i'n sicr ei bod yn ddiogel, gollyngais yr hogia allan o'r goets. Mi gawson nhw siglo a llithro a rhedeg a gwlychu welingtons a sgathru pengliniau yn y parc bach ar ben y rhes, a chyn hir taflodd y ddau eu hunain yn ôl i seddau'r pram wedi llwyr ymlâdd.

Wedi i mi roi potelaid o ddŵr bob un iddyn nhw gwthiais y cerbyd ymlaen rownd y tro tuag at Llyn Cam oedd, ers talwm, yn hen dwll chwarel go hyll.

'Chwadods!' cyhoeddodd Celt.

'Cwac!' ategodd Cai.

'Fyddwn ni ddim yn hir rŵan, hogia.'

Fy nhrefn arferol oedd cerdded ddwy waith o gwmpas y llyn, a oedd bellach yn warchodfa natur fach ddel. Cyn cyrraedd pen y daith byddai'r hogiau'n cysgu'n sownd, wedi eu suo gan yr awyr iach a swae'r goets ar lyfnder y llwybr tarmac. Dyna pryd y cawn innau eistedd ar y fainc oedd â phlac pres arni er cof am 'Derek and Eileen Bembridge who loved this place', a thollti paned o'm fflasg. Pleser pur oedd cael rhyw ddeng munud i wylio hwyaid, ieir dŵr, cotieir prysur a, gyda lwc, y gwyach mawr a'i chywion a nythodd am y tro cyntaf eleni yn yr hesg ar ymyl y llyn. Weithiau, cawn gip ar fy hen athro, Elwyn Griffiths, yn stwna yn ei ardd fechan. Mae o'n byw yn un o'r rhesaid byngalos a godwyd ar gyfer pensiynwyr rhyw bum medr ar hugain oddi wrth lan y llyn, efo clwt o ardd braf o flaen pob tŷ. Druan ohono. Doedd dim golwg fod ganddo na gwraig nac wyrion, a welais i erioed unrhyw ffrind yn galw yno. Y tro cyntaf y gwelais i o, do'n i ddim yn siŵr iawn ohono gan ei fod yn ei gwman yn chwynnu, a chap stabal o frethyn hen ffasiwn ar ei ben. Mi welais i o wedyn yn dod i 'nghwfwr efo basged siopa ar ei fraich; doedd o ddim yn gwisgo'r cap bryd hynny ac mi ges i well golwg arno fo. Ia, yn sicr, fy hen athro oedd o – er nad oedd llawer o'r gwallt tonnog ar ôl roedd ei osgo yn union yr un fath, er gwaetha'r ffaith fod ei gamau'n llai hyderus bellach. Mae'n siŵr ei fod yn tynnu am ei bedwar ugain erbyn hyn.

Meddyliais am yr athro ifanc brwdfrydig a luchiai ei siaced ar y cae amser cinio er mwyn ymuno â gêm bêldroed ddyddiol yr hogiau. Roedd crychau bellach yn criscroesi'i wyneb golygus fel tasa fo wedi crino fel hen frigyn.

'Bore da, Mr Griffiths,' mentrais pan ddaeth yn nes ata i y diwrnod hwnnw.

'Bore da. Ydw i'n eich nabod chi? Chi sy'n gweithio yn y siop cemist ar y stryd fawr, 'mach i?'

'Nage, Mr Griffiths. Eirlys Lloyd, ers talwm. Ro'n i yn yr un dosbarth â Megan Jones a Heulwen Ann a Peter Edwards a ...'

'Wel ie siŵr. Merch y gweinidog, yntê? Briodoch chi'r hogyn Cemlyn 'na, mab y ffariar. Gorfod priodi, os dwi'n cofio'n iawn.' Pwysleisiodd y 'gorfod' braidd yn rhy drwm, sylwais. 'Rhain ydi'ch plant chi?'

'Bobol bach, nage! Fi ydi eu nain nhw! Mae 'na flynyddoedd maith ers i mi gael babi, Mr Griffiths!'

'Be sy haru fi 'dwch? Yr hen gof ddim fel y buo fo, w'chi.' Ac ymaith â fo i gerdded y chwarter milltir tua'r dref yn ara deg bach.

Bu i mi ddod wyneb yn wyneb â fo sawl gwaith ar ôl y diwrnod hwnnw, ac er ei fod o'n ddigon cwrtais doedd dim sgwrs o unrhyw werth i'w chael ganddo. Edrychais o 'nghwmpas, ond doedd dim golwg ohono heddiw er bod ei ddrws ffrynt yn gilagored. Yn garddio rownd y cefn, mac'n debyg. Roedd Mr Griffiths yn f'atgoffa fi o 'nhad, sy'n syllu'n ddi-ddallt arna i bob tro y bydda i'n ddigon dewr i ymweld â fo yn y cartref nyrsio. Yn ddieithriad, mae'n gwisgo'i grys a'i goler gron o dan ei hoff hen gardigan dyllog, a diolchaf yn feunyddiol nad ydi o'n cofio bod Mam wedi marw. Diolchaf fwy byth na fu Mam fyw yn ddigon hir i weld y gwacter yn ei lygaid o. Tydi o ddim yn medru siarad chwaith bellach, heblaw am ambell reg. 'Ffwcia hi o'ma'r gotsan annifyr!' Dyna waeddodd o arna i y tro diwetha i mi gamu i'w stafell, ac anelodd glustan flêr i 'nghyfeiriad. Anghofiodd o erioed am bechod ei blentyn hynaf, felly. Eironi henaint.

Gosodais fy fflasg ar fy mainc arferol a syllu'n gariadus ar y ddau wyneb unwedd a swatiai'n gysglyd yn y goets ddwbl. Roedd blas picnic-ers-talwm ar y baned, ac wrth gymryd fy nghegaid gyntaf cefais gip ar y gwyach mawr, ei phen copog yn bigau main yn erbyn düwch y dŵr. Ble oedd ei chywion, tybed? Estynnais fy ngwddw i graffu drwy'r hesg a gweld rhywbeth yn arnofio ar y llyn. Codais ar fy nhraed i fedru gweld yn well. Cap stabal oedd o, fel un Elwyn Griffiths. Mae'n rhaid bod chwa o wynt go hegar wedi ei chwythu i'r dŵr. Ond bu'r dyddiau diwethaf yn esiampl perffaith o haf hen ffasiwn, heb chwa o wynt i amharu ar y gwres. Rhyfedd. Teflais gip draw at dŷ'r hen athro, gan feddwl picio draw ar y ffordd adref i ddweud wrtho bod ei gap yn y llyn. Roedd ei ddrws ffrynt yn dal yn agored.

Penderfynais geisio ei bysgota o'r dŵr, gan chwilio ar lan y llyn am ffon i'w defnyddio i lusgo'r cap i'r lan. Wrth blygu tua'r dŵr i afael mewn brigyn solet yr olwg, cyffyrddodd fy llaw â rhywbeth dieithr, meddal. Wrth i mi dynnu yn y brigyn, gwelais symudiad yn y dŵr tywyll, fel taswn i wedi styrbio rhywbeth o dan yr wyneb. Yn sydyn, ymddangosodd rhywbeth mawr, du o'r dyfnderoedd. Corff! Disgynnais ar fy mhen ôl i'r brwyn. Ia, corff yn wynebu am i lawr, wedi'i wisgo mewn siwmper neu siaced ddu ... a throwsus melfaréd, fel yr un y bydd Elwyn Griffiths yn ei wisgo. Er gwaetha'r ffaith 'mod i'n teimlo fel cyfogi, edrychais ar y corff drachefn. Roedd gwallt tenau yn nofio'n llinynnau ar wyneb y dŵr. O'r Arglwydd Mawr! Llifodd braw drwydda i wrth sylweddoli mai Mr Griffiths oedd o. Ymbalfalais yn orffwyll am fy ffôn, gan weddïo'n daer y byddai'r efeilliaid yn cysgu am sbel eto.

17 Awst 2017

Megan

'Be ar y ddaear wnaeth y gryduras wedyn?' Mae'n rhaid bod Pam wedi sylwi 'mod i'n crynu gan oerfel erbyn hyn. Rhoddodd ei llaw ar fy mraich.

'Ty'd. Mi orffennwn ni'r diodydd 'ma yn y lolfa.' Roeddan ni wedi bod allan am oriau, a bron na allwn i deimlo'r gwlith yn glanio'n ddiferion ysgafn ar ein plancedi. 'Mi ffoniodd hi Berwyn.'

'Ei mab? O, wrth gwrs, ro'n i 'di anghofio ei fod o'n dditectif bellach.'

'Ond fel y gelli di ddychmygu, mi ddychrynodd y creadur yn ofnadwy, gan feddwl bod rwbath wedi digwydd i un o'r plant – roedd Eirlys druan yn sgrechian yn gwbwl ddisynnwyr i lawr y ffôn arno, ti'n gweld. Mi ddeudodd Berwyn wrthi am aros lle roedd hi tan iddo fo gyrraedd, ac roedd hi mewn stad ofnadwy erbyn hynny, bechod. Mi lwyddodd Cemlyn i gyrraedd cyn yr heddlu, ac mi ga'th o goblyn o job yn trio cysuro Eirlys a'r twins, oedd wedi cael eu deffro efo'r holl styrbans. Wedyn mi ddaeth y cafalri – yn seirens a cheir a faniau a phlismyn a phobol fforensics.'

''Swn i'n meddwl y bysa darganfod corff yn cael effaith ar rywun am byth!' Cerddodd ias annifyr i lawr fy nghefn. 'Ych a fi.' Estynnais am fy ngwydr brandi gan feddwl eto fyth am ysgrifenyddes Dafydd, druan, yn cyffwrdd yn ei fraich lonydd i geisio'n ofer i'w ddeffro. Ond roedd Pam yn dal i adrodd ei stori'n awchus.

'Wel, beth bynnag i ti, doeddan nhw ddim yn meddwl 'i fod o wedi bod yn y dŵr yn hir iawn gan fod y corff mor agos at yr wyneb, ac yn arnofio ar ei fol. Eu barn nhw i ddechrau oedd iddo wneud i ffwrdd â fo'i hun. Wyddost ti – dyn mewn oed, unig, heb deulu a ballu. Ond roedd y post-mortem yn dangos iddo gael ei drywanu efo cyllell yn ei galon cyn cael ei wthio i'r llyn, yn y gobaith y byddai'n suddo. Ond yn ôl Berwyn, mi gafodd y llofrudd ail. Mi biciais draw efo bwnsiad o flodau i Eirlys wedi'r sioc gafodd hi, ac mi ailadroddodd hi'r hyn ddwedodd ei mab wrthi.'

'Sef?'

'Sef na all corff marw ddim boddi gan ei fod o ...'

'... wedi marw'n barod.' Gorffennais y frawddeg ar ei rhan.

'Yn hollol. Doedd yr ysgyfaint ddim yn llenwi efo dŵr a pheri i'r corff suddo o'r golwg.'

'Felly, rhyw hanner arnofio wnaeth yr hen Elwyn Griffiths yng nghanol yr hesg, nes i Eirlys druan weld ei gap o wrth chwilio am nyth y blincin gwyach.' Ceisiais swnio'n ddi-hid.

'Creadur bach. Do'dd o'm yn haeddu hynny, nagoedd?' holodd Pam.

'Leciais i erioed mohono fo.' Daeth fy llais o ddyfnderoedd fy nghorff yn rhywle. Cydiais yn dynnach yn y gwpan goffi ac estyn yn ddifeddwl am baced sigaréts Pam. Cynigiodd hithau dân i mi.

'Naddo. Wnest ti ddim. Dwi'n cofio hynny. O'n i'n ei weld o'n hen foi iawn, 'sti. Yn chwip o athro ac yn hwyliog bob amser. Ti'n cofio sut y bydda fo'n chwarae pêl efo'r hogia amsar cinio?'

'A bod yn onest, sgin i fawr o gof ohono fo. O'n i jyst ddim yn 'i hoffi o. Braidd yn crîpi o'n i'n 'i gael o bob amser.' Troellais waddod y gwirod rownd a rownd nes bod y crisial yn fflachio'n ddeiamwntiau rhwng fy mysedd, a chwythais raeadr o fwg tuag ato nes pylu'r disgleirdeb. Taniodd Pam sigarét hir arall.

'Pan fydd Nic i ffwrdd, mi ga i amball smôc slei yn y tŷ.' Winciodd arna i. 'Roedd Elwyn Griffiths yn byw mewn digs yn ymyl dy dŷ di ers talwm, doedd?'

'Fuo fo ddim yno'n hir cyn symud i ysgol arall – un ddigon pell o Dre. Diolch byth.'

Edrychodd Pam arna i'n chwilfrydig.

'Oes 'na rywbeth nad wyt ti'n 'i ddeud wrtha i, Megs?'

'Dwi am fynd i 'ngwely, dwi'n meddwl ... os nad oes ots gin ti. Diolch am noson fendigedig, ond dwi 'di blino gormod heno i godi chwaneg o hen grachod.' Cofleidiais Pam yn gynnes. 'Nos da, Pamela-Wynne.'

'Nos da, Megan. Gliriwn ni'r llestri 'ma'n y bora.'

18 Awst 2017

Gwawriodd diwrnod y cynhebrwng a'r aduniad yn heulog braf, ac wrth i Megan dywallt coffi iddi ei hun yng nghegin eang Pam, cafodd ei hun yn adrodd llinell o soned Iorwerth Peate wrth wrando ar dipian rheolaidd y cloc wyth niwrnod a safai'n anghydnaws hynafol ynghanol cyfarpar modern y stafell. 'Araf y tipia'r cloc yr oriau meithion ...' Methodd gofio'r gweddill, gan felltithio'i hoed a'r bylchau achlysurol a ddaethai i'r amlwg yn ei chof. 'Chwe deg tri, ac yn mynd yn anghofus yn barod,' mwmialodd, gan dewi pan glywodd sŵn sandalau Pam yn llusgo dros y llawr teils.

'Wyt ti'n cofio pa linell sy'n dŵad nesa yn y soned 'ma ddysgodd yr hen Elwyn Griffiths i ni yn Safon Pedwar ers talwm?' Adroddodd y llinell gyntaf eto.

'Meg bach. Ti'n rhy garedig o'r hanner efo fi, yn tybio bod gen i obaith o gofio'r fath beth! Mi wyddost ti nad oes gen i hynna,' meddai, gan glecio'i bysedd, 'o ddiddordeb mewn unrhyw fath o farddoniaeth. Ond mae gen ti, ar y llaw arall,' pwyntiodd gyllell fara i'w chyfeiriad, 'ddiddordeb. Ac yn fwy na hynny,' rhoddodd bwniad arall i'r awyr â'r gyllell, 'gof fel eliffant. Hei. Ar drywydd arall, mae Heulwen Ann newydd fod ar y ffôn.'

'Nan wyt ti'n feddwl? Well i ti beidio'i galw hi'n "Heulwen Ann" yn ei hwyneb!'

'Nan, Span! Diolcha mai dim ond un enw gest ti, Megan. Mae'r Pamela-Wynne 'ma wedi achosi sawl cur pen dros y blynyddoedd. Rhyw hen orchest ydi rhoi dau enw ar blentyn: rhyw Rhiwallon Mathonwy a Lleufer Gwawr a ballu.'

'Be oedd Nan isio? Nid trafod enwau plant, debyg? Braidd yn hwyr iddi feddwl am betha felly rŵan, yn tydi?' Chwarddodd Megan wrth daenu mêl cartref o gychod gwenyn Green Meadows ar ei thost.

'Mi fyddwn ni'n dair yn seiadu o gylch yr hwyrol baned neu'r hwyrol win heno.'

Ffug-foesymgrymodd Megan. 'Mynegiant llenyddol iawn. Gad i mi wybod pan gei di wahoddiad i ymuno â'r Orsedd. Mi ro i ddigon o syniada am enwa barddol i ti! 'Pamela-Wynne o'r Dolau' – dyna un da!'

Tynnodd Pam ei thafod a gwneud arwydd plentynnaidd iawn â dau o'i bysedd ar Megan, cyn dweud rhwng cegeidiau o dost y byddai Nan yn aros efo nhw y noson honno ar ôl yr aduniad. 'Ond cyn ymuno efo ni mae hi am alw yn Llys Afallen i weld Gareth.'

'Dyna lle aeth y creadur i fyw wedi i'w rhieni nhw farw felly?'

'Ia. Welais i Nan ryw bum mlynedd yn ôl, pan oedd hi newydd fynd â fo yno. Efo'i rieni oedd o cyn hynny, ac ar ôl colli'i fam, roedd o efo'i dad mewn byngalo ar Fryn Rhosyn. Gan fod Nan a'r boi 'na sgynni hi ... Jake?'

'Nage. Karl,' cywirodd Meg hi. 'Jake oedd rhwng Ian a Greg.'

Rowliodd Pam ei llygaid yn edmygus cyn gorffen ei stori, '...yn byw yn yr Orkneys neu ryw ynysoedd rwla yn nhwll-tin-byd, fydd hi ddim yn cael cyfle i ddŵad ffor'ma i'w weld o'n aml, medda hi.'

Caeodd Meg ei cheg yn dynn rhag iddi leisio'i barn am hynny. 'Ydi hi'n iawn i mi gael cawod?' Golchodd ei chwpan a'i phlât cyn cychwyn am y grisiau metel troellog a arweiniai at ei llofft.

'Ydi siŵr. Ti'n gwbod ble mae'r llieiniau, dwyt? Gyda llaw, Megs:

Araf y tipia'r cloc yr oriau meithion
Distaw yw'r dröell wedi'r nyddu nawr,
Tawel yw'r baban dan ei gwrlid weithion
Nid oes a blygo dros y Beibil mawr.'

Chwarddodd Meg.

'Tydi hi'n rhyfedd na fedra i gofio lle wnes i adael fy sbectol lai na phum munud yn ôl ...' dechreuodd Pam. Torrodd Meg ar ei thraws.

'Echdoe, bu bron i mi gadw'r jwg llefrith yn fy handbag a rhoi fy ffôn yn y ffrij!'

Ychydig yn ddiweddarach, gorffennodd y ddwy y soned: un wrth ei hadrodd yn uchel dros ryferthwy'r gawod a'r llall dros y sinc yn ei chegin lle tipiai'r cloc.

* * *

'Drycha Cem! Sbia pwy sydd newydd ddŵad i mewn. Fan'cw, y tu ôl i'r piler 'na yn y seddi ochr.' Pwniodd Eirlys benelin ei gŵr. Dim ond rhyw ddau ddwsin oedd yn y capel hyd yn hyn ac roedd Eirlys wedi gweld wyneb cyfarwydd.

'Duw! Pete. Sut wyt ti boi, ers blynyddoedd?' sibrydodd Cemlyn ac estyn llaw gyfeillgar i Peter ar draws eil y capel.

Ysgydwyd dwylo'n frwd gydag addewid am 'ddal i fyny dros beintyn yn nes ymlaen'.

'Chwarae teg iddo fo, yntê 'Lys? Am ddŵad yr holl ffordd? Mi fydd yn ddifyr gweld pwy arall ddaw pnawn 'ma, yn bydd?' Ond roedd corff Eirlys fel petai â'i lond o gynrhon, yn gwingo a throi a sibrwd bob yn ail efo Cemlyn a golwg wedi hario ar ei hwyneb.

Y rhai nesaf i ddod i mewn oedd Megan a Pam, ac eisteddodd y ddwy yn y sedd o flaen Peter, heb sylwi ar na neb na dim o'u cwmpas. Plygodd y ddwy eu pennau'n ddefosiynol am ryw hanner munud, er mai copïo Megan roedd Pam gan na thywyllodd hi le o addoliad ers diwrnod ei phriodas â Nic yn eglwys y plwy. Wedi i'r ddwy godi eu pennau ac edrych o'u cwmpas, sylwodd Pam ar Eirlys ar draws yr eil o'u blaenau a phwniodd fraich Meg yn ysgafn. Cododd y tair ddwylo ar ei gilydd yn sidêt a gwenu drwy gegau bach parchus, fel oedd yn weddus i'r achlysur. Os sylwodd yr un o'r ddwy ar aflonyddwch Eirlys, soniodd neb am y peth. Teimlodd Megan law ar ei hysgwydd o'r tu cefn iddi, a throdd i syllu ar Peter, ei wyneb hawddgar yn grynach ac yn sbectolog erbyn hyn, ond ei wên yr un mor agored ac onest. Gwasgodd freichiau'r ddwy ffrind a wincio'n glên arnynt.

Ar hynny, daeth 'Largo' Handel i ben yn swta a chamodd y Parchedig Gwynedd Llwyd i'r pulpud. Lledodd ei freichiau fel Moses yn gorchymyn i'r Môr Coch ymagor o'i flaen, a chododd y gynulleidfa dila ar ei thraed i dderbyn gosgordd angladdol Elwyn Griffiths. Cariai Defi Dèth ei het silc o'i flaen fel coron eisteddfod, ac ar ei ôl daeth arch dderw Elwyn Griffiths ar elor arian olwynog, ac un dorch o rosod gwyn arni. Roedd dau o weithwyr Defi Dèth yn powlio'r arch, a phan ddaeth i stop o flaen y sêt fawr, llithrodd dwy hen wraig fain fel dwy wlithen lwyd i'r sedd flaen.

'Gawn ni gydweddïo,' llefarodd Gwyn, gan godi'i ben tua'r nefoedd. 'O Dduw ein Tad Nefol, myfi yw'r atgyfodiad a'r bywyd. Yr hwn sy'n credu ynof fi, er iddo farw, fe fydd byw; a phob un sy'n byw ac yn credu ynof fi, ni bydd marw byth. Amen.' Saib dramatig. 'Eisteddwch, gyfeillion.'

Lledodd llygaid Pam yn fawr, ac edrychodd draw ar Megan. Roedd Meg wedi sôn wrthi am y profiad swreal a gafodd yn y capel yng Nghaerdydd rai wythnosau ynghynt, ond roedd profi'r peth drosti'i hun yn fater gwahanol iawn. Roedd Megan wedi gwasgu ei gwefusau at ei gilydd rhag i wên, neu waeth, ddianc ohonynt. O ble y daeth y Gwyn dieithr hwn a edrychai'n union fel ei delwedd bore oes o Dduw, yn flewog ac urddasol? Yn sydyn, roedd y gynulleidfa ar ei thraed yn canu 'Hoff yw'r Iesu o blant bychain', a bu'n rhaid i Pam guro cefn Meg am iddi ddechrau pesychu yn ddigymell.

'Annwyl frodyr a chwiorydd yng Nghrhist, da gennyf weld cynifer ohonoch chi wedi ymgynnull yma heddiw i ffarwelio â chyfaill hoffus a fu mor bwysig i bob un ohonom yma.' Pwyntiodd Gwyn at aelodau unigol y gynulleidfa a cheisiodd Meg a Pam lithro i lawr yn eu seddi. Aeth ymlaen, 'Ga i ddiolch i chi o waelod calon ...' Drymiodd ei law dde ar ei frest chwith fel petai'n gwneud yr Haka, '... am ganu hoff emyn y diweddar Elwyn Griffiths mor swynol. Gwn fod hynny'n golygu llawer i'w ddwy chwaer, Ethel ac Enid, canys addysgu plant bychain a bod yn rhan o'u byd fu gwaith ei fywyd.' Gwenodd yn llydan fel ci mewn cartŵn.

'Dwn i'm os fedra i bara tan ddiwedd y gwasanaeth,' hisiodd Pam. 'Plis deud wrtha i mai yn Theatr y Grand yn gwylio'r Panto ydan ni. Ma' hwn fel Widow Twankey!'

Anwesodd Meg law Pam yn gysurlon. 'Yndi. Actor da 'di o, 'te?' cytunodd Meg yn slei. 'Weli di'r jwg bloda arian 'na? O hwnna y daw'r *genie* yn y munud! Arhoswn ni tan y diwedd ac wedyn awn ni'n syth i'r New Inn am ddiod neu ddau. Mi fyddwn ni eu hangen erbyn hynny.' Gwasgodd Pam law ei ffrind a chynnig hances bapur iddi sychu ei dagrau.

Cafwyd bywgraffiad a theyrnged i'r ymadawedig gan weinidog ei ddwy chwaer; hanes ei fagwraeth ar fferm ger Dinas Mawddwy, ei yrfa ddisglair yn ei ysgol uwchradd ac yn y Coleg Addysg a'i yrfa ddilychwin fel athro a phrifathro. Plant fu ei fywyd. Ond yma yn Dre y bu hapusaf, a dyma ble y dewisodd dreulio'i ymddeoliad cyn i'w enaid gael ei gipio ymaith yn annhymig gan ryw ddrwgweithredwr anhysbys. Gorffwysed mewn hedd. Amen.

Daeth ebwch fel rhywun yn mygu o gefn y capel, sŵn traed yn baglu tua'r drws, a hwnnw'n agor a chau'n dawel. Lediodd y gweinidog dieithr yr emyn olaf a llusgodd y gynulleidfa drwy 'Pan fwyf yn teimlo'n unig lawer awr' ar y dôn 'Ellers'. Syllodd Meg ar y ddwy chwaer wedi sigo dan eu galar, a dyheai am gael rhedeg allan fel y gallai i anadlu'n rhydd yn yr awyr iach a chwerthin ar antics 'Sant Gwyn'. Gwyddai mai rhagrith oedd ei phresenoldeb yn y capel. Doedd dim math o ots ganddi hi am angladd yr hen sglyfath – yn enwedig o gofio'r gyfrinach a rannodd Rhian â hi dros hanner can mlynedd yn ôl.

Gwahoddodd y Parchedig Gwynedd Llwyd y gynulleidfa i ymuno â'r teulu am baned a sgonsan yn y festri wedi'r gladdedigaeth breifat ym mynwent Dre, cyn rhoi terfyn ar y gwasanaeth.

'Ni ddaethom â dim i'r byd, a hynny am yr un rheswm na allwn fynd â dim allan ohono chwaith. Yr Arglwydd a roddodd, a'r Arglwydd a ddygodd ymaith. Bendigedig fyddo enw'r Arglwydd. Gras ein Harglwydd Iesu Grist a chariad Duw a chymdeithas ...' Dechreuodd Eirlys bacio'i thaflen yn ei bag a throi yn barod i gamu i'r eil ac anelu am allan. Pan ddaeth yr Amen, roedd hi fel milgi wedi'i ollwng o'r trap – aeth allan o flaen yr arch hyd yn oed. Baglodd Cemlyn druan ar ei hôl. Syllodd Meg a Pam yn angrhediniol ar ei gilydd. Ohonynt i gyd, heblaw am ei hobsesiwn byrhoedlog efo Deano 'the Duke' Delaney ers talwm, Eirlys fu'r gallaf ohonyn nhw. Bu'n rhaid iddi aeddfedu drwy ddod yn fam mor ifanc, ond roedd ei hymddygiad yn od iawn ym marn Pam a Meg, ac roedd hi'n amlwg bod Peter o'r un farn. Cododd yntau ei aeliau'n awgrymog wrth hebrwng y merched o'i flaen allan i'r haul.

'Sa'n well i ni fynd i gydymdeimlo, ma' siŵr. Wedyn gawn ni 'i heglu hi o'ma. Dewch. Awn ni efo'n gilydd.' Ac fel llun y bugail yn y llyfr *Palesteina: Gwlad yr Iesu* ers talwm, arweiniodd Pam ei phraidd o ddau i gyfeiriad Ethel ac Enid Griffiths.

Dyna pryd y gwelodd Megan gip ar Rhian yn stelcian rownd talcen y capel. Roedd hances wleb wedi'i lapio am ei llaw a dagrau duon masgara yn staenio'i bochau. Hi aeth allan o'r capel cyn i'r gwasanaeth orffen, mae'n rhaid. Chymrodd Megan ddim arni fod unrhyw beth o'i le.

'Haia, Rhian! Roeddan ni jyst yn dŵad i chwilio amdanat ti – yn doeddan, Pam?'

'Ym. Oeddan. Sut wyt ti ers achau, Rhian? Ty'd efo ni. 'Dan ni'n mynd i'r pỳb.'

'Be gymrwch chi, genod?' Chwifiodd Peter ei waled o flaen trwynau'r merched.

'Syrpreisia ni,' gorchmynnodd Pam, gan arwain Meg a Rhian at fwrdd yng ngardd braf y New Inn. 'O, diolch byth bod hynna drosodd.' Ciciodd ei hesgidiau sodlau uchel oddi am ei thraed, a thanio sigarét. Ochneidiodd yn foddhaus ac ymestynnodd ei choesau siapus ar hyd y fainc.

'Mi a' i i helpu Peter i gario'r gwydrau.' Bron na sgipiodd Megan tua'r bar.

Peter ydi'r boi i Megan, meddyliodd Pam, a dechreuodd longyfarch ei hun ar ei sgiliau paru wrth weld y ddau yn sgwrsio bymtheg yn y dwsin wrth gario potel o win gwyn oer mewn bwced o rew a phedwar gwydr disglair tua'r bwrdd.

Nan

Roedd Gareth yn eistedd o dan goeden afal ym mhen draw'r ardd pan gyrhaeddais y cartref, yn pwyso dros fwrdd bychan a'i dafod allan, yn canolbwyntio'n galed ar y gwaith lliwio o'i flaen. Mae'n rhyfedd – gan 'mod i ddeuddeng mlynedd yn hŷn na fo dwi erioed wedi meddwl amdano fel hen ŵr, ond mae o'n edrych fel un bellach er gwaetha'i feddwl plentyn. Doedd o erioed yn dal, ond erbyn hyn mae ei gorff pwt wedi crebachu a dim ond mymryn o flewiach gwyn, tenau sydd ar ei gorun moel. Ond wrth iddo sylwi arna i'n cerdded tuag ato, gwelais gip ar yr hogyn bach llawen ro'n i mor ofalus ohono ers talwm.

'Helô, Heulsi! Sbia, dwi'n gwneud llun i ti.'

Rhwygodd dudalen o'i lyfr lliwio *Star Wars* a rhoi llun o Yoda yn fy llaw, wedi ei liwio'n binc a phorffor. Roedd creonau lliwgar blith draphlith dros wyneb y bwrdd, yn union fel y bydden nhw pan oedd Gareth yn chwech oed, a llifodd euogrwydd drosta i am gadw mor ddiarth. Cododd, gan afael yn fy llaw.

'Ty'd i weld lle dwi'n cysgu. Gwely bach ydi o, 'sti. Dwi'm yn meddwl bod 'na ddigon o le i chdi hefyd. Sori, Heulsi.'

Fel bob tro arall, rhyfeddais at ei allu i anghofio na fûm yn ei weld o ers blwyddyn a mwy, gan siarad efo fi fel petawn i yma ddoe ddwytha. Dechreuodd y dagrau poeth bigo pan sylwais fod ei sgwrs wedi mynd yn fwy aneglur, ac yntau'n sylwi dim ar y dirywiad yn ei leferydd.

Fu pethau erioed yr un fath ar ôl i mi adael Dre a 'nheulu. Ro'n i wedi digio efo pawb a phob dim pan fu Brandon farw; pan gollais i Brandon. O edrych yn ôl, ro'n i'n gwybod nad oedd dyfodol i'r berthynas – serch ynfyd dros dro oedd o, a dim ond tegan i'w gysuro fo oeddwn i, a fynta mewn cawlach teuluol. Ond eto, mi frifais Mam a Dad, a Gareth; mi gosbais i nhw a hwythau ond yn trio 'ngharu i. Taswn i'n onest, euogrwydd sy'n fy nghadw i rhag dod 'nôl i Dre mor aml ag y dylwn i. Am hir iawn, roedd ynysoedd Orkney yn ddigon pell i ddileu'r euogrwydd hwnnw, ond erbyn hyn, wrth i mi wylio fy mrawd bach yn wên o glust i glust, dwi'm yn meddwl y bysa byw yn Awstralia hyd yn oed yn lleddfu 'nghydwybod.

'Ty'd. Am dro yn y car. Eis crîm wedyn. Un pinc ac un brown mewn cornet mawr?' Gwthiodd ei law fach feddal i f'un i, ei lygaid yn sgleinio drwy ei sbectol gam gyda'i gwydrau gwaelod pot jam. 'I weld Mam a Dad gynta, ia?'

'Ond Gareth, ma' Mam a Dad ...'

'Prynu bloda a'u rhoi nhw yn y bocs. Bocs a bocs a bocs yn y cae mawr?'

Gwnaeth siâp bedd efo'i fysedd tew, gan egluro'r sefyllfa i mi fel taswn i'n dwp. Ond ro'n i'n dallt yn iawn.

'Mynd i'r fynwent ti'n feddwl, ia?'

'Ia, Heulsi. I wynwant. Wedyn mynd i'r siop i weld Brandon, ia?'

Yr Aduniad

Datblygodd y seiat yn hamddenol braf yng ngardd y New Inn, ac ymhen sbel ymunodd Cemlyn ac Eirlys â'r pedwarawd gwreiddiol. Cerddodd ymdeimlad annisgwyl o berthyn drwy Meg wrth edrych o'i chwmpas ar yr hen griw. Er bod traul y blynyddoedd i'w weld ar eu cyrff – ambell un yn fwy blonegog, gwallt wedi britho neu deneuo, ac edrychai Peter yn ddigon dieithr mewn sbectol – yr un oedd pawb yn ei hanfod. Roedd Rhian i'w gweld yn mwynhau ei hun, yn llowcio'i gwin yn dalpiau rhwng y chwerthin a'r rhannu atgofion diniwed. Sgwrsio, smocio ac yfed yn ddi-dor roedd Pam, a gofalodd Peter fod gan bawb ddiod neu nad oedd y gwres yn rhy danbaid ar eu cefnau drwy estyn am ambarelau haul o fyrddau cyfagos. Ymlaciodd Eirlys rywfaint wedi artaith gwasanaeth yr angladd, ond dim ond sudd oren roedd hi'n ei yfed oherwydd y feddyginiaeth roedd hi'n ei gymryd i sadio'i nerfau.

'Welais i erioed mohoni'n y fath stad,' cyfaddefodd Cemlyn wrth Peter pan oedd y ddau'n prynu rownd wrth y bar. 'Erbyn i mi gyrraedd Llyn Cam y bore hwnnw pan ffeindiodd hi gorff Elwyn Griffiths, roedd hi'n sgrechian fel banshi a golwg wyllt arni, fel tasa hi 'di bod yn trio tynnu'i gwallt o'i wreiddiau. Diolch i Dduw bod Berwyn wedi cyrraedd o 'mlaen i i ofalu am y plant. Ro'n i bron â rhoi slap iawn iddi i'w sobri hi fymryn!'

'Ydi hi'n well, 'ta?' holodd Peter. 'Faint sy 'na ers hynny – rhyw dair wythnos go lew?'

'Ia. Mae hi bron yn fis. Ac ydi, diolch i'r nefoedd, mae

hi'n well, diolch i'r tabledi a'r sesiynau cynghori. Mi gymrith amser, meddan nhw. Rhyw lun ar PTSD ydi o, yr un peth â mae milwyr yn ei gael ar ôl profiadau erchyll mewn rhyfeloedd. Ma' siŵr dy fod ti wedi clywed proses mor affwysol o araf ydi gwella o hwnnw. Mae hi'n aflonydd trwy'r amser, yn methu eistedd na chanolbwyntio. A'r hunllefau ganol nos ...'

Tawodd Cemlyn wrth i'r ddau gyrraedd gweddill y criw efo'r diodydd.

'Sôn roeddan ni, hogia, am y noson y cerddodd Gwyn i'r tonnau ers talwm.' Roedd Megan yn ceisio tynnu meddwl Eirlys oddi y profiad erchyll o weld corff Elwyn Griffiths yn codi fel swigen chwyddedig i wyneb Llyn Cam.

Deallodd Peter yn syth. 'Ei gyfnod seicadelig ti'n feddwl?' chwarddodd, 'pan oedd o'n rhygnu caneuon Leonard Cohen ar wastad ei gefn yn y môr ac yn gweld angylion erchyll!'

'Ia' torrodd Eirlys ar ei draws: 'a phan wnes i ffŵl go iawn ohona i fy hun efo cariad afiach Heulwen Ann.' Ochneidiodd pawb yn dawel. Cael Eirlys i chwerthin oedd y bwriad, nid codi hen grachod poenus.

'Pwy fysa'n meddwl y bysa Gwyn yn mynd yn bregethwr?' Ceisiodd Cemlyn hefyd newid y pwnc. 'Mi nath job iawn ohoni pnawn 'ma, chwara teg. Dwn i'm os ydi hi'n haws gweinyddu angladd rhywun dach chi ddim yn 'i nabod, neu rywun dach chi'n ei nabod yn dda? Be ti'n feddwl Meg?'

Doedd Megan ddim wedi bod yn gwrando ar Cemlyn. Bu'n gwylio Eirlys, oedd yn ei hatgoffa o botel o bop yn cael ei hysgwyd. Byddai'r caead yn siŵr o ffrwydro cyn hir, roedd Meg yn siŵr o hynny.

'Sgynnoch chi ddim syniad pa mor falch ydw i o weld heddiw drosodd!' Trodd pawb mewn syndod wrth i Rhian godi'i llais. Bu'n eistedd yn dawel ers rhai munudau yn anwesu ei gwydr gwin, a'r sgwrsio'n chwyrlïo o'i chwmpas, yn hollol groes i natur yr hen Rhian – y Rhian oedd yn trefnu pawb a phopeth ac yn dweud wrth bawb arall beth i'w wneud. Rhyw gysgod pŵl o honno oedd yn eistedd ym mhen draw'r bwrdd, a wyddai neb am ei gwewyr; am artaith y deryn bach tlws a oedd yn gaeth mewn cawell o'i gwneuthuriad ei hun.

Megan oedd yr unig un allai ddeall sut roedd hi'n teimlo wedi marwolaeth Elwyn Griffiths, myfyriodd Rhian. Hi oedd ur ynig un a wyddai, ar hyd yr holl amser, hyd nes y cyfaddefodd wrth Gwyn pan symudon nhw'u dau'n ôl i Dre ar ôl priodi – a dim ond mis oedd ers hynny. Roedd wedi bod yn llwybr araf a phoenus, ond dros y blynyddoedd llwyddodd i wthio'r profiad hwnnw i le tywyll ymhell yng nghefn ei meddwl. Pan ddeallodd, fodd bynnag, mai i Dre y daethai Elwyn Griffiths yntau i ymddeol, agorodd ei chalon i'w gŵr fel na allodd ei wneud gyda'r un dyn o'r blaen. Rhannodd ei phrofiad duaf fel nad oedd yr un gyfrinach rhyngddyn nhw ar ddechrau'u bywyd newydd mewn hen ardal. Ddywedodd Gwyn fawr ddim ar ôl iddi agor ei chalon, dim ond estyn ei freichiau i'w chysuro'n ddistaw a gadael i ddagrau ei wraig wlychu ei grys.

Cododd Rhian ar ei thraed a sgwario o flaen y criw cegrwth. 'Sgynnoch chi ddim syniad. Sgin yr un ohonoch chi fymryn o glem faint wnes i ddioddef dan law'r bastad budur 'na! Na dim amgyffred o pa mor ddi-werth dwi wedi teimlo ers ... ers pan o'n i'n ddeg oed!' Fflachiai ei llygaid wrth iddi ddal ei hun yn dynn, ei dyrnau'n agor ac yn cau a'i hanadl yn drwm. 'Mi ddwynodd y mochyn yna fy mhlentyndod i a'i daflu o'r neilltu fel tasa fo'n ddim.'

'Am pwy wyt ti'n sôn, Rhian?' gofynnodd Pam yn ddryslyd.

'Rwyt *ti*'n gwybod, yn dwyt?' Camodd Rhian at Megan a phlygu'n fygythiol drosti. Cydiodd Meg yn ysgafn ym mraich Rhian ond ysgydwodd Rhian hi ymaith yn flin. 'Mi gadwaist ti fy nghyfrinach, yn do? Chwara teg i ti.' Doedd y criw ddim yn siŵr os mai gwawdio roedd hi gan i wyneb Megan welwi, ond doedd Rhian ddim wedi gorffen. 'Dwi 'di medru stwffio'r atgof anghynnas i berfeddion eithaf fy meddwl dros y blynyddoedd, ond rŵan ma'r cythra'l 'di marw. O'r diwedd. Hw-rê!' Taflodd Rhian ei phen yn ôl a chwerthin fel ellyll. 'Ac mae'r cwbwl wedi codi i'r wyneb unwaith eto.' Roedd chwerwder nid yn unig yn ei geiriau ond yn ei llais ac yn y crychau ar ei hwyneb.

'Wyddost ti am be mae hi'n sôn, Meg?' sibrydodd Pam drwy gornel ei cheg. Nodiodd Meg a gwneud siâp ceg – Elwyn Griffiths. 'O, na! Wnaeth o rywbeth i Rhian? Ers talwm, pan oeddan ni'n yr ysgol? Dyna pam nad oeddet ti yn 'i lecio fo?' Nodiodd Meg ei hateb i bob un o gwestiynau Pam.

'Gobeithio y llosgith y diawl yng nghoelcerth boethaf uffern!' Roedd Rhian ar ei thraed a chynnwys ei gwydr gwin wedi'i dasgu dros ei gwisg, y gwydr ei hun yn troelli'n chwil ar y bwrdd.

Cyrhaeddodd Gwyn, wedi cwblhau ei ddyletswyddau angladdol, i glywed rhywfaint o druth torcalonnus ei wraig.

'Dyna ti, 'nghariad i. Fedar y mochyn anghynnes ddim dy frifo di byth eto.' Lapiodd ei freichiau am Rhian a'i gosod yn dyner i eistedd ar y fainc wrth ei ymyl. Wrth iddi dawelu, cymerodd gip o'i gwmpas a gweld wynebau ei ffrindau bore oes yn edrych arno'n gegrwth. 'Wel, wel. Cem ac Eirlys? A Pamela-Wynne. A Pete. Duwcs! Titha yma hefyd, Meg? Sut mae'r set rownderi'n plesio? Dim golwg o Heulwen Ann felly?'

'Peint, Gwyn? O, ydi gweinidogion yn yfed, dywad?' cellweiriodd Peter.

'Ew. Ia plis. Sw'n i'n medru llyncu peint ar ei dalcen. Mae claddu'n fusnas sychedig ... yr holl lwch 'na!' Chwarddodd pawb, o ryddhad yn fwy na dim, gan gynnwys Rhian, roedd Meg yn falch o weld. Ysgafnhaodd yr awyrgylch rywfaint ac ymlaciodd yr hen griw i fân sgwrsio eto.

'A dyma hi – darn ola'r jig-sô,' cyhoeddodd Cemlyn wrth weld Nan yn brasgamu ar draws y lawnt tuag atyn nhw. Roedd hi mewn côt wau amryliw o wlân garw a'i gwallt hir mewn *dreadlocks* brith, trwchus. 'Joseff a'i siaced fraith, myn uffar i!' tagodd Cemlyn ar ei beint.

'Darn ola pa jig-sô?' bytheiriodd Nan. Roedd tymestl ar dorri ar ei hwyneb. 'How are you all, you miserable devils? You all look like you've been to a funeral.' Chwifiodd un llaw'n ddi-hid i gyfeiriad pawb cyn sodro'i pheint lagyr ar ymyl y bwrdd gyda'r fath glec nes bod trochion yn gorlifo dros y gwydr a thros wyneb y bwrdd fel rhyw fini swnami. 'I'll talk to you all when I've had a word with him!' Pwniodd Gwyn yn ei fraich gyda'i bys main. Atgoffai'r weithred Megan o'r hen wrach yn gwthio bys esgyrnog drwy gawell Hansel a Gretel yn un o lyfrau ei hwyrion.

'Be 'di'r Saesneg mawr 'ma, Heulwen Ann?' holodd Pam.

'God! Don't tell me you're all still talking Welsh? In this day and age? I only ever speak Welsh to Gareth 'cos the poor bugger can't talk English. You're all so ... so parochial and inward-looking.'

'Meddai'r hogan sy'n byw ar ynys yng nghanol nunlla,' sibrydodd Meg wrth Pam.

'I heard that,' bytheiriodd Nan. 'A lle ti'n byw, Megan? Yng nghesail y moelydd unig, m'wn?'

'Dinas fawr ddrwg Caerdydd, a dweud y gwir,' chwarddodd Meg. 'Yn bell iawn o Gwm Pennant. Ty'd yn dy flaen, Nan, paid â bod mor annifyr. Cymraeg 'dan ni wedi'i siarad erioed. 'Dan ni yma i gyfarfod hen ffrindiau a mwynhau cwmni'n gilydd, nid i gecru.'

Crechwenodd Nan gan godi'i hysgwyddau'n smala, ond ffyrnigodd yn sydyn a chydio yn siaced Gwyn gan ei lusgo oddi ar y fainc nes ei fod yn mesur ei hyd ar y glaswellt. 'Gwylia'i siwt newydd o!' bloeddiodd Rhian. Cododd Gwyn ar ei draed yn drwsgwl gyda gwên ddryslyd ar ei wyneb. Roedd pawb yn meddwl mai chwarae oedd Nan a bod Gwyn yntau'n rhan o'r hwyl, ond fel yr aeth yr eiliadau rhagddynt, sylweddolodd y criw fesul un fod Nan o ddifri. Roedd yn rhygnu dan ei gwynt wrth dynnu Gwyn ar ei hôl i ben draw'r ardd gerfydd llawes ei siaced.

Dilynodd yntau fel ci bach, gan droi at y criw efo gwên ddoniol ar ei wyneb a chodi'i ysgwyddau fel tasa fo'n chwarae i gynulleidfa. Rhoddodd Nan ei dwylo ar ei ysgwyddau a'i wthio i lawr ar fainc yng ngwaelod yr ardd gwrw, a safodd uwch ei ben fel pry copyn yn barod i sglaffio gwyfyn pitw a ddaliwyd yn ei gwe. Cododd Meg a Peter ar eu traed fel un, a sefyll i wylio.

'Be mae hi isio efo fo? Pam 'i bod hi mor uffernol o flin? Na, Rhian!' Gafaelodd Peter yn ei braich. 'Aros di'n fama.' Gwenodd Rhian yn wan ac eisteddodd yn ôl i lawr. Sylwodd Pam fod Meg a Peter wedi llithro'n gwbwl naturiol i'r rhannau a chwaraeodd y ddau sawl gwaith yn y gorffennol, wrth achub Gwyn rhag ei dwpdra'i hun gan amlaf.

'Dwi isio i ti gyfadda!' poerodd Nan yn wyneb Gwyn. Roedd pob gair i'w glywed hyd yn oed o ben draw'r ardd gwrw gan fod tawelwch annifyr yng ngwres diwedd y pnawn.

'Cyfadda be, yn union?' Roedd ofn yn llais ffalseto Gwyn. Ceisiodd adfeddiannu'i hun a chododd ar ei draed. 'Cyfadda be?' Roedd ei eiriau bellach bron yn anghlywadwy.

Camodd Nan tuag at Gwyn. Culhaodd ei llygaid a saethodd ei braich fel gwaywffon i'w gyfeiriad.

'Cyfadda mai chdi laddodd Brandon.'

'O'r Arglwydd,' hisiodd Peter rhwng ei ddannedd.

Roedd Nan yn beichio crio ac wyneb Gwyn fel y galchen.

'Damwain oedd hi. Wir.'

'Does mo'r fath beth â damwain,' bloeddiodd Nan yn

ei wyneb. 'Dim ond blerwch! Ti'm yn cofio Elwyn Griffiths yn deud hynna pan ollyngodd Cemlyn botel inc ar lawr y dosbarth ers talwm? Ta waeth am hynny, y pnawn 'ma, mi es i a Gareth am dro, fel y byddwn ni'n gwneud ar ôl bod â blodau ar fedd Mam a Dad, ac wrth gerdded heibio'r hen gwt rhew yn y siop gig, dyma Gareth yn deud, "Brandon oer. Cyfrinach, medda Gwyn. Sicryt mawr, mawr. Brandon taro pen. Gwyn cau drws. Bang! Gwyn deud Ssshhht! Paid deud wrth *neb*. Byth! Gwyn dychryn Gareth. Wedyn ca'l reid ar sgŵtyr. Brwm, brwm!" Dyna ddeudodd o.'

Prin roedd neb yn anadlu wrth i Nan adrodd geiriau ei brawd bach.

'Roedd o wedi cynhyrfu'n llwyr wrth gofio am addewid wnaeth o i gadw dy gyfrinach di dros ddeugain mlynedd yn ôl. Sgin ti'm cwilydd, y mochyn dideimlad?' Closiodd Nan at Gwyn, cydio yn ei wallt a phoeri yn ei wyneb. Llifodd y poer yn un sglefr i lawr ei foch. 'Y Parchedig Gwynedd Llwyd, wir! Dwyt ti'm yn haeddu mwy o barch na baw ci dan wadan fy esgid.'

'Dyna ddigon, Nan.' Camodd Megan ymlaen atyn nhw. 'Ty'd yn dy flaen, Gwyn. Deud wrth bawb mai anwiredd ydi stori Nan, nad oedd gen ti ddim byd i'w wneud efo marwolaeth Brandon. Mae pawb yn gwybod mai damwain oedd hi.' Safodd Megan wrth ymyl Nan, ei braich am ei chorff crynedig.

'Gwyn? Ydi hyn yn wir? Ti gaeodd Brandon yn y cwt rhew?' Roedd llais Peter yn daer ond roedd cadernid ynddo na feiddiodd ei ddangos i Gwyn pan oedden nhw'n iau. 'Mi aethon ni heibio'r siop gig y bore y cafodd corff Brandon druan ei ddarganfod, ar y ffordd i bysgota – ti'n cofio? Pan oedd 'na dorf o bobol y tu allan. Roeddat titha yno hefyd, Meg.' Trodd ac amneidio arni. Nodiodd hithau. 'A cheir heddlu ac ambiwlans. Ti'n cofio'r bora hwnnw, yn dwyt Gwyn?' Ysgydwodd Gwyn ei ben y mymryn lleiaf. 'Ac os wyt ti, pam na wnest ti gyfadda bryd hynny?'

'Ia,' gwaeddodd Nan yn ei wyneb. 'Pam na ddudist ti be oeddat ti 'di wneud, y cachgi diegwyddor? Gweinidog yr efengyl wir! Gwas y diafol faswn i'n ddeud. Yn lle hynny, mi ddychrynaist ti Gareth druan a gadael i ni, oedd yn caru Brandon, feddwl mai damwain laddodd o.'

'Ond *fi* oedd yn dy garu di,' ymbiliodd Gwyn. 'Nid Brandon. O'dd gynno fo gariad yn barod. A phlentyn. Gwneud er ein lles *ni* wnes i.'

'Paid â thwyllo dy hun, y ffŵl dwl,' sgrechiodd Nan. 'Doedd 'na ddim *ni*! Ddim byth, tasat ti'r dyn dwytha yn y byd! O'n i'n dy gasáu di bryd hynny.' Nesaodd ato a sgyrnygu yn ei wyneb, 'ond dim hanner cymaint ag yr ydw i'n dy gasáu di heddiw. Y llofrudd!'

'Dyna oedd y peth gorau i'w wneud,' mwmialodd Gwyn, ei ben yn ei ddwylo.

'Y peth gorau i bwy, Gwyn?' holodd Meg. 'Y peth gorau i *ti*, er mwyn cuddio rhag y gwir – sef dy fod wedi cymryd bywyd hogyn diniwed?'

Trodd Nan ati. 'Wyt ti'n cofio, Meg? Gyrhaeddais i'r siop fel roeddan nhw'n powlio corff Brandon allan ar elor. Wyddoch chi i gyd lle ro'n i 'di bod?'

'Dwi'n cofio,' mentrodd Meg. 'Roeddat ti 'di bod yn Lerpwl, yn aros efo Ruthie Good.'

'Hy! Dyna faint wyt *ti*'n wybod am ddim byd, Miss Perffaith!' Roedd gwenwyn yn diferu o geg Nan gyda phob sill. 'Do, mi arhosais i efo Ruthie, ar ôl i mi fod mewn clinig preifat yn erthylu babi Brandon.'

Bu tawelwch annifyr am rai eiliadau.

'Gêm o'dd hi ... i ddechra,' meddai Gwyn yn dawel. 'Ro'n i'n pasio'r siop ac roedd Brandon yn clirio'r llysiau a'r silffoedd y tu allan i'r siop, a Gareth yn ei helpu. Roedd o wrth 'i fodd yn gwneud hynny, yn doedd, ar ôl dod adra o'r ysgol. Ro'n i'n lecio sgwrsio efo fo.'

'Tynnu arno fo, ti'n feddwl!' bytheiriodd Nan, 'Gwneud hwyl am 'i ben o am 'i fod o'n wahanol.'

'Naci, wir yr. Roedd Gareth a fi'n dipyn o fêts.' Ymbiliodd Gwyn ar i Nan ei gredu.

'Nan.' Camodd Peter i'r sgwrs. 'Welais i erioed mo Gwyn yn gas efo Gareth – ac mae o'n deud y gwir. Mi fyddai Gwyn yn stopio am sgwrs efo fo os oedd o tu allan i'r siop pan fydden ni'n pasio.'

'Paid â thrio'i amddiffyn o, Peter! O'r diwedd, wedi'r holl flynyddoedd, mi ddigwyddodd rwbath pnawn 'ma i brocio cof Gareth ac i'w atgoffa fo am ddigwyddiad dros ddeugain mlynedd yn ôl. Mi dywalltodd y stori allan yn un cawdel ganddo fo. Stori na chlywais i erioed mohoni o'r blaen: stori am sut y caeodd Gwyn y drws ar Brandon druan a'i adael i rewi i farwolaeth wedi iddo lithro a tharo'i ben.'

'Wel, Gwyn? Ai dyna be ddigwyddodd?' gofynnodd Peter yn gadarn. 'Oedd Gareth yn deud y gwir?' Nodiodd Gwyn yn benisel. 'Oes 'na rwbath arall wyt ti am ei ddeud wrthon ni?'

'Dwi'm yn mynd i wastraffu mwy o amser efo'r siarad gwag 'ma, meddai Nan. 'Mae'n amser i'r heddlu gael gwbod am hyn. Mae Brandon yn haeddu cyfiawnder, hyd yn oed wedi'r holl flynyddoedd.' Gwnaeth Nan sioe o dynnu ei ffôn symudol o'i phoced.

Roedd Gwyn bron â chrio. 'Fel o'n i'n deud, gêm oedd hi. Fi osododd her i Brandon i aros mor hir ag y gallai yn y cwt rhew. A wir yr, do'n i'm 'di bwriadu ei frifo fo, ond pan lithrodd o a hollti'i ben ar fachyn cig, mi ddychrynais i, cau'r drws yn glep a dengid, yn hytrach na rhedeg i'r siop i ddweud wrth dy dad. Ond dyna pryd y syrthiodd popeth i'w le. Heb Brandon, mi fyddet ti, Nan, yn siŵr o ddod yn gariad i mi.'

Roedd y criw wrth y bwrdd pellaf wedi ymuno â nhw mewn pryd i glywed cyfaddefiad Gwyn, a safodd pawb o'i gwmpas, fel brain o gylch ysglyfaeth oedd ar drengi.

'Ond dwi'n deud wrthach chi rŵan,' ychwanegodd Gwyn gan ysgwyd ei fys ar y criw fesul un, 'chaiff yr heddlu mo'u bachau arna i wedi'r holl flynyddoedd!' Trodd tua'r gwrych a nodai ffin yr ardd gwrw.

'Hei! Lle ti'n meddwl ti'n mynd?' Cythrodd Peter am Gwyn a llwyddo i gydio yn llawes ei siaced, ond llithrodd Gwyn ei ddwy fraich o'r llewys a diflannodd drwy'r llwyni i'r brwgaits a'r llethr y tu hwnt. Safai Peter a golwg hurt ar ei wyneb gyda siaced Gwyn yn ei law. Roedd Rhian yn ei chwman ar y llawr, yn torri'i chalon.

* * *

'Eith y diawl gwirion ddim yn bell. Sgynno fo mo'r stumog. Hen sinach llwfr fuo fo erioed.' Llyncodd Nan weddill ei pheint a martsio efo'i gwydr gwag at y bar heb gynnig diod i neb arall.

'Ddaw o'n ôl yn y munud, 'sti Rhian. Ty'd. Mi awn i â chdi adra i aros amdano fo,' cynigiodd Cemlyn. 'Dan ni am fynd rŵan p'run bynnag. Mae Eirlys angen paned fach a gorffwys.' Nodiodd Rhian yn ddiolchgar, ac ar ôl gwenu ar y lleill, cododd i fynd efo Cemlyn ac Eirlys.

Roedd yr aduniad hirddisgwyliedig wedi mynd i'r gwellt, a phawb wedi'u siglo gan gyhuddiad Nan a chyfaddefiad Gwyn. Eisteddai Meg, Peter a Pam o flaen eu gwydrau gwag, yn ceisio gwneud rhyw fath o synnwyr o'r cyfan. Doedd dim golwg o Nan yn yr ardd nac wrth y bar er bod ei pheint llawn yn sefyll ar fwrdd ger y drws pan aeth Peter at y bar i chwilio amdani.

'Mi a'th eich ffrind ar frys i rwla,' oedd ateb y barman pan ofynnodd Peter amdani.

'Dewch 'ta. Dowch acw am damaid bach i'w fwyta,' cynigiodd Pam gan wisgo'i hesgidiau. 'At yr heddlu a'th hi, debyg.'

'Mi yrra i – dim ond peint dwi 'di gael. Gei di ddod i nôl dy gar fory, Pam.'

Arweiniodd Peter y ddwy at ei Audi ac i ffwrdd â nhw i Green Meadows heb i 'run o'r merched hyd yn oed grybwyll pa mor grand a chysurus oedd y car.

'Lle ddiawl a'th Gwyn?' myfyriodd Pete.

'Paid â phoeni gormod. Mae o'n ddigon hen a hyll i ofalu amdano'i hun,' cysurodd Meg ef.

Aeth y tri yn syth allan i eistedd wrth fwrdd gardd Pam efo potel oer o win. Pan oedd eu gwydrau'n llawn, dechreuodd y post-mortem.

'Digon od o'n i'n gweld Gwyn a Rhian efo'i gilydd pnawn 'ma,' datganodd Pam, 'y ddau ohonyn nhw fel tasan nhw'n chwarae rôl yn hytrach na bod yn nhw'u hunain.'

'Mi ddudis i wrthat ti neithiwr, yn do, Pam, na fedrwn i aros i ddengid oddi wrth y ddau ohonyn nhw yng Nghaerdydd?' ychwanegodd Megan. 'Roeddan nhw'n codi croen gŵydd arna i.' Aeth cryndod drwyddi gyda'r atgof er gwaetha gwres diwedd y pnawn.

'Rhyfedd ar y naw,' cytunodd Peter. 'Fyswn i byth bythoedd wedi dychymgu'r ddau yna'n gariadon, heb sôn am fod yn ŵr a gwraig. Dach chi'n cofio fel yr oedd y ddau yn casáu ei gilydd ers talwm?'

'Gwyn druan. Mi fu Rhian yn rêl hen ast efo fo reit drwy'r ysgol. Yn tynnu arno fo am mai gwraig weddw oedd ei fam.'

O'dd gan Mam biti drosto fo bob amsar,' cofiodd Peter. ' "Gwyn bach," fyddai hi'n ddeud, "dydi o byth yn gweld ei fam – ma' hi allan yn gweithio bob awr o'r dydd yn gwneud ei gorau i ennill digon o arian i fyw arno fo, a'r hogyn yn crwydro'r strydoedd gyda'r nosau yn gwneud drygau." '

Torrodd Meg ar ei draws. 'Roedd gan Olwen job mewn swyddfa yn ogystal â llnau sawl tŷ, ac roedd hi'n gweithio yn y pictiwrs. Druan ohoni, roedd hi wastad yn edrych mor drist. Coblyn o beth ydi colli gŵr mor ifanc. Dwi'n cofio Mam yn falch pan gafodd hi gariad – mi soniodd Olwen wrthi yng nghyfarfod y Chwiorydd ryw bnawn na fysa hi'n medru aros i helpu yn y Band of Hôp gan fod ganddi hi ddêt. Roedd o am fynd â hi allan am bryd o fwyd go swanc, medda hi. Roedd Mam mor hapus drosti, ond pharodd hynny ddim yn hir, naddo, oherwydd mi laddwyd Tony, ei chariad. Dach chi'n cofio – yn y pictiwrs? Roedd hwnnw'n adeg anodd iawn i tithau hefyd, doedd, Pam?'

Nodiodd Pam â'i llygaid yn llawn dagrau. 'Mae o mor bell yn ôl erbyn hyn. Sefyllfa gymhleth iawn a finna mor ifanc a byrbwyll, ond yn meddwl 'mod i'n gwybod y cwbwl.'

'Roedd Gwyn a finna'n ffrindia ers i ni ddechra'r ysgol,' meddai Peter wrth estyn am ddyrnaid o greision, i newid y pwnc. 'Mi fydda Mam yn mynd â ni adra o'r ysgol yn y car weithiau, ac ambell dro roedd o'n aros i gael te efo ni pan oedd Olwen yn gweithio'n hwyr. Petha ail law oedd ei holl deganau a'i ddillad o i gyd, ond mi wnaeth hi ei gorau drosto fo bob amser.' Ochneidiodd.

'Roedd 'na rwbath digon brwnt am Rhian, yn doedd, er ei bod hi mor dlws? Mi fyddai hi'n fy atgoffa o ddoli tsieina,' cofiodd Meg, 'yn dlws ond yn galed.'

'Ond mi oeddet ti'n achub ei cham hi bob amser, Meg,' meddai Pam. 'Yn enwedig yn Safon Tri. Pam hynny?' O weld wyneb Meg yn newid, pwysodd Pam ymhellach. 'Mi wyt ti'n gwbod, yn dwyt?'

Llyncodd Megan gegaid o win yn galed cyn ateb.

'Mi ddeudodd Rhian wrtha i fod Elwyn Griffiths wedi rhoi ei law yn frwnt dan ei dillad isa hi, a deud ei fod o am ddangos iddi hi be oedd cariadon go iawn yn ei wneud.' Plygodd ei phen, ei hanadl yn drwm. 'Mi siarsiodd Rhian fi i beidio â deud wrth neb.'

'A wnest ti ddim meddwl y dylsat ti ddweud wrth rywun? A chditha'n gwybod?'

'Do!' Roedd llais Megan yn daer. 'Wrth gwrs y gwnes i. Be ti'n feddwl ydw i? Mi ddeudis i wrth Miss Williams y diwrnod wedyn, wedi i mi fethu cysgu bron drwy'r nos, ond mi waeddodd hi arna i a 'ngalw i'n hen hogan bach gelwyddog, felly mi gaeais i 'ngheg, rhag ofn cael ffrae. Mi fydda Mam bob amser yn pwysleisio mor bwysig oedd bod yn eirwir, a petai Miss Williams wedi galw fy rhieni i'r ysgol i honni 'mod i'n gelwyddgi, mi fysan nhw wedi torri eu calonnau. Felly, mewn ffordd,' ystyriodd wrth estyn am y botel win, 'dwinna'n euog. Yn euog o adael Rhian i lawr.'

Llamodd Peter i'w hamddiffyn.

'Fedrai 'run hogan bach ddeg oed fod wedi gwneud mwy. Wedi'r cwbwl, mi wnest ti sôn wrth y brifathrawes. Hen gnawes oedd honno na fysa hi wedi dy gymryd di o ddifri.'

Cododd Pam a mynd i'r tŷ. Edrychodd Megan a Peter ar ei gilydd.

'Do'n i'm yn disgwyl hyn i gyd heddiw, Pete. Oeddat ti?'

'Nag o'n wir, Meg.' Cydiodd yn ysgafn yn ei llaw. 'Cnebrwn sidêt ac aduniad bach difyr ... a chydig o beints efo hen ffrindiau. Dyna oedd y *plan*, beth bynnag.'

'Ond unwaith eto, roedd gan Gwyn syniadau eraill. Tybed lle mae o bellach?' Gwenodd Meg. 'Mae gynno fo flynyddoedd o brofiad o ddifetha hwyl pobol eraill. Ti'n cofio Noson Cymdeithas yr Iaith ym Mhafiliwn Corwen adeg Steddfod Rhuthun?'

'Tafodau Tân? Sut fedrwn i anghofio? Mi dreuliais i'r noson honno yn y clinc, diolch i Gwyn!'

'Gyrhaeddoch chi'ch dau y cyngerdd ar ôl stop-tap a chael eich gwrthod wrth y drws gan fod Gwyn yn chwildrins, os dwi'n cofio'n iawn?' chwarddodd Meg.

'Do. Gwyn oedd isio gweld sut beth oedd Steddfod, a be oedd Welshis fatha chdi'n 'i wneud yno. Dwi'n meddwl 'i fod o'n barod i sbeitio pawb a phopeth ac yn disgwyl gweld pobol yn dawnsio mewn cobenni hir i gyfeiliant telynau! Ond gafodd o'i siomi ar yr ochor orau o weld tafarnau Corwen yn orlawn a channoedd o bobol ifanc i gyd yn mwynhau o'i hochor hi.'

'Sut landioch chi yn y celloedd, 'ta?' holodd Meg.

'Lampiodd Gwyn y stiward bach wrth y drws am wrthod ein gadael i mewn i Bafiliwn Corwen, ac mi oedd 'na blismyn yn patrôlio'r strydoedd y noson honno. Mi lusgwyd Gwyn i mewn i Black Maria, a finna i'w ganlyn o. Mi'n caewyd ni'n dau mewn cell yng ngorsaf heddlu Rhuthun dros nos i sobri. Drwy ryw wyrth, chafodd o mo'i gyhuddo – rhybudd gafodd o fore trannoeth. Mae Gwyn yng ngharchar Rhuthun a'i wedd yn ddigon trist ...' cellweiriodd Pete. 'Ti'n gweld, Meg, dwi'n dal i gofio darn o'r pennill 'na ddysgodd Elwyn Griffiths i ni ers talwm!'

Meddyliodd Meg am y noson danllyd honno pan ffrwydrodd Edward H. Dafis ar y llwyfan am y tro cyntaf, eu hofferynnau trydanol yn creu wal o sŵn a hitha a Dafydd ymhlith y cannoedd a safai ynghanol y dorf wedi'u gwefreiddio gan 'Gân y Stiwdants' – cân roc'n'rôl oedd mor gyfarwydd i gynulleidfa ifanc a fagwyd ar 'Roll over Beethoven' Chuck Berry.

'Mi golloch chi goblyn o noson dda.'

'Do, m'wn. Diolch i Gwyn, unwaith eto.' Roedd surni yn llais Pete.

'Yn difetha pethau i bawb, fel arfer,' cytunodd Meg.

'Rhywbeth at bob achlysur!' cyhoeddodd Pam wrth osod hambwrdd yn llawn o hancesi papur, caws, bisgedi a photel arall o win ar y bwrdd. Ceisiodd y ddau arall chwerthin hefyd, ond roedd y gorffennnol yn hongian o'u cwmpas fel cwmwl o wlân cotwm llwyd a oedd bron â'u mygu.

Gwyliodd y tri yr haul yn taro ar laswellt erwau perffaith Green Meadows, wedi'u llorio gan ddigwyddiadau'r diwrnod. Roedd pob glaswelltyn yn nodwydd arian a gwawr binc ar flaen pob un wrth i'r haul suddo y tu ôl i'r deri.

'Coffi?' holodd Pam, heb fawr o ddiddordeb yn yr ateb. Ar hynny, daeth pelydr llydan o olau rownd y tro tua'r tŷ a sisialodd teiars car mawr ar hyd graean y dreif gan ddod i stop nid nepell oddi wrthynt.

'O, be rŵan?' meddai Pam mewn islais wrth i'r Ditectif Berwyn Davies, mab Eirlys a Cemlyn, gamu o'r cerbyd a Nan yn dynn ar ei sodlau. 'Blydi hel! Do'n i'n cofio dim ei bod hi'n aros yma heno.' Cododd ei llais i gyfarch yr ymwelwyr. 'Haia Heulwen – 'di'r Heddlu 'di gorffan efo chdi?' Cododd Nan ei llaw. Roedd golwg led-edifeiriol arni bellach, a gwenodd yn swil ar y triawd a eisteddai o amgylch y bwrdd.

'Noswaith dda, Berwyn.' Cododd Peter i gyfarch y ditectif.

Cerddodd Berwyn tuag atynt, yn cario cês dillad bach. 'Noswaith dda, gyfeillion. Yn fama mae'r aduniad felly?' chwarddodd wrth roi'r bag i Nan a syllu'n wamal ar y casgliad poteli gweigion blith draphlith dros y bwrdd. 'Wnaeth heddiw ddim troi allan yn union fel roedd neb wedi'i ragweld, dwi'n siŵr. Doedd Dad ddim yn meddwl bod Mam yn teimlo'n ddigon cryf i ddod atoch chi heno ar ôl be ddigwyddodd pnawn 'ma, ac mae'r ddau'n ymddiheuro.' Nodiodd y tri eu cydymdeimlad. 'Rydan ni wedi gorffen holi Heulwen am y tro, ac mi rois i bàs iddi hi yma, gan ei bod hi'n dweud mai efo chi roedd hi'n aros heno. Gyda llaw, ar hyn o bryd, does dim chwaneg o newyddion am hynt Gwynedd Llwyd – mae o'n dal i fod ar goll. Mi gadwn ni mewn cysylltiad.' Crymodd Berwyn ei ben yn gwrtais a ffarwelio â'r pedwarawd.

'Picia i'r gegin, Heulwen – mae 'na chwaneg o wydrau gwin ar y bwrdd a photel o win coch yn y rac.'

'Fel Nan dwi'n cael fy nabod ers degawdau bellach, Pamela-Wynne, fel ti'n gwybod yn iawn!' A hwyliodd i gyfeiriad y gegin. Tynnodd Pam ei thafod arni y tu ôl i'w chefn.

Dychwelodd Nan gyda gwydr a photel, a helpu'i hun i'r gwin cyn i'r llifddorau agor yn ddigymell.

'Wyddoch chi na fûm i erioed yn feichiog wedi i mi erthylu babi Brandon? Anghyfleus oedd amseru'r beichiogrwydd hwnnw. A ches i erioed gyfle arall. Dwi 'di difaru bob un diwrnod ers dros ddeugain mlynedd i mi ladd fy mabi i a Brandon. A heddiw daeth y gwirionedd i'r golwg, mai Gwyn – Gwyn o bawb – laddodd o. Ond na phoenwch – mi fydd Karma'n achub y dydd. Geith y cythraul ei haeddiant!' harthiodd Nan yn ffyrnig. Atseiniodd ei llais dros dawelwch y gyda'r nos braf, lle nad oedd dim arall i'w glywed ond meddalwch hwtian tylluan frech yn y coed.

'Cythraul slei fuodd Gwyn erioed,' parhaodd Nan gan lowcio'i gwin a gwagio hanner cynnwys y botel i'w gwydr gwag â dwylo crynedig. 'Sgen ti rwbath cryfach, Pam?' Roedd hi fel petai ar bigau'r drain, ac aeth Pam ati i'w chysuro, fel y gwnaeth yn y dafarn y pnawn hwnnw. Estynnodd Nan, heb ofyn, am y paced sigaréts oddi ar y bwrdd. Roedd croen ei llaw fel papur brown crebachlyd. Anwybyddodd y tri arall hi gan fân siarad am rinweddau gwin coch hemisffer y de.

'Sut mae Rhian druan erbyn hyn, tybed? Siŵr 'i bod hi'n poeni'i henaid. Does bosib y bydd y gryduras yn mynd ar 'i phen'i hun i'r tŷ capel bach 'na?' holodd Meg toc, gan gofio mai tŷ cul, tywyll oedd Tŷ Capel Tabernacl, gydag eiddew yn dringo'i furiau llwyd fel bysedd cnotiog.

'Yno yr aeth hi medda Berwyn yn y car gynna, er i Cemlyn ac Eirlys gynnig iddi fynd adra efo nhw. Roedd hi'n reit benderfynol – isio bod yno yn aros am Gwyn pan gyrhaeddith o adra, medda hi,' cadarnhaodd Nan, cyn holi eto, 'Sgen ti'm fodca, Pam?'

Ochneidiodd Pam a chodi ar ei thraed unwaith eto. Toc, dychwelodd gyda chwpanau, jwg o lefrith, pot enfawr o goffi a photel o fodca.

Aeth arogl hyfryd y coffi â Megan yn syth yn ôl i'r bore Sadwrn pell hwnnw yn y KupovKoffee pan oedd hi'n malu ffa coffi ac y camodd Pamela-Wynne i mewn. Dyna ddechrau'u cyfeillgarwch. Pwy feddyliai y bysa dwy ferch o gefndiroedd mor anghymharus yn dod yn gymaint o ffrindiau? Er na welent ei gilydd fawr ddim ers blynyddoedd, clymai cwlwm yr wythnosau hynny yn y caffi nhw'n ffrindiau oes, a phan fyddent yn ffonio'i gilydd bob hyn a hyn byddai'r sgyrsiau yn disgyn yn ôl yn hawdd i'r hen drefn gyffordus. Gollyngodd Pam bopeth a theithio ati i Gaerdydd pan fu Dafydd farw, ac aros am y diwrnod neu ddau anodd cyntaf rheini wedi'r angladd. Ar ôl i Megan a'i merch ddidoli ei ddillad, roedd Pam wrth law i'w gosod mewn bagiau a'u dosbarthu i wahanol elusennau a fyddai'n falch ohonyn nhw. Doedd Megan nac Esyllt am eu gweld yn cyrraedd pen eu taith ac felly mi ddiflannon nhw i berfedd cist car Pam.

'Be ddigwyddith fory, tybed?' myfyriodd Peter gan dorri ar draws ei feddyliau.

'Dim syniad, ond ar fy llw, dwi ddim isio cael fy nhynnu i'r cowdal, er cymaint y byswn i'n lecio dangos cefnogaeth o ryw fath i Rhian,' murmurodd Megan i'w chwpan. 'Ond heno, clirio'r holl wydrau 'ma ydi'r flaenoriaeth.' Cododd y pedwar ar eu traed, a gafaelodd Pam ym mraich Nan i'w thywys i'r llofft fach yng nghefn y tŷ gan ei bod braidd yn simsan ar ôl llyncu sawl gwydraid o fodca, un ar ôl y llall. Daeth yn ei hôl a llond ei hafflau o gobenyddion a blancedi.

'Gobeithio y byddi di'n iawn ar y soffa, Pete. Chei di ddim tacsi i fynd â chdi i'r gwesty yr adeg yma o'r nos.'

'Mi gerdda i siŵr. Chymrith o'm chwinc.'

'Na wnei wir! Mae'n beryg i ti landio mewn ffos – neu rwbath gwaeth – a chditha 'di bod yn yfad o'i hochor hi ers ganol pnawn,' gwenodd. 'A ph'run bynnag, does 'na'm pwt o olau ar y lôn droellog 'na. 'Mae'n well i ti aros yn fama. Dim dadlau. Nos da, chi'ch dau. Gyda llaw,' galwodd dros ei hysgwydd wrth fynd o'r gegin, 'mae 'na ddau wely yn stafell Meg os wyt ti isio rwla mwy cyfforddus i roi dy ben i lawr, Pete.'

'Nos dawch i titha, Meg.' Tynnodd Pete hi ato a phlannu cusan ysgafn ar ei boch. 'Wela i di'n y bore.'

Pan oedd hi hanner ffordd i fyny'r grisiau, trodd Meg yn ei hôl, ei chalon yn curo fel gordd. Teimlai fel hoeden ifanc. 'Hei ... Pete?' sibrydodd. 'Dwi'n siŵr y bysa'n well gen ti gael gwely na hen soffa ledr wichlyd. Mae croeso i ti rannu fy llofft i.'

'Ti'n siŵr, Meg? Be ddeudith Pam?'

' "Ewch amdani, bois! Does 'na 'run ohonon ni'n mynd dim iau." Dyna fysa hi'n 'i ddeud. P'run bynnag, hi gynigiodd! Dim ond cysgu, cofia.' A winciodd Meg ar Pete wrth iddo'i dilyn i'r llofft ar flaenau ei draed.

19 Awst 2017

Megan

Pan ddeffrais y bore 'ma, ro'n i fy hun yn y llofft, a dillad y gwely arall wedi'u plygu'n daclus. Mi ges i gawod gyflym a baglu i lawr y grisiau. Faswn i byth wedi cynnig rhannu llofft efo Pete taswn i heb yfed yr holl win na. C'wilydd. Be tasa Esyllt yn dod i wybod bod ei mam wedi cynnig i ddyn gysgu efo hi?

Roedd Pete yn y gegin yn paratoi brecwast. 'Gysgaist ti'n iawn?' holais, gan geisio peidio â dal ei lygaid. Tolltais lawer gormod o sudd oren i wydr tal.

'Do, diolch. A chditha?' Roeddan ni fel pobl ddiarth, yn gwrtais a ffurfiol, yn cylchu'n gilydd yn y gegin fel dau lew mewn cawell. Feiddiai'r un ohonon ni sôn am neithiwr.

'Tybed ddaeth Gwyn i'r fei bellach? Dwi'n siŵr bod Rhian druan jyst â myllio yn poeni amdano.' Ceisiais siarad am rwbath, unrhyw beth, ond y noson cynt. 'Lle mae Pam? A Nan, tasa hi'n dod i hynny?'

'Mae 'na nodyn i ti fan'cw.' Pwyntiodd Pete at nodyn ar y bwrdd. 'Fydd dwy dafell o dost yn iawn?'

Darllenais lawysgrifen flodeuog Pam: 'Wedi mynd â Heulwen Ann i orsaf y bysiau. Llenwch eich bolia. Mi fyddwch angen egni ar ôl ffisical jyrcs neithiwr! Fydda i ddim yn hir. Pam xx'

'Ac mi aeth Nan heb ffarwelio hyd yn oed!' Roedd rhywfaint o feirniadaeth annisgwyl yn llais addfwyn Peter. 'A deud y gwir wrthat ti, dwi'n eitha balch 'i bod hi wedi mynd. Mi wnaeth ei hymddygiad hi ddoe gynddeiriogi sefyllfa fregus. Tydi hi'n rhyfedd bod hen ffrindiau wedi troi'n ddieithriaid?'

Trois fy sylw oddi wrth y nodyn smala. 'Ydi, a thrist braidd. Ti'n iawn – mi oedd agwedd Nan neithiwr yn drewi, doedd? Un hunanol fuo hi erioed. Wyt ti'n meddwl y gwelwn ni hi eto?'

'Dwi'm yn meddwl bod ots gen i un ffordd neu'r llall os wela i Miss Hippy byth eto,' cyfaddefodd Peter. 'Ma' siŵr nad ydyn nhw'n gwerthu siampŵ yn yr Orkneys yn ôl yr olwg oedd ar 'i gwallt hi!'

Chwarddodd y ddau ohonon ni. Ceisiais beidio â dal llygaid brown Pete rhag iddo fy ngweld yn boddi yn eu dyfnder.

'Ond o ddifri rŵan, wyt ti'n meddwl y dylen ni fynd i weld Rhian bore 'ma?'

'Gawn ni pow-wow i drafod pan ddaw Big Chief Pam yn ei hôl,' atebodd Peter yn wamal. 'Ond mae gen i gwestiwn pwysicach i ti, Meg. Taswn i'n dod lawr i Gaerdydd, ga i fynd â chdi allan am bryd o fwyd? A'r tro yma, fyddi di ddim yn gorfod fy ngweld i'n ymbalfalu am fy ngwely yn fy nhrôns.'

'Cei siŵr. Mi faswn i wrth fy modd.' Synnais pa mor sydyn y saethodd yr ateb o 'ngheg. Gwenais arno. 'Ond mae'r bocsyrs Superman 'na'n dy siwtio di,' ychwanegais.

'Anrheg Sul y Tadau. Doedd neb i fod i'w gweld nhw.'

'Wel? Dach chi'ch dau'n eitem bellach?' Sgubodd Pam fel corwynt i'r gegin.

'Ella,' mwmialodd Peter gan ganolbwyntio'n ffyrnig ar y tostiwr.

'Hen bryd,' winciodd Pam arna i. 'Dowch. Gawn ni frecwast a phenderfynu be rydan ni am 'i wneud ynglŷn â Rhian.'

'Gwyn bach. Lle'r est ti, y ffŵl gwirion?' gofynnodd Pete wrth i ni yrru drwy Dre, y tri ohonon ni'n edrych o'n cwmpas yn obeithiol ar gerddwyr y palmentydd. 'O, sbiwch! Mae drws ffrynt Tŷ Capel yn agored. Ella bod Gwyn yn ei ôl. Dowch.'

Curais y drws a gweiddi. 'Helô, Rhian? Megan sy 'ma. Efo Pam a Pete. Gawn ni ddod i mewn?'

Dim ateb. Dim ond sŵn llusgo rhywbeth trwm ar hyd y llawr a drybowndian dodrefn. Daeth Rhian i'r golwg o ben draw'r pasej tywyll gyda chlamp o gês dillad.

'Be ddiawl dach chi'n 'i wneud yma mor fore? Sgin i'm amser i'w wastraffu efo rhyw siarad gwag. Dwi'n aros am dacsi.'

'Pa newydd am Gwyn? Ydi'r heddlu wedi cysylltu bore 'ma?' holodd Peter yn garedig.

'Dio'm uffar o bwys gen i am y bastad plismyn. Rŵan, newch chi symud o'n ffordd i? Dwi angen bod yn y maes awyr erbyn un o'r gloch.'

'Maes awyr? I lle ti'n mynd?' gofynnodd Pam.

'Meindiwch eich busnes!' poerodd Rhian i'n cyfeiriad. 'Peidiwch â thrio fy rhwystro fi. Dos ditha o'r ffordd, Pete!'

'Wedi dod yma i weld sut allwn ni fod o help 'dan ni,' medda fi, yn ddigon rhesymol, ro'n i'n meddwl.

'Help? Pa fath o help fedar tri dŵ-gwdyr fatha chi ei

gynnig? Fedrwch chi ddod â Gwyn yn ôl?' Roedd Rhian yn sgrechian yn fy wyneb nes bod gwyn ei llygaid hi'n fawr, fawr a'r gwythiennau main yn llinynnau coch drwyddynt fel gobstopyrs plant ers talwm. 'Mae Gwyn yn ddyn da. Yn ddyn cyfiawn sy'n meddwl am bobol eraill bob amser, nid fel *chi*.' Lledodd ei breichiau i gynnwys ei thri chyfaill cegrwth.

'Bobol bach!' ceisiodd Peter dollti olew ar ddyfroedd cythryblus. 'Mi gei di unrhyw help rwyt ti 'i angen, Rhian. Ti 'di cael sioc ar ôl iddo fo gymryd y goes fel gwnaeth o pnawn ddoe, ond mi arhoswn ni yma efo chdi.'

Edrychodd Rhian ar Peter fel petai'n ddieithryn. 'Does 'na 'run ohonoch chi'n dallt. 'Run ohonoch chi! Dach chi i gyd mor blydi perffaith yn eich bywydau bach cysurus. Does gen i ddim byd rŵan. Dim! Mi oedd angladd Elwyn Griffiths ddoe i fod i gau pen y mwdwl ar flynyddoedd o boen, ac roedd gweddill bywydau Gwyn a finna'n ymestyn o'n blaenau heb ddim rhwystrau. Ond ddaru blydi Nan droi i fyny, yn do, a difetha bob dim!'

Erbyn hyn, roedd Rhian wedi colli pob gafael arni ei hun a suddodd i'r llawr o'n blaenau yn swp dagreuol. Estynnais amdani ond gwthiodd fi o'r neilltu. 'Paid â chyffwrdd yndda i,' wylodd i'w dwylo. 'Does gen ti'm syniad!'

Triodd Peter eto: 'Ond fedri di ddim mynd i nunlla *rŵan*, Rhian. Mi fydd yr heddlu dy angen di wrth law rhag ofn bydd ganddyn nhw gwestiwn ynglŷn â Gwyn.'

Roedd Rhian wedi tawelu rhywfaint a mentrais ati a mwytho'i braich. 'I le'r ei di beth bynnag, Rhian bach, ar ben dy hun? Fedri di ddim mynd ar dy wyliau, siŵr.'

Cynddeiriogodd Rhian drachefn. 'Paid ti â mentro dweud wrtha i be fedra i neu fedra i ddim 'i wneud!' Gwthiodd fy mraich o'r neilltu. 'Ti'n cofio fi'n rhannu cyfrinach fawr efo chdi ers talwm?'

'Ydw. Wyt ti isio rhannu rwbath arall efo ni, dy ffrindiau?' Ceisiais wneud fy llais mor gysurlon ag y medrwn.

Daeth ei llais yn fach, fach o berfeddion y swp dillad a orweddai ar lawr y cyntedd rhwng y cysgodion.

'Fi a Gwyn laddodd Elwyn Griffiths. O'dd Gwyn efo fi, ond fi blannodd y gyllell yn ei hen galon fudur o. O'dd rhaid i mi wneud – achos mai fi gafodd fy mrifo. Ac mi lithrodd y gyllell i mewn mor hawdd rhwng ei asenna fo, fel taswn i'n torri menyn, bron.' Gwenodd Rhian arnon ni, ond allai 'run ohonon ni ymateb. 'Ond dyna ni, dŵr dan y bont ydi hynny i gyd. Dos o'r ffordd, Pam.' Cododd a chydiodd yn y cês trwm eto cyn cychwyn am y drws ffrynt.

'Aros di yn fama!' Camodd Pam i'w llwybr tra oedd Peter y tu ôl i mi yn ffyrnig ddeialu rhif ffôn symudol Berwyn.

'Shifftia! Dwi o ddifri. Os nad wyt titha isio rhannu ffawd Elwyn Griffiths!' Fflachiodd llafn cyllell yn ei llaw gan ddal yr haul a dreiddiai drwy'r drws agored. Gwelais dacsi du'n cyrraedd giât y tŷ. 'Sgin i'm ofn 'i defnyddio hi, 'sti!'

'Iawn. Ffwrdd â chdi, 'ta at dy dacsi. Sgin i'm pwt o awydd bod fodfedd yn agosach at y gyllell 'na.' Symudodd Pam wysg ei chefn i gyfeiriad y drws ffrynt gan ddal i syllu ar Rhian, oedd yn bustachu efo'r cês anferth a'r gyllell finiog. Thynnodd hi mo'i llygaid gwylltion oddi ar Pam tan iddi wthio heibio iddi i lawr llwybr yr ardd tua'r tacsi.

Y tu cefn i mi roedd Peter yn cynnal sgwrs dawel â Berwyn.

'Hollol lloerig ... cyllell a bygwth y tri ohonan ni ... deud mai Gwyn a hitha laddodd Elwyn Griffiths. Plis ty'd rŵan.'

O'r diwedd mi ges inna hyd i fy llais, a gwaeddais ar yrrwr y tacsi. 'Does mo'ch angen chi rŵan, diolch yn fawr!' Ond roedd gyrrwr y car eisoes wedi tanio'r injan ar ôl iddo weld y gyllell yn llaw Rhian. Sgrialodd i lawr y lôn fel petai cŵn y fall ar ei ôl.

Ceisiais feddwl be i'w wneud. Roedd Rhian yn amlwg yn orffwyll. Erbyn hyn roedd hi wedi gollwng y bag ar y palmant ac wedi troi ar ei sawdl gan gerdded yn ôl i lawr llwybr yr ardd, ei chyllell grynedig o'i blaen fel gwaywffon.

'Doedd gynnoch chi ddim hawl i fy rhwystro fi!' llefodd. Suddodd i'w gliniau a gollwng y gyllell i'r llawr. Ciciodd Peter hi o'r golwg dan lwyn o lafant.

'Tyrd i mewn. Gawn ni banad.' Cydiais yn ei braich a'i chodi ar ei thraed. Rhuthrodd Pam i godi'r gyllell gydag un bys a bawd, ei chario drwodd i'r gegin a'i gollwng i'r sinc.

'Mi fuost ti'n ffrind da i mi dros y blynyddoedd, Meg. Diolch. Ddeudist ti wrth y rhain be nath y mochyn Elwyn Griffiths 'na?'

'Do,' cyfaddefais. 'Neithiwr. Mi elli di eu trystio nhw, 'sti.' Ro'n i'n ofni y byddai Rhian yn codi i'r berw eto, ond gafaelodd am fy ngwddw yn dyner a thynnu fy mhen at ei cheg fel ag y gwnaeth yn y dosbarth flynyddoedd yn ôl.

'Ga'th Gwyn sac o'r capal yn America, 'sti,' sibrydodd. 'Am 'mod i wedi dwyn y pres casgliad. Ro'n i 'di gweld handbag del ... Chwe mis fuo fo yno. Wedyn, mi fues i'n gweithio mewn caffi, a Gwyn yn llnau offisis. Fuo fo'm yn weinidog wedi hynny, dim ond pregethu yma ac acw weithia, mewn trefi lle nad oedd neb yn ein nabod ni.' Roedd hi'n dal i siarad wrth i mi ei harwain at soffa yn y parlwr. Cariodd Peter baned o de poeth iddi a'i gosod ar fwrdd wrth ei hochr. Ro'n i'n dal i afael yn ei llaw denau. Bron na allwn deimlo'r esgyrn brau yn clecian fel brigau o dan fy mysedd. Sut y gallai corff mor fregus fod wedi gwthio cyllell i mewn i galon Elwyn Griffiths? Roedd Pam wedi darllen fy meddyliau, mae'n rhaid.

'Dwyt ti 'rioed yn credu 'i chlwydda hi?' bytheiriodd Pam o'r drws. 'Ti'm yn cofio fel y bydda hi'n palu clwydda am bob dim yn yr ysgol ers talwm? Roedd pawb yn gwybod nad oedd yr un gair o wirionedd yn dŵad allan o'i cheg hi byth!' Amneidiais arni i i dawelu ond roedd Pam ar gefn ei cheffyl. 'Wrth gwrs nad chdi laddodd Elwyn Griffiths, Rhian. Trio amddiffyn dy dipyn gŵr wyt ti!'

Gwenais yn gysurlon ar Rhian ond allwn i mo'i chysuro bellach gan fod fy meddwl yn llawn o hogan fach a'r celwyddau parod yn llithro'n rhubanau llyfn o'i cheg.

'Bore da, gyfeillion,' meddai Berwyn o ddrws y parlwr. 'Ro'n i ar fy ffordd yma pan ges i'ch neges chi.' Roedd plismones ifanc mewn lifrai yn sefyll y tu ôl iddo.

'Be ma' *hwn* isio eto?' llefodd Rhian. 'Wedi dŵad i boenydio pobol a holi cwestiynau dwl am Gwyn?'

'Y rheswm dwi yma ydi, ac mae'n ddrwg calon gen i orfod dweud hyn, ond bu farw'r Parchedig Gwynedd Llwyd mewn damwain yn hwyr neithiwr.'

Cododd Peter ar ei draed mor sydyn fel y digynnodd ei gadair a drybowndian ar y llawr pren. Gafaelais yn dynnach yn llaw Rhian. Roedd ei chroen fel clai oer a'i llygaid sych yn weigion.

Parhaodd Berwyn â'i stori. 'Cafodd ei daro gan drên wrth geisio croesi'r rheilffordd. Roedd o'n anelu am Dre, mae'n debyg. Fel y gwyddoch chi, pan ddowch chi allan o Goed y Bryn a chroesi'r rheilffordd, mi ddowch chi i lawr toc i'r maes parcio lle bu seidings y rheilffordd ers talwm.'

'Ffor'na fydda Gwyn a finna'n mynd i'r ffwtbol yn Cae Parc weithia, pan fyddan ni 'di bod yn adeiladu dens yn y coed,' ychwanegodd Peter. 'Roeddan ni'n fwy gofalus bryd hynny nag y bu Gwyn neithiwr. Sori,' mwmialodd. 'Roedd hynna'n beth di-chwaeth i'w ddeud.' Diflannodd ei eiriau fel ager awyren a phlygodd ei ben mewn cywilydd.

'Dim ond dweud yn union be oedd y gweddill ohonan ni'n 'i feddwl oeddat ti, Pete.' Estynnodd Pam law gysurlon ato.

'Rhian. Tybed fedrwch chi ddod efo ni i'r ysbyty i adnabod y corff? Mi ddaw Cwnstabl Parri efo chi'n gwmni. Rydan ni'n dal i geisio cael gafael ar ei fanion bethau personol o – ei ffôn, waled ac yn y blaen, sy ar wasgar ar gyrion y cledrau, ond rydan ni wedi llwyddo i symud y corff.' Helpais Rhian i godi ar ei thraed, gafael yn ei bag llaw a'i wthio i'w breichiau. Aethom allan i'r haul yn osgordd druenus heb dorri gair pellach.

'Mi ffonia i di'n nes ymlaen,' galwodd Pam ar ôl Rhian wrth i'r cwnstabl ei hebrwng i gar Berwyn. 'Mi gei di ddod acw i gysgu heno, os leci di.' Syllodd Rhian arni â llygaid dall.

*   *   *

Eisteddai'r tri ohonom ar deras Green Meadows efo'n paneidiau coffi.

'Ydach chi'ch dwy'n meddwl mai lladd ei hun nath o?' myfyriodd Pete. 'Tybed oedd ei gydwybod o wedi cael y gorau arno fo ar ôl cyfadda mai fo fu'n gyfrifol am farwolaeth Brandon?'

'Faswn i'm yn meddwl bod y gair "cydwybod" yn ei eirfa fo – tröedigaeth neu beidio.' Trodd Pam ei choffi gyda ffyrnigrwydd diangen. 'Hen snichyn dan-din fuo fo erioed. Mi oedd o'n wastad yn ormod o fi fawr i gyfadda 'i fod o wedi gwneud unrhyw beth o'i le. Meddyliwch 'i fod o wedi cadw'r gyfrinach ofnadwy 'na am Brandon ers dros ddeugain mlynedd. A rŵan wedi llofruddio Elwyn Griffiths hefyd! Mae'r peth yn anhygoel!'

Daeth tincial o gyfeiriad fy ffôn symudol.

'Esyllt, ma' siŵr,' eglurais, 'isio gwybod pryd i 'nisgwyl i adra heno. Mi fysa'n well i mi ateb.' Agorais fy ffôn a gweld y geiriau *You have one new video message.* Pwysais fy mys ar y sgrin a daeth wyneb barfog Gwyn i'r golwg. Edrychai fel pe bai mewn dryslwyn trwchus. Diffoddais y teclyn yn syth.

'Be sy, Meg? Ti'n wyn fel y galchen. Newyddion drwg?' holodd Pam.

'Neges oddi wrth Gwyn! Sut goblyn? Mi gafodd o'i ladd neithiwr!' Ro'n i'n baglu dros fy ngeiriau yn fy mraw.

'Pwylla am funud.' Rhoddodd Pete ei law ar f'ysgwydd a gwthio paned arall o goffi i'm llaw. Cymerodd y ffôn oddi arnaf. 'Fysa'n well i ni weld be mae o'n ddeud cyn ei basio fo mlaen i'r heddlu?' gofynnodd.

'Ond mae Gwyn 'di marw! Mae 'na rywun yn chwarae

hen dric budur arnon ni. Rhian, ella? 'Di honno'm hanner call!' Roedd llais Pam yn llawn dychryn.

'Rhoswch,' meddai Pete fel petai o wedi cael fflach o ysbrydoliaeth. 'Mi ddeudodd Berwyn fod yr heddlu yn trio cael gafael ar ei ffôn o. Ma' siŵr eu bod nhw wedi'i gael o bellach, ac wedi mynd â fo i orsaf yr heddlu neu i'r sbyty. Ella bod Gwyn wedi trio gyrru'r neges neithiwr, ond wedi methu. Mi fysa hi wedi cael ei gyrru yn otomatig bora 'ma wrth i'r ffôn ffendio signal digon cryf,' rhesymodd.

'Mae hynna'n gwneud synnwyr,' cytunais. Do'n i wir ddim isio gwylio'r neges, ond wnes i ddim cyfaddef hynny wrth i Pete roi'r ffôn o'n blaenau a dechrau chwarae'r fideo. Roedd Gwyn yn gwenu ac yn codi ei law arnon ni.

Haia Meg! Gwynedd Lloyd Phillips, y parchedig amharchus sy 'ma, fel y gweli di. Gobeithio dy fod ti'n ista i lawr, achos mae gen i lot i'w ddeud wrthat ti.

Wel, dyna fi wedi'i gwneud hi. Ma'r gath allan o'r cwd go iawn rŵan. Wedyn waeth i mi ddweud bob dim wrthat ti ddim. Bob dim. Mi gei di wneud be fyd fyw fynni di efo'r wybodaeth. Fydd dim ots, achos mi fydda i a Rhian yn ddigon pell o fama ... ond ma' raid i mi gael cyfadda cyn gadael Dre am y tro dwytha un. Chdi geith y fraint o dderbyn fy nghyffes i! Wedi i Rhian a finna ddod ar dy draws di yng Nghaerdydd, pan fues i'n chwarae rownderi efo dy wyrion bach annwyl di, mi sylweddolais hynny. Dwi'n gresynu na briododd Rhian a finna'n gynt, a chael ein plentyn ein hunain. Er, wedi deud hynny, wn i ddim sut rieni fasan ni wedi bod chwaith. Ydi hynny'n fendith, dywad? Maen nhw'n deud bod popeth yn digwydd am reswm, yn tydyn?

Aw! Blydi drain. Mae 'nhalcen i'n gwaedu. Sbia!

Ers talwm, mi fydda Pete a finna'n adeiladu dens yn y coed 'ma pan oeddan ni'n byncio o'r ysgol Sul, neu ar bnawn Sadwrn cyn mynd i wylio Dre'n chwara ffwtbol. Dyna sut dwi'n nabod y lle 'ma mor dda. Ffendith neb fi'n fama, hyd yn oed y plismyn fydd siŵr o fod yn chwilio amdana i ar ôl i Heulwen Ann agor ei hen geg i achwyn. Lwcus bod gen i locsyn cystal i amddiffyn fy ngên neu mi fyswn i'n waed i gyd – ond wedi deud hynny, ella bydd raid i mi ei shêfio fo os fydda i on ddy ryn. Taswn i ddim yn ddall hebddyn nhw mi fyswn i'n taflu fy sbectol hefyd – fysa neb yn fy nabod i wedyn! Contact lensys amdani, rhai i newid lliw fy llygaid i, ella. Hei – dwi'n cweit ffansïo fy hun fel ffiwjitif!

Ond wedi deud hynny, ma' isio pres i deithio, does? Dyna fydd y broblem. Dan ni'n gorfod byw fel llygod eglwys ar y cymun cyflog dwi'n 'i gael gan y capel fel ma' hi. Ella ca' i fenthyg dipyn gen ti? Jyst i brynu tocyn awyren. Mi fysa bob dim yn iawn tasan ni wedi aros yn Ohio. Mi aethon ni yno'n llawn gobaith y bysan ni'n cael bywyd ffantastic – cyflog gwych, tŷ mawr braf efo'r job, ysgrifenyddes i neud yr holl waith gweinyddol ac, am y tro cynta yn fy mywyd, parch gan aelodau'r eglwys a'r gymdogaeth. Ond pharodd hynny ddim ... Stori arall 'di honno.

Mi glywodd Rhian, sbel ar ôl i ni dy weld di yng Nghaerdydd, fod angen gweinidog ar y Tabernacl. Doedd 'na'm byw na marw – roedd yn rhaid iddi hi gael dŵad adra i blydi Dre! "Ma' gynnon ni ffrindia yno," medda hi yn y llais hogan bach 'na ma' hi'n 'i ddefnyddio pan fydd hi isio rwbath. Pa ffrindia? Ffrindia sy'n rhoi cyllell yn dy gefn di ac yn difetha dy fywyd di. Jyst fel'na. Damia blydi Heulwen Ann a'i brawd stiwpid efo'i geg fawr. Pwy 'sa'n meddwl y bysa'r bastad bach yn cofio 'mod i 'di cau'r drws ar y Brandon hurt 'na yr holl flynyddoedd yn ôl?

'Rarglwydd mawr, ma'r drain 'ma fel crafangau'n rhwygo'nhrowsus i. Mae'u godre nhw'n g'reia' byw. Siwt newydd hefyd!

Ond dwi'm yn anfon y neges yma atat ti er mwyn malu cachu. Wrth ddŵad yn ôl i fama ro'n i'n gwybod yn iawn y deuai'r gwir i'r wyneb, yn union fel y daeth corff yr hen Elwyn Griffiths i wyneb Llyn Cam. Ymddiheura i Eirlys druan drosta i. Do'n i'm yn bwriadu i neb o'n i'n ei nabod gael hyd i'r diawl budur. Y blynyddoedd dwytha 'ma efo Rhian fu blynyddoedd hapusa 'mywyd i, ond dwi'di dysgu o brofiad nad ydi petha da'n para'n hir. Ti'n gweld, Meg, roedd yn rhaid i Elwyn Griffiths farw. Er lles pawb. Unwaith y rhannodd Rhian ei chyfrinach efo fi, roedd yn rhaid i mi ei ladd o. Doedd o'm yn haeddu byw ... llygad am lygad a ballu. Ti'n gwybod, yn dwyt Meg, be na'th y sglyfath i Rhian pan oeddan ni'n yr ysgol gynradd? Beth bynnag, mi oedd hi'n hawdd denu'r diawl at Lyn Cam ar ôl deud wrtho fo am nyth y gwyach mawr copog – ti'n cofio sut y bydda fo'n ein hannog ni i gymryd diddordeb ym myd natur ers talwm? Mi lwyddais i i'w gael o i bwyso dros y dorlan i chwilio am y nyth cyn claddu cyllell yn ei galon o a'i wthio fo i'r dŵr.

Y job hawsa wnes i erioed. Gyda'r nos oedd hi a doedd neb o gwmpas, mi wnes i'n siŵr o hynny. Mi haliais y gyllell allan a rhoi fflich iddi i ganol y llyn. A dyna fo. Dim lol. Ond tydi Rhian yn gwybod dim am hyn, cofia. Ydi, ma' hi'n gwybod bod *rhywun* wedi llofruddio Elwyn Griffiths, ond does ganddi hi mo'r syniad lleia mai fi na'th. Tydi hi ddim yn gwybod am unrhyw un o'r lleill, chwaith.

Y gwir ydi 'mod i wedi byw efo 'nghydwybod a 'nghelwyddau yn llawer rhy hir. "Cheidw'r diafol mo'i was yn hir" fel bydda Mam druan yn deud pan o'n i wedi bod yn hogyn drwg. Ers i mi gamu i'r goleuni sy'n llewyrchu drwy bob tywyllwch, dwi wedi trio bod yn was da a ffyddlon i'r Arglwydd Iesu Grist ond yn y bôn, dwi wedi meddwl petha rhy ddrwg ac wedi gwneud petha llawer rhy erchyll i gael maddeuant llawn erbyn hyn.

Fi laddodd Tony, cariad Mam. Fel y gwyddost ti, Meg, roedd Mam yn hapus iawn efo Tony ac ro'n inna wedi dechra'i hoffi o hefyd. Mi bydda fo'n mynd â fi i weld Dre'n chwara ffwtbol ar ddydd Sadwrn – yn enwedig i gêms awê – ac yn prynu ffish a tships i ni ar y ffordd adra. Wedyn, mi fyddan ni'n tri'n gwylio *Juke Box Jury* wrth eu byta nhw. Fatha teulu go iawn. Ond un pnawn ar ôl i ni wneud Lefel O, pan o'n i ar fy meic yn gwneud dilifyris i Siop Jac, mi welais i Pamela-Wynne yn sleifio o'r siop goffi posh 'na i gar Tony. Mi bues i'n 'i wylio fo am ryw bythefnos wedi hynny, a gweld Pamela-Wynne yn y car efo fo sawl tro tra oedd Mam yn ei gwaith. Doedd Mam druan yn amau dim. Ro'n i'n casáu Pamela-Wynne am yr hyn roedd hi'n wneud i Mam, ond *fo* oedd yr oedolyn felly *fo* ddylai farw. Doedd 'na ddim amdani 'mond rhoi terfyn ar yr holl beth, fel na fysa Mam yn cael ei brifo fwy nag oedd raid. Mi es i'r Palladium efo Mam un diwrnod, sleifio i stafell y projector a llacio'r sgriws oedd yn dal silff y caniau i'r wal ... a chroesi 'mysedd. Mi weithiodd y cwbwl yn well nag y gallwn i fod wedi'i obeithio. Lwcus – 'swn i 'di gallu brifo rhywun diniwed – Mam hyd yn oed!

A thra dwi wrthi, waeth i mi gyfadda mai fi rwygodd teiars y DJ afiach 'na ro'dd Eirlys mor boncyrs amdano fo ddiwrnod y carnifal. Do'n i'm yn lecio'i hen wep o. A fi hefyd na'th ddwyn dillad isa oddi ar leins pobol a'u cuddio nhw yn sied gardd yr hen J.T. – a sgwennu nodyn di-enw at yr heddlu i sbragio ar y bastad. Nes i fwynhau hynny. Ro'dd o 'di bod yn ffiaidd efo Eirlys bnawn y carnifal, ac mi o'n i'n ffond iawn o Eirlys ar y pryd.

Mam druan. Dwi'n falch na wnaeth hi rioed ffendio be wnes i. Mi gafodd hi fywyd caled. Wyddet ti, Meg, nad marw na'th fy nhad ond cael ei garcharu am oes am ladd dau filwr arall pan oedd o yn y fyddin? Welis i 'rioed mohono fo. Roedd o yn y jêl erbyn i mi gael fy ngeni, ac ma' siŵr ei fod o 'di ca'l ei haeddiant, achos mi lladdwyd o gan ryw seicopath o garcharor o fewn chydig fisoedd. Roedd yn haws i Mam honni iddo fo farw'n ifanc. Dyna pam y daethon ni i fyw i Dre pan o'n i'n ddwy oed. Dechra newydd i ni fel teulu bach. Felly, 'sna'm rhyfadd 'mod i 'di troi allan fel gwnes i, nagoes? Diolch i Dduw Dad Hollalluog am fy achub pan wnaeth O.

A rŵan Meg, ti'n gwbod y cwbwl. Dwi 'di cyfadda popeth i ti. Diawl gwirion fues i erioed. Ta waeth. Ro'n i'n nabod llwybrau'r goedwig 'ma fel cefn fy llaw ers talwm, ond erbyn hyn does nunlla'n edrych yn gyfarwydd. Dwi'n meddwl 'mod i'n anelu i'r cyfeiriad iawn, ond mi fydd yn rhaid i mi aros nes bydd hi wedi t'wllu cyn mynd adra i gyfarfod Rhian. Dim ond wedyn y cawn ni gychwyn ar ein siwrne a'n bywyd newydd efo'n gilydd. Mi fydda i wedi hen oeri erbyn oriau mân y bore. Bechod 'mod i 'di gadael fy nghôt ar ôl, ond mi oedd Pete yn gafael yn rhy sownd ynddi. Pete! Hy. O'n i'n meddwl bod o a fi'n fêts.

Glywi di hynna, Meg? Glywi di? Seirens ... maen nhw'n chwilio amdana i, debyg – y llofrudd sydd ar ffo rhag ei well. Ond fydda i'n iawn, 'sti. "Canys yr wyt ti gyda mi", fy Nuw. "Nid ofnaf niwed." Mae'r geiria 'na wedi 'nghynnal i sawl gwaith dros y blynyddoedd, a thrugaredd dihysbydd yr Arglwydd Iesu Grist fy Ngwaredwr.

Mi fysa wedi bod yn grêt cael peint neu ddau efo Pete a Cemlyn, a Chinese o'r Kwong Wing ar ôl stop-tap fel yn yr hen ddyddia. Ond dyna fo. Mi gei di ddod i'n gweld ni, lle bynnag byddwn ni, ar ôl i ni setlo. Werddon, ella, neu Ffrainc. Gin i ffansi Ffrainc. Llechen lân, heb gyfrinachau. Tan hynny, felly. Ofyr and owt!

7 Ionawr 2018

Megan

Ches i ddim cyfle i fynd fyny i Dre cyn Dolig, ond mi ges i groeso ar aelwyd gynnes Pam a Nic neithiwr. Wrth i ni'n tri ymlacio o flaen tanllwyth o dân ar ôl swper, gan ymestyn ein coesau i gyfeiriad y gwres, mi ges i'r hanes i gyd. Ro'n i'n falch o glywed bod Eirlys wedi altro a sirioli bellach, ac mae hi a Cemlyn ar fin cychwyn ar fordaith o gwmpas Awstralia ac ynysoedd y Môr Tawel. Tydi hi ddim yn gwarchod efeilliaid bywiog Berwyn mor aml erbyn hyn gan eu bod wedi dechrau mynd i'r cylch meithrin, ac mae hi, yn ôl Pam, wedi llwyddo i ddod dros brofiadau annymunol yr haf dwytha ac ailgydio yn ei bywyd.

Dwi'n falch 'mod i wedi mynd i weld Rhian yn ward seiciatryddol yr ysbyty, er bod y profiad wedi bod yn un digon ysgytwol. Doeddwn i ddim wedi'i gweld hi ers y bore hwnnw pan aeth i adnabod corff Gwyn a wyddwn i ddim be i'w ddisgwyl mewn lle o'r fath. Er i Pam sôn ei fod o'n lle heddychlon wedi ei addurno'n chwaethus, yn ddistaw bach allwn i ddim peidio dychmygu'r gwaethaf. Pan gyrhaeddais i, roedd Rhian yn eistedd mewn cadair esmwyth yn ei llofft braf yn gwau cardigan fach binc i wyres ei chyfnither, ac mi fysa rhywun wedi medru taeru mai gwesty swanc oedd y lle.

Nodiodd ei phen wrth dderbyn y blodau a ddois i iddi ac amneidiodd at dusw digon tebyg oedd ar y bwrdd wrth ei hochr.

'Snap,' meddai, wrth osod y bwnsiad rhosod ar y bwrdd wrth ochr y lleill a gwenu arna i. Roedd hi'n dal i edrych fel doli tsieina, ond roedd beiddgarwch y gorffennol wedi diflannu o'i llygaid gleision gwag. Mi gawson ni sgwrs ddigon cyffredinol, a Rhian wnaeth y rhan fwya o'r siarad gan na wyddwn i be i'w ddeud wrthi. Soniodd fod Pam ac Eirlys yn ymweld yn reit aml, a'i bod hi wedi cael mynd at ei chyfnither am ginio Dolig. Byddai'r un gyfnither, gyda chymorth nyrs seiceiatrig gymunedol, yn cadw llygad barcud arni pan fyddai'n cael ei rhyddhau o'r uned ymhen ychydig ddyddiau, yn y gobaith y gallai, ymhen amser, ddod ati'i hun.

Wrth yrru'r car drwy borth yr ysbyty a throi ei drwyn tuag adref, allwn i ddim peidio â meddwl am rwbath sydd wedi bod yn fy mhoeni ers misoedd. Tybed oedd Rhian yn dweud y gwir pan gyhuddodd hi Elwyn Griffiths o'i chamdrin yr holl flynyddoedd yn ôl? Yng nghanol yr holl gelwyddau, oedd ei honiad yn wir? Treuliais hanner canrif yn credu ei stori, heb ei chwestiynu nes i Gwyn farw, ond roedd y ffaith y gallai Gwyn fod wedi cymryd bywydau tri dyn yn pigo fy nghydwybod. Ceisiais gysuro fy hun fod y gorffennol wedi hen oeri yn ei fedd, ac nad oedd modd unioni unrhyw gam bellach.

Penderfynais droi radio'r car yn uwch yn y gobaith y byddai'r milltiroedd yn diflannu'n gynt, a chanu nerth esgyrn fy mhen efo Yws Gwynedd am flas y gwin a'r cwmni da. Sylweddolais mai hwn fyddai'r tro cyntaf i mi beidio â dychwelyd i dŷ gwag yng Nghaerdydd ers i mi golli Dafydd. Byddai Pete yno i 'nghroesawu.

Blwyddyn Newydd. Dechrau newydd.

SIAN REES

Hafan Deg

Dyheai am heddwch glan môr y Rhyl a'r bryniau
gwyrddion yn gadwyn ar y gorwel.

'Nofel hynod ddarllenadwy,
pawb wedi ei mwynhau.'

Clwb Darllen Llyfrgell Dinbych

'Rhy'r nofel hon olwg onest iawn ar gymdeithas ...
mae'r stori yn cydio ac yn llwyddo i gyflwyno
gwedd arall ar Gymry y Rhyfel Byd Cyntaf.'

Sarah Down-Roberts, gwales.com